불멸의 제국

불멸의 제국

오동명 지음

뒤틀려진 화살은 그 반대로 비틀어야만 곧게 펼 수 있다.

선회나 우회는 더 비틀어지게 할 뿐이다.

말글빛냄

1905년 11월 30일

새벽 여섯 시, 민영환이 자결한다. 그날 빈소 밖 마당 한쪽 구석에서 온종일 혼자 있던 민영환의 집 하인이 있었다. 그는 그날 밤 가까운 경우궁 뒷산으로 올라가 목을 맨다. 이 죽음은 기껏 역사의, 그것도 극히 일부 역사책에 한 줄로 남았을 뿐이다. 그러나….

시발(始發)

1905년 11월 10일 오전 11시 59분. 한성 정동 거리.

"저자가 우리 조선을 살릴 거래."

나라 이름을 임금과 대신들 몇이 바꾼 지 이미 십년이 지났지만 백성들은 아직도 조선이었다. 이토의 머리에도 그가 십 년 전 조선 대신들을 뒤에서 조정하여 바꾼 대한제국은 없고 여전히 조선이었다.

"무슨 소리야? 조선을 살리다니? 이 땅에 전쟁을 일으키고 제 나라 사람들을 우리 땅에 보내 우리 것을 죄다 빼앗아가고 있는데. 듣자 하니 저자가 그 일본의 우두머리라는군. 그러니까 유식하게 문자를 쓰면 두목이라는 거지. 우리 것을 훔치러온 일본의 쨍도적 두목이라 이 말이오."

은인인지 두목인지 하는 자는 고종이 친히 내준 궁중 가마를 타고 한성 시민들을 내려다보고 있었다. 화려한 궁중 가마에 백성들은 헷갈렸다. '임금처럼 모신다면?' 임금 고종의 뜻을 헤아렸다. 언제나 임금의 편이 되어온 백성은 그를 긍정적으로 바라본다. 그가 입고 있는 옷을 처음 본 시민들은 그 옷으로도 입을 쩍 벌렸다. 가슴에 주렁주렁 달려 있는 작은 쇠붙이들이 덕수궁 상공에서 내리 쬐는 태양의 빛을 받아 번쩍거렸다. 기마의장대들의 겹겹 호위를 받은 궁중 가마는 덕수궁으로 향했다.

시민들은 은인일지 두목일지를 엿보았다.

"눈이 선하게 생겼어. 설마 저런 얼굴을 한 사람이 나쁜 일을 도모하겠는가. 더구나 나라를 상대로."

시민의 두 손이 모아진다. '…사바하' 부처님 앞에서 빌고자 할 때와 비슷한 자세다. 팔짱을 낀 다른 시민이 고개를 젓는다.

"눈만 보고 생김 전체를 말할 수 없고 크기만 보고 재량을 그 기준으로 삼을 순 없는 거지. 잘 봐봐. 눈에 서린 저 독기를. 안 보이나? 나는 아주 잘 보이는구먼. 깔 보는듯한 저 표정이야말로 저자의 본심이 아니겠어?"

궁중 가마 위의 이토 역시 조선 수도의 한성 시민들을 놓치지 않는다. 꾀죄죄하고 허름한 옷만을 보지 않는다. 대체로 조선인들은 두 손을 모아 허리를 굽히고 고개를 들지 못하는 자세이다. 자기나라 일본 백성을 떠올리면서 이토는 끄덕인다. '일본에서 한 것처럼 무지렁이 백성들은 만들어내면 되는 것이다.' 이토는 제 입으로 중얼거린다.

'별로 어렵지 않겠군.'

궁 안으로 동행할 군인들의 숫자를 셈으로 세어 본다. 많이도 필요 없어. 조선 몇 놈만 수하에 넣으면. 주머니에서 쪽지를 꺼내 조금 후면 만날 조선의 대신들을 떠올려본다. 일 년 전 외부대신 서리 이지용을 일만 원에 매수해 고종 임금으로 하여금 한일의정서에 도장을 찍게 한 일과 특명을 받고 조선 땅으로 오기 전 메이지가 자기에게 하사한 은제 그릇과 현금 오만 원을 견주고 셈한다. 군중 속을 다시 내려다본다. 한 명이 눈에 든다. 허리를 곧추세우고 머리를 짧게 깎은 젊은이다. 허리춤에 두꺼운 책을 껴안고 있다.

'책을 읽는 조선 백성도 있나?'

이토는 기억에 남겨두려는 듯 그를 유심히 관찰한다. 그의 얼굴에선 김이 모락모락 피어오르고 있었다. 남대문 옆 상동교회에서 이토가 고종을 만난다는 소식을 뒤늦게 듣고 이토가 묵고 있는 손탁호텔로 내리 치달려오던 참이다. 이미 일본에 다 내주고도 무엇을 더 기대할 게 있다고 적의 수장에게 화려한 궁중 가마까지 내줬단 말인가. 더 얕보일 뿐인 걸. 눈치로 난국을 헤쳐 나가보려는 임금에게 준은 측은한 마음마저 들었다. 이토가 탄 궁중 가마와 기마의장대가 덕수궁 정문으로 사라질 때까지 이토의 등까지도 놓치지 않는다. 그가 보이지 않자 허리춤에 끼고 있던 성경을 펼친다.

"그가 도살장으로 가는 양과 같이 끌려갔고, 털 깎는 자 앞에 있는 어린 양의 조용함과 같이 입을 열지 아니 하였도다. 그가 굴욕을 당했을 때 공정한 재판도 받지 못하였으니 누가 그의 세대를 말하리오 그의 생명이 땅에서 빼앗김이로다."

사도행전의 한 구절에 줄이 그어져있다. 이준이 입안에서 우물거린다.

"나라를 잃는 것은 나의 생명을 빼앗김과 같을진대…."

1905년 11월 10일 오후 12시 26분.

덕수궁을 들어서는 이토 히로부미는 궁궐의 대문이며 건물들에서 고향 야마구치를 떠올린다. 흠칫 놀란다. 특히 지붕에서 더 그랬다. 작년 한일의정서를 고종과 체결하기 위해 왔을 때와 같은 감정이다. 애써 지우려 했지만 쉽지 않았다. 고향 야마구치의 절은 도쿄의 메이지 궁과는 사뭇 달랐다. 야마구치의 건물은 조선의 건축과 유사하다. 동대사(도다이지) 등 나라의 절들 역시 에도 시대의 도쿄의 것보다는 지금 조선의 궁궐에 더 가까웠다. 그는 나라의 정창원을 생각하며 백제를 떠올렸고 잠깐 사이 천 년 전의 일본을 되돌아본다. 억지로라도 이내 지워버릴 수 있었던 것은 그가 유학한 영국과 이탈리아였다. 로마의 카이사르는 영국을 침략했지만 별 쓸모없는 땅으로 여기고 섬나라 영국을 관심에서 지워버렸다. 이천 년이 지난 지금은 카이사르가 버린 땅은 세계를 호령하며 해가 지지 않는 나라로 우뚝 서지 않았는가. 지금 이탈리아는 영국에 비하면 초라한 약소국가에 불과했다.

'역사는 결코 머물러주지 않는다.'

어린 시절 스승 요시다 쇼인으로부터 수없이 들어왔던 한반도와 일본의 상황을 끊임없이 비교하며 이토는 야마구치현의 동쪽에 붙어

있는 시마네현의 이즈모 신사를 자주 찾았다. 백 킬로미터쯤 되는 거리이니 가깝다고 할 순 없지만 이토는 그곳에서 꿈을 키웠다.

오후 12시 28분.

이토는 머리 회전이 무척 빨랐다. 임기응변에 능했는데 이것을 외교수단으로 발전시켰다. 그의 장기는 대화 중 남의 약점을 잡아내 꼬투리를 잡고 집요하게 물고 늘어지는 수법이다. 유명한 그의 화법이다. 몇 분 후에 만날 고종에게도 곧 써먹고 말 터였다. 청나라 리홍장도 쥐락펴락했던 이토는 조선의 고종쯤이야, 이미 일 년 전에 멋지게 해내지 않았던가. 그의 이런 재주는 아마도 이즈모 신화의 스사노오 노미고토에게서 배웠을 것이라는 사실에 이토는 주저하지 않았다.

스사노오는 선과 악을 모두 겸비한 신이었다. 대개 악신으로 여기고 있지만 고난에 빠진 민중을 구해낸 영웅으로도 평가되고 있다. 왕권을 강화하여 민중을 휘둘렀다. 이즈모 신사에서 분명히 들은 얘기가 있다. 한반도의 신라인들이 이곳으로 건너와 소국을 세웠는데 그것이 이즈모국이었다. 어린 이토는 스사노오를 존경하며 스사노오를 닮아갔다. 겉과 속이 다른, 겉은 선하지만 속은 전혀 다른 악마가 함께 섞인 신. 그래서 신과 같은 인간. 그러기 위해선 무시당해온 하급무사의 벽을 깨야했다. 하급무사에서 벗어나는 방법은 단 두 가지였다. 지금에서 벗어나기 위해 학업에 열중하는 것. 뜻을 이루기 위해서는 수단과 방법을 가리지 않는 것. 사무라이에 내려온 화(和)와 절(切)이다. '끌어안되 철저하게 잘라낸다.' 이 사상이 일본의 주류 사무라이 칠백 년을 이어 내려왔다.

예순여섯의 이토는 이미 일본 총리를 지냈고 며칠 후면 일본의 대륙식민지가 될 조선을 어떻게 주무르며 일본 민족의 영웅이 되느냐는 것에 집중했다. 다 받아놓은 밥상이지만 대외적 명분도 고려하지 않을 수 없었다. 유학 시절 영국신사는 그가 본받을 모델이었다. 영국이 그랬듯이 침략·약탈의 얼굴 앞에 철저히 가면을 씌우는 것이다. 이토는 작은 키에 얹힌 좁은 어깨를 펴고 조선 왕실이 마련한 자리에 앉기 전에 조선 측 대신들을 천천히 둘러보며 눈으로 제압한다. 이토의 눈을 피하는 그들을 보고 그의 만면에 웃음이 넘쳤지만 애써 근엄으로 가장한다.

오후 12시 30분.

임금이 들어온다는 일본 통역관의 말을 들은 이토는 일어서는 일을 서두르지 않았다. 가급적 늦게 일어서고 가급적 가장 빨리 앉을 생각을 벌써 머릿속에 구상하고 있던 터였다. 이런 식의 판단과 행동에 유별난 의미를 두었고 이것이 그의 능력이었다. 얕보았기 때문이다. 이런 자는 강자에겐 철저하게 꼬리를 사타구니에 처박고 자세를 한껏 낮춘다. 하지만 저자들은 약자다. 이제 좌중을 압도할 시간이 되었다.

먼저 고종에게 인사를 올렸다. 이럴 땐 영국신사가 되어야 한다.

"지난해 삼월 십팔일, 나, 이토가 알현의 영광을 입은 이래 또 다시 일 년 반 만에 우리 황제 폐하의 명을 받아 들고 지척에서 폐하를 배알하고자 하니 매우 다행이 아닐 수 없습니다. 이에 일본서부터 받들고 온 친서를 경건한 심정으로 바치옵니다."

친서는 일본통역관을 시켜 고종에게 전해졌다. 이 또한 전략으로 얕잡아 봄을 드러냄으로써 분위기를 자기 쪽으로 유리하게 몰고 가자는 속셈이요, 외교적으로 엄청난 결례임에도 불구하고 이를 모를 리 없는 이토이니 이는 필시 사전에 계산된 의도라 할 수 있다. 조선 측에 합석한 외부대신 박제순이 보고 얼굴을 수그린다. 못 본 체하고 후에 못 봤다고 발뺌하려는 것인가, 옆자리의 의양군이 겉으로 티를 내지 않으려 애쓰면서 혀를 찬다. 주춤하며 친서를 받아든 고종은 몇 번을 훑어보지만 한자에 섞인 일본어 때문에 문맥을 이해할 수 없다. 하지만 시선을 여러 번 위아래로 오르내리며 시간을 번다. 이토가 다시 조선 땅에 들어온 이유를 이미 파악하고 있어 이 치욕을 어떻게 모면할까 부심하고 고민해왔다. 일 년 전에 한일의정서로 조선에서의 경제적 이권은 물론 일본 군인이 조선에 주둔, 임금이 머물고 있는 궁 안까지 장악하며 노골적으로 내정간섭을 하고 있는데 여기서 더 무엇을 요구할 것인가.

확실했다. 유럽제국들을 그대로 따라하는 것. 나라를 송두리째 빼앗아 자기나라로 만들겠다는 속셈이다. 이에 속수무책인 고종은 친서에서 눈을 떼고 조선의 대신들을 둘러본다. 통역관 외엔 다 고개를 숙이고 있다. 저들을 믿고… 그러나 내가 다 임명한 대신들이 아닌가. 이 난국을 나, 임금 대신 해줄 대신 하나가 없다. 이때 이토가 고종의 두 눈을 노려보며 웃는다. 속을 다 들여다보고 있다는 의미의 웃음이다. 웃고 있는 자기를 보란 듯이 헛기침으로 고종을 부른다. 고종과 이토의 눈이 마주쳤다. 인정에 호소하자, 저 특사도 사람이거늘, 도적질해가게 다 내줬고 그 덕에 일본이 부강해졌음을 알 터인데 심정 바닥엔 감사는 아니어도 미안함은 있지 않을까. 메이지가 이토에게 들려 보낸 친서의 한자, '동양전체 안녕유지, 평화회복, 황실안녕, 존엄과 건실 유지'로 헤아린다. 고종황제가 한참 만에 입을 열었다.

"이제 평화 회복의 낭보를 접하고 기쁨의 마음을 금할 수 없다. 이번에 귀국의 황제가 특사를 보내온 일은 귀국 황제 폐하께서 우리나라를 대하시는 생각이 깊으심에 의한 것이로다. 짐은 깊이 감사하는 바이다."

고종은 말을 끊고 이토의 표정을 살핀다. 기다림도 없이, 이미 작정하고 있었다는 듯이 이토가 바로 대답한다.

"우리 황제 폐하는 일본제국과 대한제국 양국의 특수한 관계를 돌이켜보시고 아시아의 평화를 영구히 유지하실 방법을 고려하신 결과, 특별히 나, 이토에게 명을 주시어 친히 폐하에게 전달했습니다. 나, 이토는 하루도 거르지 않고 대한제국의 황실을 위해 염려하는 데 충실한 자요, 그리하여 중임을 맡게 된 바, 삼사일 후 다시 친히 내알현할 것이니 우리 황제 폐하의 깊으신 배려를 받아들이길 바랍니다."

내알현이라니, 은밀하게 따로 보자는 데에는 무슨 저의가 있는 것일까. 일단 고종은 이쯤에서 끝내고 친서의 세세한 내용들을 대신들과 검토할 시간이 필요하다며 이토와의 접견을 끝냈다. 이토는 일어나면서 또 강조하며 한 마디를 내뱉는다.

"삼가 명을 받들고 물러나며 내알현 날을 기대하겠습니다."

이후 오찬을 마련했지만 나란히 앉은 고종과 이토는 아무 말도 하지 않았다. 통역관을 배석치 않게 함으로써 대화 자체를 사전에 막아버린 것이다. 주최 측인 고종 쪽에서 그랬음을 쉬이 알 수 있는 형편인데, 워낙 외교의 달인으로 잘 알려진 이토에게 말로서 더 꼬투리를 잡히고 쉽지 않을 뿐 아니라 마지못해 마련한 오찬을 조금이라도 빨리 끝내고 싶은 고종의 심기 반영이리라.

이토는 내놓은 음식을 보고 깜짝 놀란다. 어렸을 적 고향의 어머니가 해주던 반찬들을 몇 십 년 만에 다시 보았기 때문이다. 도쿄에선 볼 수 없는 채소 반찬들. 버무리고 무친 채소나물들은 고향의 것과 매우 흡사하지만 종류는 훨씬 많았다. 도쿄지방에선 주로 소바라는 메밀국수를 묽은 양념간장에 담가 먹지만 고향 야마구치에선 우동을 끓여 먹었다. 그 우동과 비슷한 국수도 보인다. 고향은 도쿄보다 한반도에 더 가깝다는 지리적 거리를 떠올린다. 조상의 고향을 되찾는 일이지, 이토는 일본의 조선 지배를 속으로 정당화하고 있었다. 반갑다거나 고맙다는 생각은 이토의 머리에선 애당초 일어날 수가 없었다. 하급무사로서 무시당해온 집안에서 물려받은 것이라고는 해내고자 함에 있어 어떤 수를 쓰든 필히 장악·술수·처세 외엔 아무 것도 없었다. 칼을 가는 대신 이를 갈았고 그 이로, 그 입으로, 그 말재주로 일본 총리까지 오르지 않았던가.

한편 무슨 잔치라도 벌였나 싶을 정도의 융숭한 만찬에도 입 하나 대지 않은 고종은, 지금 저들을 위해, 나라를 더 빼앗자고 달려드는 적들에게 잔치를 벌여주고 있는 자신이 너무나 비굴해서 초라해지고 만다. 외부대신 박제순이 눈이 띄었다. 하야시라는 일본 공사 옆에 달싹 붙어 간드러지게 웃고 있는 박제순이 고종은 한없이 혐오스러웠다. 겉보기에 강인한 인상의 박제순은 자기주장을 하는 듯했다. 하지만 언제 그랬냐는 듯 그의 입에서 뱉어낸 말을 그의 그 입으로 부정하곤 했는데….

간사한 자. 조선에 그렇게도 인물이 없단 말인가. 돌아보니 고종 자신도 할 말이 없다. 왕후 민비의 추천이면 한 번 거절 없이 척족만을 끌어들이며 근왕 세력만을 세우느라 참 인재를 끌어들이고자하는 의지가 고종에겐 없었다. 인재를 고루 등용하라는 동학농민의 요구를 당장 묵살한 그가 아닌가. 묵살도 아니었다. 들으려 하지 않았다. 귀를 막았다. 너희 백성이 감히 궁정이 하는 일에… 알면서도 잘못을 모르면 같은 일은 거듭될 수밖에 없다. 박제순이 일본 공사에게 보이는 웃음이 그가 앉힌 자의 칼에 찔린 기분이 들게 했다. 적을 향해야 할 칼이 오히려 자신 고종에게 뻗어왔다.

요시미치라는 주한 일본군 사령관이 만찬장의 뒤에서 내내 곧추선 채로 긴 칼을 옆에 끼고 위압적인 자세로 오찬의 분위기를 삼엄하게 잡아갔다. 만찬장에 중무장한 군인이라니. 저 또한 얼마나 무례한 짓인가. 고종은 한숨을 길게 내뿜는다. 이토가 이를 놓칠 리 없다. 잔을 들어 고종에게 건배의 포즈를 취한다. 매우 정중하게, 두 손으로 잔을 모아잡고. 버릇없구나. 쌍것이로구나. 어디 감히 임금에게 잔을… 조선엔 그런 법도는 없다. 저런 예도도 모르는 하찮은 것에 나라를 넘겨줘야 하는 자신이 더 한심하다. 낙심한다. 어쩌자고. 어쩌다가.

메이지의 친서에는, 조선은 국방이 아직 정비되지 못해 스스로 나라를 지킬 수 없음은 물론이고 이로 인해 동아시아 전체의 평화를 위협하고 있다, 동아시아 장래의 불안요소를 없애기 위해서라도 일본과 조선 두 나라 간의 결합을 한층 공고히 할 필요가 있다, 하지만 일본은 조선 황실의 안녕과 존엄은 털끝도 훼손시키는 일 없게 견실히 유지할 것임을 확실히 보장한다고 쓰여 있다.

이토가 요구한 내알현은 11월 15일로 예정되었다. 고종은 미루고 싶었지만 마냥 미룰 수도 없었고 이토는 하루라도 빨리 마무리 짓고 귀국하여 메이지에게 조선의 식민지 작업을 다 끝내고 돌아왔노라고, 메이지가 하사한 은그릇이 든 상자와 현금 오만 엔에 비교조차 할 수 없는 일본 역사상 최고의 전리품을 쟁취해 왔노라고 고하고 싶어 가슴이 벌렁벌렁 벌써부터 들떠 있었다. 지체할 일이 아니다. '조선을 거머쥐는 일은 세계를 일본의 손아귀에 넣는 출발이다.' 예순여섯 살의 나이는 이토에겐 아직 꿈을 접어야 할 나이가 아니었다. 일본의 세계제패, 이토는 제 두 눈으로 꼭 보고야 말 것이라, 다지고 또 다졌다.

1905년 11월 15일 오후 3시, 덕수궁 내실.

은밀하게 찾아뵌다는 내알현은 말 그대로 은밀한 궁의 내실에서 고종과 이토, 그리고 양쪽 통역관 두 명만으로 이뤄졌다. 이번엔 고종이 먼저 말을 꺼냈다. 잠자리에 불편은 없었는지 물었을 때 이토는 허리를 굽혀 감사하다 말은 하면서도 두 눈은 고종을 뚫어질 듯 쳐다보았다. 이 시선을 받는 고종에겐 노려보는 것으로 보였다.

"잠자리의 불편 따위는 내겐 관심이 없습니다. 대한제국이 일본제국과 결합하여 두 제국 사이가 한층 공고해져야 한다는 저의 일본제국 폐하의 명을 받들고 대한제국 황실의 안녕과 대한제국민의 평화를 간절히 기원하는 이 이토의 마음을 하루라도 빨리 폐하께서 헤아려주실 것만을 생각했습니다."

이토는 놓치지 않고 덧붙였다.

"잠자리의 불편까지 헤아려 주심에 깊이 감사드리며, 저희 폐하의 명을 바로 수락하심이 저의 잠자리 불편도 해소시켜주시는 방법일 것이옵니다. 기왕 헤아려 주신 은혜, 시간을 앞당겨 주시면 더욱 감사하겠다, 할 수 있겠습니다."

예의로 포장한 비아냥이며 대꾸였다. 한편 짚어보면 협박이었다.

오후 3시 14분.

이런 버르장머리 없는 자가 다 있나. 말재주란 게 고작 저것이었
나. 어떻게 저런 천박하기 그지없는 자가 일본의 총리를 할 수 있었는
지 고종은 이토의 사람됨을 의심하며, 제 나라 일본에게는 큰 인물이
될지는 모르나, 조선에선 아전이라도 할 수 있겠는가. 쯧쯧 가소롭다
는 생각이 들다가도 저런 자에게 휘둘리는 나와 조선이라니… 그저
분할 뿐이었다. 삭힐 뿐이었다. 조선의 대신들을 하나하나 떠올렸지
만 저자처럼 조국을 위해서 무례도 무릅쓰고 해낼 인물이 하나 떠오
르지 않는다. 그도 그럴 것이 그 주변에는 나라의 요직에 쓸 만한 인
재라곤 불과 몇 사람일뿐, 이들을 하루는 외부대신, 하루는 학부대신,
하루는 법부대신, 또 하루는 군부대신에 참정대신까지도 겸하게 한
것은 자신 고종이지 않은가. 한 사람을 이리저리 돌려쓸 뿐, 새 인재
를 끌어들일 생각조차 하지 못했다. 구관이 명관이라서가 아니다. 새
사람은 모두가 의심스럽다. 어느 누구도 믿을 수가 없다. 고종의 머리
에 백성은 전혀 없었기에 인재 등용에는 한계가 있을 수밖에 없다. 이
것은 조선 오백 년 내내 이어온 해괴한 전통이다. 무능을 자인하는 일
이다. 그러니 인정할 자신감도 갖지 못했다.

이토에 대해 고종이 아는 바로는, 시골 촌구석의 하급관리 출신이
라는 것. 조선으로 보자면 한성에서 가장 멀리 떨어진 완도나 울진 같
은 곳, 그곳에서도 벼슬아치도 못 되는 구실아치, 리·아전이었다는

말이 아닌가. 메이지 주변에 인물이 없어서인가, 고종은 자신과 동갑이라는 메이지에 대해 궁금했다. 저자와 같은 하급관리를 등용한 게 우러러보인 게 아니었다. 참으로 기괴한 섬나라로구나. 고종의 머리로는 답을 낼 수가 없었다. 나도 다를 바 없다. 조선도 다를 게 없다. 왕후의 추천으로 물장수를 국가재정을 맡길 대신으로 앉혔고 일본의 압력이긴 하지만 기생집 조방꾸니마저 대신에 앉힌 게 바로 나, 고종 아닌가.

조선을 일본에 다 넘겨야 할 판에도 고종은 하릴없이 명분에 사로잡혀 있을 뿐이다. 시골 출신의 하급관리 따위를 운운하는 고종의 머리에는 문벌·척족만 채워져 있을 뿐이다. 실력과 능력이 그에게는 등용의 기준이 아니었다. 그렇게 십여 분 뜸을 들였다. 이토가 다시 헛기침으로 고종의 허망을 깨운다.

오후 3시 27분.

"지난 십일 년 전과 십 년 전, 이 땅에서 일본과 청나라가 전쟁을 치루고 있을 때 귀국의 이노우에 공사가 우리나라에 머물러 있었다. 그때 짐은 그에 대해 기대한 바가 매우 컸노라. 그러나 그가 임무를 마치고 일본으로 떠난 지 열흘도 되지 않아 실로 말로는 다 표현할 수 없는 일이 우리나라에서 일어났고 이것은 대한제국과 일본제국의 교의에 장애를 주는 불행한 사건이었다. 만약 이노우에 공사가 이 땅에 머물러 있었다면 이와 같은 흉변에까지 이르지 않았을 것이고 양국의 관계는 여전히 친교를 돈독히 하여 오늘까지 왔을 것으로 본다."

이토가 어떤 사건임을 알아채고 고종의 말을 가로막으려 하자 고종이 처음 말을 꺼낸 기세와는 달리 꼬리를 내린다.

"이미 지난 일에 속하고 지금 이를 반복한다 해도 아무런 이익이 없다. 그러므로 지난 일은 잠시 잊고자 하노라."

며 얼버무렸다.

고종이 들춰낸 십 년 전, 십일 년 전이란 을미사변을 말한다. 이때 이토는 일본의 총리대신으로, 이노우에 공사 자리에 미우라를 주한 일본 공사로 부임시켰다. 조선으로 건너가기 바로 전 이토는 군 출신의 심복 미우라를 불렀다. 그리고 명성왕후에 대한 문제로 이야기를 나눴다. 미우라가 부임한 지 열흘도 안 돼 명성왕후는 경복궁 안에서 일본 자객들의 칼에 처참히 살해되었다. 을미사변이다. 이토가 명성왕후의 살해를 암시했던 것으로 고종은 알고 있었다. 고종의 판단은 결코 틀린 게 아니었고 이를 이토에게 주지시켜주며 '앞으로는 그런 일이 없길 바란다.'는 불안한 고종 자신의 고민을 털어놨다. 사실 부인 명성왕후가 살해되고 신변의 위협을 느낀 고종은 러시아 공관으로 피신했었다.

이런 말로 미안한 생각이 들 것이고 조선에 더 욕심내는 일을 저지르지 않지 않을까, 고종의 기대였다. 하지만 이토는 눈 하나 깜짝도 하지 않았다. 고종이 기대했던 미안한 마음은커녕 냉엄하게 눈초리를 치켜세우며 이토는 고종을 쏘아보았다. 경청하는 듯 듣기는 다 들었다. 고종이 거명한 이노우에 가오루는 이토와 한 때 가까운 사이였다. 이토가 어릴 적 야마구치현 동부 동해에 접한 하기시에서 요시다 쇼인의 문하생으로 있을 때 그 지역 출신인 이노우에와 우애를 다졌다. 이후 함께 메이지 유신을 이끌기도 했다.

'고종이 이노우에를 알긴 알아?' 비웃지 않을 수 없었다. 그가 조선에 있었다고 이어질 역사가 달라지는 게 아니다. 이토는 이노우에와 정한론에는 뜻을 같이 하지만 그처럼 조선에 대해 마냥 기다리고만 있을 수 없었다. 이노우에는 이토의 명을 들을 사람이 아니었다. 더욱이 남의 나라의 왕비를 죽이는 일엔. 이토에게도 만만한 사람이 아니었다. 메이지를 조정하여 이노우에를 일본으로 끌어들이고 조선 주재 일본 공사 자리에 심복, 미우라를 앉혔다. '허허', 속으로 이토는 웃는다. 이놈저놈 가릴 것 없이 일본에 의존하는 꼴이라니, 어줍은 사태 파악을 늘어놓은 고종이 엉성해 보였다. 이토는 철저했고 고종은 터무니없이 어설펐다. 이토는, '너희들이 가장 존경한다는 세종의 아버지 이방원이 썼다는 하여가'를 생각해낸다.

'이런들 어떠하리 저런들 어떠하리' 이토의 눈에는 조선은 얼렁뚱땅 대충의 나라였다. 관리들이라곤 명리니 주자니 맹공이니, 이천 년 전 중국 것의 이론에 맹신으로 맹종하며 나라를 분열시키는 탁상공론의 나라로 보았다. 나랏글을 만들어놓고도 사백 년 넘게 한자를 쓰고 있는 나라. 일본과는 달라도 많이 달랐다. 말 같지 않은 사소한 일로도 국론이 나뉘는 조선을 분열시키기는 너무나 손쉬웠다. 이토가 입을 열었다.

"폐하의 불만, 자세히 들었습니다. 그럼 폐하께 시험 삼아 묻겠습니다."

'시험 삼아'에 힘을 주어 강조한다. 얕잡아보는 수작이었다.

"대한제국은 어떻게 하여 오늘까지 생존해 있을 수 있었는지, 청의 속국이었던 조선을 독립시킨 것은 누구의 덕택인지를 아직 모르고 계시는 건지, 좀 전 말씀하신 사건들이야 조선 스스로 초래한 일이니, 가장 중요한 일은 나, 이토가 방금 질문한 이것입니다. 폐하께서는 충분히 아실 터인데 나, 이토, 아니 일본제국에 어찌 불만을 흘리시는 것입니까?"

끝에 다시 "시험 삼아 다시 묻습니다."라며 말을 마쳤다.

시험 삼는다고? 이 자가 한고조 유방을 그대로 흉내 내고 있구먼. 원숭이 나라가 아니랄까봐.

"그렇다면 시험 삼아 묻겠다. 진이 천하를 잃은 이유와 내가 천하를 얻은 까닭이 무엇인지? 일찍이 성공과 실패를 가름한 나라들의 역사적 사실을 알고 있다면 보고해 보아라."

말 위에서 천하를 얻었다며 의기양양해 하는 유방의 말에 육고가 넌지시 따졌다.

"폐하께서는 말 위에서 천하를 얻었다 하시지만 말 위에서는 천하를 다스릴 순 없을 것입니다."

유방이 '시험 삼아'하며 되물은 중국 고사를 고종이 짐작하며 이토를 다시 엿본다. 이자가 보통이 아니로구나. 아는 것에 아는 것이 먹히고 아는 바에 앎이 소용없다. 숱하게 달달 외워 알고 있다 한들 머리에 담고만 있다면 어찌 앎이 힘이 되겠는가. 왕인 내가 그랬고 조선의 대신들이 그랬다. 비하면 저자는 지식을 힘이 되게 실제로 써먹고 사는구나. 졸렬하더라도, 치졸하더라도. 그 또한 저 자의 화법? 이토의 입을 보니 작다. 그 작은 입에 사기가 꺾인다. 어깨가 처진다. 공자왈 맹자왈, 때론 노자·장자까지 들먹이며 옛것을 아는 것에만 그쳐 내가 옳다 네가 그르다 싸움질해대고 있을 때 섬나라에선 실질을 구하고 있었다는 생각이 미친다.

오백 년 장구한 조선의 역사가 간드락 바람 앞의 촛불처럼 언제 꺼질지 모를 운명의 기구함에 처할 수밖에 없었던 것은 아는 것을 힘으로 뻗치지 못하게 한 건 맹종의 글자 쌈박질에 있었다. 죽은 지식을 경계하라, 이러면서도 또 중국의 옛것, 옛 성인들만 거들먹거리며 있는 자신이 거울에 선연하게 비친다. 아는 것이 죄가 된다. 아는 것에 말려들고 만다. 철저하지 못한 때문이요 적절하지 못한 때문이다. 승패는 앎이 아니라 그 앎을 어떻게 옮겨내느냐에 달렸다. 그렇지 못하면 아는 만큼 보이는 게 아니라 아는 대로만 볼 뿐이다. 앎에 갇히는 것이다. 앎이 결국 죽이는 것이다. 지금 조선이다. 어설피 알아서고 어줍게 아는 것에 묶여서다.

왈왈하지 않고도 질문으로 대답을 유도하는 이토에 제압된 고종은, 천진·관문조약 등을 조목조목 들춘 뒤에 말을 이었다.

"우리나라의 독립을 명확히 한 것은 완전히 일본제국의 힘에 의한 것이고 이 모두가 경의 무진한 노력에 힘입은 바 많았다."

고종의 치하에도 이토는 냉엄했다. 오히려 치하하는 말에서 꼬투리를 잡아챘다. 고종은 말을 해놓고 바로 실수했다며 후회한다. 이자가 말꼬리 잡는 명수임을 왜 내가 깜빡했는가, 자책했지만 이미 때는 늦었다. 적은 기회를 잡았고 적에게 말려들고 말았다.

"나, 이토는 조선이 청과 러시아 사이에 처한 딱한 사정을 보고 청이나 러시아에 나라를 빼앗길 것을 우려해 조선의 독립을 도왔건만, 이것을 불만으로 여기시다니 심히 불쾌하기 그지없습니다. 또한 1894년 동학당의 소란을 이용해 청군이 조선 땅에 군을 파병하자 우리 일본제국은 조선을 돕는다는 마음으로 군을 투입했고 일본 젊은이들의 목숨은 조선을 위해 바쳐졌습니다. 그때 어느 나라라도 귀국을 한심하다 아니할 수 있겠습니까. 조선만의 문제가 아니었습니다. 한심한 조선으로 인해 아시아의 안위까지 위협 받고 있는 처지에 있었습니다. 이에 저희 폐하께서는 대한제국의 황실의 안녕과 대한제국민의 평화를 위하여…."

고종은 친서로도 읽고 이토로부터 여러 번 들은 대한제국의 평화 운운에 혀를 차며 눈을 감고 말았다. 평화를 얘기하는 자들이 총을 앞세워 침략·약탈하다니… 안녕을 보장한다는 자들이 모든 이권에 개입하여 다 빼앗아가는 도적질을 일삼다니… 달변의 이토는 여전히 말을 이어갔다.

"무릇 대한제국의 영토는 일본제국 때문에 지금 온전할 수 있는 것입니다. 이제 폐하는 세계의 추세를 살피고 국가 인민의 이해를 돌아보시어 대한제국은 즉시 일본제국에 병합함에 동의하시길 바랍니다."

마지막으로 인정에 호소하려던 고종은 탄식하지 않을 수 없었다. 어쩌자고 나라를 이 지경에 몰아넣고 말았는가, 막급한 후회도, 그러나 고종에겐 잠깐이었다. 버릇처럼 몸에 밴 실속 없는 명분을 또 주문하고 있질 않는가. 이토의 실속에 고종의 명분은 처음부터 경쟁이 될 수 없는 시합이었다. 시작부터 지고 들어간 시합이었다.

"다만 바라는 것은, 일본은 그 내용에서 실질을 취하도록 하고 우리에게는 그 형식의 명분은 보존해주었으면 하는 것이다."

고종의 생각은 외교권이라도 있어야 나라를 보존·보전할 수 있다고 믿었다. 이것이 그의 명분이었다. 그러나 일본의 입장은 그 반대였다. 외교권을 가져와야 국제사회에서 조선을 손아귀에 넣을 수 있다고 보았다. 전 세계국가들이나 섬들을 식민화한 유럽의 방법을 그대로 따라 했다. 이러하니 일본이 고집을 꺾고 조선과 타협할 리 없었다.

이토가 알면서도 되묻는다.

"형식이란 무슨 의미입니까?"

고종이 통신사·수신사 등의 과거를 상기시키기 위해 돌려 말한다.

"사신 왕래의 일과 같은 것이라 할 수 있다."

이토는 고종의 얼버무림을 한 마디로 딱 잘라 묵살한다.

"대체로 외교에는 형식과 내용의 구별이 있을 수 없습니다. 더 지체할 시간이 없습니다. 나, 이토가 지금 사본을 가지고 있습니다. 폐하께서는 먼저 보시고 나, 이토는 체결에 필요한 절차를 밟아 귀국 당국에 교섭시키겠습니다. 이들의 일은 나, 이토의 임무가 아니며 오로지 외교관의 권능에 속하는 일로 이미 본국의 하야시 공사가 필요한 훈련을 받아 잘 해낼 것입니다. 그러니 준비 안 된 조선은 그저 따르기만 하면 됩니다."

이미 10월 27일 일본각료회의에서 결정한 '보호조약 초안'을 고종에게 사본이라며 내밀었다. 이 초안을 메이지에게 보고하고 재가하게 함으로써 천황제의 형식만을 취했다. 일왕 메이지에게 했듯이 이제 조선의 왕 고종에게 하고 있는 것이다. 허수아비들에 대한 형식절차였다. 통감을 대한제국에 둔다는 것 등으로 대한제국을 일본제국의 식민지로 못을 박는 문안이었다. 고종은 이토가 내민 사본을 받아들며 또 한 번 애원해야 하는 자신의 처지가 한없이 부끄러웠다. 결국 무너지는구나, 오백 년 조선을 내가 무너트리고 마는구나, 처음 당당했던 말투는 어느새 숨이 죽어있었다.

"짐이 경에게 의지하는 것은 우리 신료 그 이상이다. 항상 감사하는 마음이 그지없다. 형식조차 남기지 않겠다고 하는 것은 오스트리아와 헝가리의 관계 혹은 열국과 아프리카의 관계 같은 입장에 서게 된다는 말이 아닌가."

이토가 다 됐다 싶은 심정에 좀 전 버티던 자세를 한 수 물리고 허리를 굽혀 조아린다.

"나, 이토는 일찍이 폐하의 특별한 우대를 받았습니다. 그러므로 이번 역시 귀 황실과 국가를 위해 도모하는 데 충실한 자이오며 감히 폐하를 기만하여 일본제국만을 위해 이익을 꾸미려는 것이 아닙니다. 오스트리아와 헝가리, 아프리카를 가지고 일본제국과 대한제국의 관계를 비유하시려고 하는 것은 심한 망상이며 아주 잘못된 비교라 아니할 수 없습니다. 다시 말씀드리지만, 일본제국과 대한제국의 관계는 오로지 아시아 파멸의 근저를 두절하려는 취지에서 우리 제국 정부는 귀국의 위임을 받아 외교를 담당하려는 것입니다. 그런 점을 깊이 이해하셔야만 합니다."

이토의 단호한 거절은 냉정하고 냉엄했다. 잔혹한 거절을 받은 고종은 처참한 심정으로 가슴이 찢겨지는 듯했다. 고종은 전혀 마음에도 없는 말을 한다.

"일반 인민의 의향도 살필 필요가 있다."

이럴 때만 백성을 팔았다. 눈치 빠른 이토가 인민? 언제 당신이 너희 백성을 눈곱만치라도 생각했나? 임진년 때도 백성을 내팽개치고 중국 땅으로 내빼려들던 선조라는 왕과 동학 때의 일본군 파병을 떠올리며 잔인한 말꼬리 붙들기로 고종을 얼어붙게 만든다.

"폐하는 책임을 정부에 떠넘기고 대한제국 정부는 그 책임을 폐하게 돌려 군신이 서로 책임을 회피·전가하는 교활한 태도를 일삼아 결정을 또 미루려하는 것은 귀국을 위해 결코 손해일 뿐 이익됨이 없음을 기억하시길 바랍니다. 모든 결정이 황제 폐하에게 있는 제왕의 국가에서 인민의 뜻을 묻는다는 것은 큰 어폐가 있습니다."

조선의 모든 것을 속속들이 죄다 꿰뚫고 있는 이토에게 놀라움을 감추지 못하고 끝내 고종은,

"속히 조치를 취하도록 하겠다. 단 귀 황실과 정부에 짐의 작은 희망을 전달한다면 이보다 더한 다행은 없겠다."

이런 고종에게 이토는 한 치의 양보도 없다.

"이제 그 희망은 완전히 무용에 속하므로 하루라도 빨리 단념하시기 바랍니다."

오후 7시 37분.

이토와의 네 시간의 긴 단독회담을 마치고 혼자 남은 고종은 안절부절 못하고 서성거린다. 대신들을 불러와 논의를 한다고 해도 뾰족한 수가 없다. 이토가 말한 대로 대신에게 그 책임을 넘기려는 자신의 술책이 슬그머니 다시 기어들자 들이겠다는 저녁 수라상마저 물린다. 작년 의정서에 조인해줄 때처럼 결정이 다 났는데도 역사의 죄인이 될 지금을 모면할 궁리에 빠지다보니 점점 궁색해지고 만다.

'이제 그 희망은 완전히 무용에 속하므로 단념하시기….'

방탕한 생활로 신하에게 왕좌에서 쫓겨난 중국 태갑의 처지가 도리어 부러웠다. 그 부러움에는 끝까지 왕좌를 놓치지 않으려는 허욕이 채워져 있음을 고종 자신은 더 잘 알고 있었다.

왕 태갑을 추방한 이윤은 태갑이 개과천선하기를 기다리며 태갑의 할아버지인 상탕의 무덤 옆에 동궁을 마련해 왕을 그곳에 머물게 했다. 삼 년이 지나 쫓겨난 왕 태갑은 새로운 사람으로 바뀌었다. 이에 이윤은 그 삼 년 동안 국정을 맡았지만 왕위를 넘보지 않았다. 달라진 태갑을 다시 기꺼이 왕으로 모셔왔다.

삼 년 후에라도 나라를 전처럼 되찾아올 수만 있다면 난들 무엇을 못하겠는가. 하지만 이토는 이윤이 아니었다. 조선을 집어삼킬 남의 나라 신하일 뿐이었다. 일본·조선의 나라를 떠나 인간으로도 절대 신뢰할 수 없는 인간이었다. 아무리 일본의 국익을 위한다지만 남의 나라까지 해치며 국익을 도모할 수는 없는 것이었다. 고종은 눈을 꾹 감는다. 오래 전 중국 고사나 들먹이고 있는 자신이 더 한심하기 그지없다. 꾹 감긴 두 눈 틈을 비집고 쏟아지는 뜨거운 눈물은 단지 조상에 면목 없음 때문이었다.

백성은 아직도 안중에 없지만 후회 속에서 백성을 꺼낸다. 백성을 임금인 내가 무시했다. 백성의 안전을 책임져야 할 내게 백성은 안중에 없었다. 갑오년 농민들이 들고일어난 소란, 농민들의 요구는 나라를 뒤엎자는 것도 아니었고 더욱이 왕위찬탈의 목적은 전혀 보이지 않았다. 오히려 조선의 미래를 걱정하여 논밭에서 땅을 일구며 쓰던 쟁기를 들고, 논밭에서 일하던 그 옷 그대로 일어나 나라를 위해 목숨을 기꺼이 바쳤다. 그리 천대를 받아가며 하찮게 살면서도 나라 위태한 틈을 타 높은 자리를 탐한 것도, 그리 가난에 찌들어 살면서도 먹을 것을 앗자고 나라의 창고를 부수지도 않았다. 그저 나라가 잘 되기를, 그저 나라가 나라답기를 바랐을 뿐인 백성들. 일본군이 조선 땅을 칼과 총으로 짓밟자 정부를 향하던 쟁기와 함성은 일본군을 향했고 오로지 백성의 가슴에는 조국만이 채워져 있었다. 하지만 수많은 백성은 목숨을 잃었고 부모를 잃었고 형제를 잃어야 했다. 자식을 잃었다. 아무 보상도 없이. 보상은커녕 폭도, 반란군이란 역적의 오명까지 뒤집어써야 했다. 아직도 갑오년 농민의 청원을 소란으로만 보고 있는 고종이다. 그럼에도, 결국 청과 일본을 끌어들인 내가 백성을 죽인 것이었다며 위기에 몰리자 백성을 떠올린다. 임진년, 정유년, 병자년에 백성 스스로 일어난 의병봉기를 기대한다. 하지만 마지못해 흘리는, 반성 없는 회한이 일깨워주는 깨달음은 늦어도 한참 늦고 말았다.

1905년 11월 17일 오후 3시.

16일, 이토는 대한제국의 대신들을 숙소인 손탁호텔로 불러들였고, 17일 오전에는 일본 공사 하야시가 역시 대신들을 불렀다. 일본은 조약체결을 위해 강압의 수단을 써서라도 서둘러야 했다. 이토는 대신들이 고종을 알현하게 뒤에서 조정했다. 이때 고종이 대신들에게 의견을 물었다. 어느 누구도 먼저 입을 열지 못하는 것을 보고 고종의 속은 터졌다.

"일본이 저리 윽박지르는데 차일피일 미룰 수만은 없지 않느냐?"

고종이 참정대신 한규설의 뜻부터 듣고자 했다. 입술을 앙다물고 한규설이 운을 뗐다.

"일본이 들고 온 조약의 내용을 보니, 일본이 대한제국의 외교권을 대행하며 대한제국에 일본인을 통감으로 앉힌다고 돼 있습니다. 이는 대한제국을 이 세상에서 완전히 없애겠다는 것으로, 대한제국의 대신이며 한 백성인 제가 어찌 이에 동의할 수가 있겠습니까. 저는 일본인들이 저의 목에 칼을 들이대더라도 절대 일본의 요구를 들어줄 수 없습니다. 이는 저 혼자만의 소견이 아니오라 우리 이천만 모든 백성의 뜻일 것입니다. 상감마마께서도 헤아려 결정해주실 것을 읍소로 감히 저의 뜻을 대신합니다."

고종은 한규설의 인품을 잘 알고 있던 터라 짐작한 대로 고개를 끄덕였다. 이어 탁지부대신 민영기가 말을 받았다.

"상감마마, 저 역시 한 강석 대감과 같은 뜻이옵니다. 절대 제 손으로 우리나라를 남에게 넘길 순 없습니다."

하지만 고종은 들으면서도 망설였다. 나도 같은 생각이지만 이를 일본에 어떻게 전달할 수 있고 누가 그 일을 맡아 할 수 있겠는가. 고종이 되물었다.

"그러하면, 귀 대신들 중 누가 이를 일본에게 설명하고 이해를 구할 수 있겠소?"

고종이 한규설과 민영기를 쳐다보았다. 하지만 이 말이 떨어지자 무섭게 학부대신 이완용이 끼어들었다.

"국제정세를 돌아보고 국내 사정을 훑어보아도 일본제국에게 저항만 할 순 없는 처지입니다. 하면 일본제국의 뜻을 따라 주는 것이 대한제국의 국익에 이익이 될 것이오니 실속을 차려 나라를 보존하는 게 옳다고 신은 아룁니다. 얄팍한 자존심을 앞세울 일이 아니옵니다. 더구나 일본제국은 대한제국의 왕실의 안녕을 보장해주고 있지 않습니까?"

이에 한규설이 버럭 화를 냈다.

"나라를 우리 손으로 넘기자는 겁니까? 왕실의 보존은 빌미에 불과합니다. 우리 몇몇 대신들의 안위도 보장해 주겠다고 하겠지요. 일본이 그동안 몇 백 년 전부터 우리에게 해온 것을 잘 알고서도 그런 말이 이 대감의 입에서 나옵니까? 우리 백성들은 이 대감의 안중에는 전혀 보이질 않은가 봅니다."

다른 대신들은 침묵으로 일관했다. 내부대신 이지용이 침묵을 깼다.

"대세입니다. 대세를 거스를 수가 없습니다. 그렇다면 대세를 따라야 합니다. 일본제국을 이 기회에 받아들인다면 우리 황실의 안녕은 물론 우리 역시 지금과 별반 달라질 것이 없습니다. 왜 굳이 일본제국과 맞서 싸우려하는 무지한 일을 자초하려는 겁니까. 우리의 역사에서 배우지 않았습니까? 청국이 우리 임금을 무릎 꿇게 한 수치를 또 당해야만 합니까? 그러기 전에 일본제국이 손을 내밀 때 그들의 손을 잡아주는 것이 현명한 처사입니다."

이지용은 말을 하면서도 내내 고종에게서 눈을 떼지 않았다. 민영기가 가로막았다.

"그럼 백성들은 어떻게 되겠습니까?"

이완용이 이지용을 거들었다.

"나라가 살고 나서야 백성이 있고 황실이 온존돼야 백성도 있는 겁니다. 그들은 나라가 어떻게 되든 빌어먹고 살게 돼 있습니다. 나라의 운명이 이 지경에 처해있는데 백성을 염려할 처지나 형편은 아니오니 그런 순서 뒤죽박죽의 감정만으로 나라의 운명을 가볍게 농단하지 마시오."

한규설이 일어나 이완용에게 소리를 질렀다.

"가볍게라니? 누가 가볍게 굴고 있는 지나 알고 하는 말입니까?"

고종이 어디 안전이라고 큰 소리냐며 한 대감을 꾸짖었다.

"작년에 이어 외교권마저 일본에 넘겨주는 것, 이것이 두 이 대감들은 나라를 살리는 일이라고 생각하고 있단 말이오?"

어전회의는 또 다시 긴 침묵으로 빠져들었다. 고종이 자리에서 일어났다.

"대신들이 의논을 잘 하여 결정하도록 하시오."

나라의 운명을 좌우하는 의정부 회의는 한 시간도 채 채우질 못했다. 그 짧은 시간에 대한제국의 미래는 결정되고 말았다. 곧 이어 저녁 여덟 시가 되어 이완용과 이지용으로부터 어전회의 결과를 다 보고 받은 이토가 칼 찬 일본 사령관을 앞세우며 고종이 묵고 있는 경운궁으로 들이닥쳤다. 저녁 여덟 시. 고종은 인후통과 두통이 심하다는 이유로 이토 일행을 끝내 만나지 않았다.

1905년 11월 5일 오전 6시 59분. 일본 도쿄 신바시 역.

더 질질 끌 일이 아니다. 무르익었으니 따 먹기만 하면 된다.

막 출발하려는 전용열차에 앉아 창밖을 내다보는 이토 히로부미가 작은 입을 앙다문다. 섬나라 일본이 대륙으로 진출하는 중차대한 임무라지만 이미 임무는 출발부터 이룬 것이나 다름없다. 삼백여 년 전 도요토미 히데요시가 이루지 못한 일을 이제 내가 해내고 있다. 섬나라 일본의 대륙 진출, 이번엔 실수해서도 안 되며 실패하지 말아야 한다. 청은 물론 유럽의 러시아도 거뜬히 물리쳤다. 그리고 영국·미국·프랑스·독일로부터는 이미 약조를 받아놓은 상황이다. 조선을 갖는 일로 영국은 인도를, 미국은 필리핀을… 일본도 요동 땅을 양보하며 받아낸 조선 복속. 이토의 가슴이 벅차왔다. 하지만 여기서 만족하지 못한다. 다음은 만주다. 전략 상 잠시 요동을 내줬을 뿐이다. 이젠 섬나라가 아니다. 당당히 대륙의 나라로서….

그는 한성을 일본의 수도로 삼아 천도할 계획을 품는다. 때가 비로소 도래했다. 기차역에는 환송객으로 꽉 찼다. '일본제국 만세'를 외쳐대고 '일본은 영원하다'로 함성을 지르는 저들이 이토의 눈에는 들어오지 않았다. 하수인은 하수인의 역에만 충실하게 만들면 된다. 하수인으로서 충실한 저들, 그들은 충성이라고 여길지 모르지만 개가 주인을 무조건 따르는 일을 충성이라 하지 않듯… 충성은 자기가 나라를 위해 지금까지 하고 있는 일이다. 저들, 일본국민이요 이토를 존경하는 애국시민들, 짐승들이 떠들어대는 야만의 들판이로구나, 나도 저 군중 속의 한 명일 뻔했다. 나도 저들과 다름없이 짐승처럼 시키는 대로 끌려가는 하수인 꼬봉일 수밖에 없었다. 스승을 자연스럽게 떠올린다. 허리를 곧추 펴고 등을 세운다. 이미 죽은 스승이지만 그에게는 아직도 살아있다. 당장 앞에 있다. 하이! 야스쿠니 신사에 제 일 신위로 제자 이토가 모셨다. 스승은 태어남의 귀천을 따지지 않았다. 제자로 들이기 전 한 사람 한 사람을 따로 불렀다.

"너의 아버지는 어떻게 살아왔나? 너의 할아버지는 어떻게 살다 죽었나?"

꼭 묻는 질문이었다. 다 알고 묻는 질문이었다.

"학자로서 책을 항상 놓지 않았으며…"

죽도가 예비제자의 목을 후려친다.

"그래서 너도 만족하느냐? 너도 그렇게 니 아비, 니 할아비처럼 책만 끼고 살다가 죽을 거냐?"

평생 책이나 읽어라, 이 말을 더 듣고 쫓겨나야 했다. 물러난 제자가 한두 명이 아니었다. 소문이 퍼졌다. 제자가 되려거든 자기 조상부터 부정해야 한다.

"너의 아버지는 어떻게 살아왔느냐? 너의 할아버지는 어떻게 살다 죽었느냐?"

또 같은 질문이다. 소문을 듣고 온 예비제자는 이미 머릿속에 담아둔 대답을 말한다. 모이는 이곳 이름도 송하촌숙(松下村塾)이라지 않는가. 이름에서 답을 구했다.

"열심히 밭을 갈아 가족을…."

역시 열다섯 살 어린 아이의 목은 죽도에 여지없이 강타 당했다.

"그래서 너도 그렇게 살 것이냐? 니 아비 할아비처럼 땅만 파다가?"

소문이 퍼졌다. 제자가 되려거든 성실이나 효성 따위를 입에 오르게 해서는 안 된다. 더욱이 그것을 자랑으로 여겨서는 안 된다.

"너의 아버지는 어떻게 살았느냐? 너의 할아버지는 어떻게 죽음을 맞았느냐?"

질문은 다르지 않았다. 소문이 퍼지면서 답도 달라져야 했다. 국가에 대해 무조건 충성하리라.

"나라를 위해 목숨을 기꺼이 바쳤습니다. 할아버지는 청나라와의 싸움에서, 아버지는 러시아와의 전투에서 장렬히 전사하셨습니다. 조선 땅에서 다 돌아가셨습니다."

그러나 여지없이 죽도는 목덜미를 향했다.

"그래서 너도 그렇게 죽겠단 말이냐?"

고개로 갸우뚱, 의아해할 틈도 주지 않고 죽도의 세례를 받았다. 소문이 퍼졌다. 효도 아니고 충도 아니고 그럼 뭐라 대답을 해야 하나. 요시다 쇼인은 자자하게 퍼진 소문들을 하나 빠짐없이 들었다. 이쯤 되면 쓸만한 놈 하나쯤 나타나겠지. 질문을 바꾼다.

"앞으로 어떻게 살고자 하느냐?"

예상 밖의 질문을 받고 어쩔 줄 몰라 주춤하는 예비제자의 목뼈는 부러지지 않은 것만으로도 고맙다고 해야 했다.

"집으로 가라. 성심으로 부모께 효도하고 온 힘 바쳐 나라에 충성하며 너는 살거라. 내 제자의 그릇으론 진즉에 글렀다. 심학숙으로 갔어야지 왜 여길 왔느냐?"

야마구치현 하기시의 송하촌숙 앞에는 요시다 쇼인의 제자가 되고자 하는 젊은이들이 끝없이 몰려들었다. 하지만 받아들여졌다는 제자는 하나도 없었다. 후에 제자가 된 구사카가 역시 제자인 이토에게 물었다. 뭐라 대답했냐? 문하생이 된지 불과 한 달도 안 된 이토는 벌써 요시다의 수제자가 되어 있었다. 너는? 속을 드러내지 않는 것은 적보다도 동료나 동지에게 더 절대적이다. 구사카도 만만치 않았다. 이제 우리는 한 식구야. 요시다 선생의 한 밥솥을 먹는 동지란 말이다. 구사카가 먼저 했다는 대답을 털어놓았다.

"학습으로 익힌 지식을 활용함에 있어서 내 힘을 키움과 동시에 나라를 일으키는 데에 쓰임이 당연한 일이며, 이러자니 지식을 함양

함에 있어 한 치도 소홀함이 없어야 할 것이고, 내 힘으로 필시 외세에 협박 받고 있는 지금의 일본을 강건하게 일으킴으로써 일본의 자존심과 함께 나의 명예에 흔들림 없이 내 장래를 바칠 것입니다. 이것이 내가 앞으로 살고자 하는 바입니다."

장황하게 떠벌리는 구사카를 보며 이토가 고개를 끄덕거리지만 구사카의 말을 액면 그대로 믿을 순 없었다. 이토는 그저 웃음으로 대답했다. 구사카도 조급해하지 않았다. 체력단련시간이라며 자리를 옮기자고 하는 이토에게 구사카도 불만이 없다. 나와 비슷한 대답을 했겠지. 이토는 체력단련장인 해변으로 걸어가며 한 달 전 요시다 앞의 자신을 생각한다. 길게 대답할 게 아니었다.

"나는 제왕이 될 것입니다. 남의 밑, 부하만으로 살기에는 내 삶이 가소롭습니다. 이것이 나의 앞날입니다."

전용열차는 도쿄를 출발한지 오래 됐다. 제왕이 되어 돌아오리라. 제왕이란 침략이며 도적질로라도 얻어내야 할, 빼앗아서라도 차지해야 할 절체절명의 사명이었다. 서양제국이 그의 교과서다. 침략·약탈·겁탈… 이것이 서양의 자국국부론이듯이 방법과 수단에 있어 온전하고 정당해서는 결코 쟁취할 수 없다. 단 하나, 총, 무력이었다. 그러자니 산업화요 그것을 키우자니 식민지를 늘려야 한다. 여기에 위선이 함께 한다. 총만이 아니라 정신으로도 식민해야 한다. 그 정신이란 것이 바로 기독교였다. 이토가 서양에서 배운 것을 그대로 조선에 적용한다. 기독교 대신 일본의 종교를 심을 것이다. 창밖으로 세토 해안이 펼쳐진다. 바다가 막혀있다. 일본이 좁다.

스승은 제자들에게 거의 평지인 하기시에서 구릉을 찾아 매일 오르게 했다. 그곳에 서서 바다를 내려다보게 했다.

"눈을 치켜뜨고!"

멀리 바라보라는 말이다.

"보이나?"

"예!"

보이지 않는 것도 보인다.

"무엇이 보이나?"

"대륙이 보입니다."

"대륙이 잘 보이나?"

"가로막혀 있습니다."

"그것이 무엇이냐?"

"조선입니다."

"조선? 그곳이 나라냐, 도시냐?"

"예. 청의 끝자락에 붙은 반도입니다."

"걸림돌이란 얘긴데 걸림돌은 어떻게 해야 하나?"

"돌일진대 인정사정 봐줄 게 없습니다. 진흙덩어리라면 짓밟아 가루로 만들고, 몽돌이라면?"

요시다가 대답을 가로챈다.

"저 걸림돌이 몽돌로 보이기는 하나?"

"아닙니다. 짓밟아 부숴 가루로 만들면 충분합니다."

스승이 각을 세워 고개를 더 들어보니 제자들도 동시에 고개를 쳐든다. 꼭두각시가 따로 없다. 묻기도 전에 제자들의 대답이 함성이 되어 좁은 하기시에 울려 퍼진다.

"만주가 보입니다. 중국이 보입니다. 유럽으로 통하는 러시아 시베리아가 보입니다."

"너희들이 가야 할 곳이다. 그럼 걸림돌 조선은 무엇이냐?"

"디딤돌입니다."

스승은 하산하고 제자들은 고목처럼 서서 보이지도 않는 대륙을 향해 한 시간을 꼬박 노려보아야 한다. 상대를 뚫어지도록 꼬나 쳐다보는 것, 이는 제압의 출발이며 끝이다. 이토는 스승으로부터 조선의 울릉도와 독도의 섬에 대해 들었다.

"유럽의 손아귀에 넘어가기 전에 조선의 울릉도와 독도를 일본이 장악하라. 작은 섬에 불과하지만 지정학적으로, 군사적으로는 더욱 매우 중요한 요새다."

요시다의 야욕은 대륙에만 국한하지 않았다. 홋카이도는 물론 오키나와와 대만 그리고 더 멀리 호주에까지 미쳤다.

"유럽과 미국과는 좋은 관계를 유지하며 일본 주변 국가들을 복속시켜라. 우리보다 문명이 앞서고 무기나 전함이 아직은 우리가 감히 상대할 수 없는 유럽국가나 미국에겐 다 내줘라. 우리가 그들만큼 힘을 키우기 전엔 비굴하고 치욕적이더라도 그들에게 굽실거려야 한다. 대신 아시아를 일본의 손아귀에 넣으면 그것으로 보상이 되지 않겠느냐. 단, 잊지 마라. 힘을 키운 뒤 유럽이든 미국이든 어떻게 하라고?"

"일본의 세계제패에 유럽이나 미국도 예외가 될 수 없습니다."

제자들을 둘러보는 스승의 안색이 제자보다 더 고취돼 검붉게 상기됐다. 그 표정을 보는 제자들은 한층 더 다짐을 한다.

도쿄를 출발하기 전 이토와 수행원들은 야스쿠니 신사를 찾아 스승 요시다 쇼인 앞에 섰다.

"곧 보호조약을 받치러 오겠습니다."

스승의 가르침 십계명이 들려온다. 떠나기 전 명심, 가슴에 새긴다.

첫째, 이간질이다.

초패왕 항우와 항우의 충복이자 모사꾼인 범증 사이를 이간질하라고 진평은 한 왕 유방을 꼬드겼다. 그렇지 않으면 항우의 군사에 유방군은 무너질 수밖에 없다. 열세라는 말이다. 열세를 만회하는 일은 이간질이다. 진평은 항우 아래서 항우를 위해 몸을 바친 적도 있었다.

"그래서 어찌 되었는가?"

"유방이 승리했습니다."

"어떻게?"

"이간질하라!"

둘째, 거칠어라.

항우가 부하 조고에게 전장을 맡기고 물러나면서 절대 먼저 공격하지 말라고 명령했다. 기다렸다가 유방이 공격해오면 그때 응수해도 늦지 않는다고 했다. 조고는 항우의 명령에 따랐다. 한왕 유방은 조급해졌다. 건달 출신 유방은 성질이 더럽고 욕을 잘 했고 참을성도 없었다. 유방은 군사들에게 강 건너 초나라 군사들을 향해 욕을 퍼부으라고 명령했다. 사흘, 나흘 유방의 군사들은 전쟁터에서 욕만 소리소리 질러댔다. 조고는 엿새째 더 참지 못하고 강을 건너 한나라를 치기로 했다. 조고의 군대는 강을 건너는 데에 힘을 다 빼앗겨 결국 한나라에 무릎을 꿇고 말았다.

"상대하기 힘든 적이라도 수단과 방법을 찾으면?"스승은 문답법을 썼다.

"있습니다."

"그 중 한 방법은?"

"욕도 전술입니다."

"그렇다. 거칠어야 상대를 제압할 수 있을 때가 의외로 많다. 욕이 무기다. 하면?"

"거칠어라!"

셋째, 협박하라.

이번에는 유방이 기다렸다. 항우가 유방의 아버지와 그 부인을 인질로 잡고 있었다. 오랜 대치로 식량이 다 떨어지자 전쟁 외에는 달리 방법이 없는데 유방은 공격하려 들지 않았다. 항우는 한왕 유방에게 고했다. 유방의 아버지의 몸을 묶어 널빤지 위에 올려놓고, 빨리 항복하지 않으면 네 아버지를 죽이겠다고 했다. 유방은 화친을 요구했다. 화친하고자 해서가 아니었다. 한신 등 지원군을 기다려야 했다. 시간을 끌기 위해서 화친을 앞세웠다. 협박에 거짓으로 응했다.

"수단과 방법에는?"

"협박이 있습니다."

"약자일수록 협박하라. 약자에겐 무력이 최고다. 약자에게 인정사정 봐줄 것이 없다. 인정사장 봐주는 일은 시간만 지체할 뿐이다. 그럼 셋째는?"

"협박하라!"

넷째, 속여라.

말로만 떠들던 유방이 대응을 않자 항우는 화가 치밀었다. 궁사를 시켜 일제히 활을 쏘게 했다. 예측 못한 유방이 피했지만 화살은 가슴을 관통했다. 하지만 유방은 몸을 숙이며 제 발을 만졌다. 적이 고작 나의 발가락을 쏘았구나. 적진에 들리게 소리쳤다. 항우는 의기소침해지고 말았다. 이 개월의 시간을 번 유방이 한신·영포 등과 합세하여 결전이 벌어졌다. 유방이 승리했다.

"속이지도 못하고 패할 것인가, 속여서라도 이길 것인가?"

"속여서라도 이겨야 합니다. 무조건 무조건 이겨야 합니다!"

"속이는 게 창피한가, 지는 게 창피한가?"

"지는 게 창피합니다."

"그러니 이기기 위해선?"

"무슨 수를 써서라도, 어떤 개수작을 써서라도 지는 일은 없어야
합니다."

"그렇다. 하면?"

"속여라!"

"철저하게 속여야 한다. 어설프게 속였다간 더 당하기 쉽다."

"철저하게 속여라!"

다섯째, 인정하라.

대승을 거두고 천하를 차지한 유방이 신하들에게 물었다. 내가 어
떻게 천하를 얻었고 항우는 어찌하여 다 차지했던 천하를 잃게 되었
는가. 의견이 분분했다. 유방이 고개를 크게 저었다. 그대들은 하나만
알고 둘은 모르는 도다. 성공과 실패는 어떤 인재를 쓰느냐에 달려 있
다. 나는 이것을 알고 있었고 항우는 그렇지 못했다. 전술을 짜고 지
휘하는 일에서는 내가 장량보다 못하고, 재정을 보살피고 백성과 병
사를 헤아림에 있어서는 내가 소하보다 못하고, 대군과의 싸움에서
승리한 일로 보면 나는 도저히 한신을 따를 수 없다. 나는 이 세 사람
을 가졌고 항우는 범증 같은 인재도 물러나게 했다. 그래서 그는 실패
하고 그래서 나는 성공했다. 유방의 이 말은 이 세 명 외의 다른 신하
들까지 충성하게 했다.

"성공과 실패는 종이 한 장 차이다. 자신의 능력에 지나치게 과신

하지마라.”

“예. 잘 알겠습니다.”

“척하더라도, 본심이 아니더라도 인정할 것은 인정하라. 알았나?”

“예. 인정하라!”

여섯째, 퍼트려라.

인정한 것과는 달리 유방은 한신을 무척 꺼려했다. 더 크기 전에
기회를 봐서 한신을 없애야 했다. 뜻밖에도 이 일은 유방의 부인 여
후가 해냈다. 반란을 일으켜 스스로 왕이라 하며 이십 개 군을 점령한
진희를 토벌하라고 유방이 한신에게 명령했다. 하지만 한신은 핑계를
대고 출병하지 않았다. 천하제패의 공로에ⓒ 비해 한신은 한직으로
물러나 불평이 이만저만이 아니었다. 유방이 직접 진희를 치러 수도
장안을 떠났다.

한신이 진희와 내통하며 한을 무너트리려고 한다는 이야기가 여
후의 귀에도 들어왔다. 여후는 승상 소하와 짜고 진희가 유방에게 패
배하여 체포돼 장안으로 압송되고 있다는 거짓말을 퍼트렸다. 한신이
듣고 겁을 집어 먹었다. 이때 대신들을 궁정에 모이게 했다. 진희를
끌고 오는 한고조 유방을 환영하는 잔치를 벌이겠다고 했다. 한신이
빠져서는 더 의심을 받을 것 같아 입궐을 했다. 매복하고 있던 군사들
이 한신을 덮쳐 죽였다. 진희는 한참 후에야 전장에서 죽었다. 죽기도
전에 죽은 진희로 만들어 한신을 쳤다.

“소문은?”

"발보다 빠릅니다."

"하면. 소문을 잘만 활용하면?"

"성공합니다."

"소문이 거짓이라면?"

"목적이 이기는 것인데 거짓이며 진실을 따질 필요나 이유가 없습니다."

"그래서?"

"퍼트려라!"

"거짓일수록 더 효과가 있는 법이다."

일곱째, 잔인하라.

천하제패 일등공신인 팽월이 반란을 일으키려 한다는 소문이 돌았다. 증거를 찾을 수 없었지만 여전히 불안한 심경에 유방은 팽월을 외지로 쫓아내려고 했다. 이에 유방 부인 여후는 유방의 귀에 속삭였다. 팽월을 외지로 내몬다면 그는 언젠가 군사를 모아 반격해올 인물입니다. 후환을 남기는 일이 될 것입니다. 부인의 말을 듣고 한고조 유방은 팽월을 처단해버렸다. 사실 여후가 먼저 팽월을 외지로 내보내라고 유방에게 건의를 했었다. 그랬던 여자가 팽월을 죽이게 한 것이다. 일등공신들이 하나하나 처단되자 혼자 남은 영포는 불안했다. 다음은 자기 차례. 그러나 그냥 당할 수는 없었다. 시골 건달 출신 유방을 황제의 자리에 누가 앉혀놨던가. 영포는 유방이 가소로웠다. 영포는 군사를 일으켜 유방에게 선포했다. 건달아, 너 까짓것도 하는 황제, 나도 되고자 한다. 하지만 대세는 이미 유방에게 기울어져 있었고 영포는 처참한 최후를 맞아야 했다. 일등공신을 유방은 고마움도 모르고 다 싹 쓸어 버렸다.

"교훈은?"

"토사구팽입니다. 사냥을 끝냈으니 필요 없는 사냥개는 삶아 먹어야 합니다. 감탄고토입니다. 달면 삼키고 쓰면 뱉어냅니다."

"너희들, 참으로 잔인하구나. 퍽 맘에 든다. 그래서?"

"잔인하라!"

요시다 쇼인은, '나에게는 아니겠지?' 결코 웃음을 띤 얼굴은 아니었다.

"절대 스승님껜 있을 수도, 상상할 수도 없는 일입니다."

이토가 눈치 빠르게 그 작은 입을 놀린다. 이토가 일본 수상이 되고 처음 한 일이 도쿄에 있던 조슈번 신사를 야스쿠니 신사로 바꿔 그 스승을 제 일 신위로 모신 일이다.

여덟째, 음모하라.

한고조 유방이 늙어 병세를 의술로는 잡을 수 없게 되었다. 대신들은 고조 앞에서 백마의 목을 따서 그 말의 피를 자신들의 입에 바르고 맹세했다. 이것이 '유씨 성을 가진 자가 아니면 왕이 되어서는 안 된다.'는 백마 맹세이다. 유방은 척 부인을 총애하여 그녀가 낳은 아들 여의를 조왕으로 봉했다. 유방은 태자 유영 대신 여의를 태자로 삼으려고 했다. 하지만 대신들의 반대로 뜻을 이룰 수가 없었다. 유방은 제멋대로 하는 부인 여후가 무척 거슬렸다. 자기가 죽고 나면 척 부인과 여의를 죽이고 말 것이었다. 이에 대신으로 하여금 말의 피로 백마 맹세까지 받아내며 척 부인과 그 아들의 안전을 부탁했다. 그리고 유방은 죽었다.

맹세보다는 음모의 힘이 크다는 사실은 스승이며 제자들 모두 멀리 중국이 아닌 일본 역사를 통해 잘 알고 있었다. 도요토미 히데요시가 죽으며 다섯 명의 장군들에게 자신의 어린 아들과 부인을 지켜달라고 했고 장군들로부터 서약을 받았다. 그러나 그 다섯 장군 중 도쿠가와 이에야스는 약속을 어기고 그 아들과 부인을 잔인하게 죽게 했다. 이에야스는 수도를 에도로 옮기며 에도 막부를 세웠다. 또 에도 막부는 요시다의 제자들로 붕괴된다.

"맹세로도 음모하라. 무슨 뜻인지 알겠는가?"

"예. 물론입니다. 음모야말로 최고의 맹세입니다."

"너희가 나보다 한 술 더 뜨는구나. 이제 더 가르칠 게 없다. 그러나 두 개가 더 남았다. 서양에는 십계명이란 게 있다. 하니, 열 개는 채운다. 철저하게 배워 와서 써먹어라. 그럼 여덟째는?"

"음모하라!"

아홉째, 숨겨라.

한고조 유방이 죽었지만 여후는 이 소식을 누구에게도 알리지 않았다. 그녀의 심복 심이기를 불렀다. 고조가 죽었으니 누굴 믿을 수 있겠소. 고조 밑에서 일하기를 꺼리며 눈치만 보던 대장들이 분명

들고 일어날 것인데 선수를 쳐서라도 이들을 다 죽여 없애는 것이 좋을 것이오. 심이기는 머뭇거렸고 이러한 사실이 알려졌다. 대신 중 한 명이 심이기에 따졌다. 임금이 돌아가신지 이미 나흘이나 되었으나 왕후께서는 장례를 미루며 대신들을 다 죽일 계획을 세우고 있다는 소문을 들었소. 당신의 목숨이 위태롭기는 우리와 다를 게 없소. 심이기도 겁을 집어먹고 여후를 찾아 상의하고 장례를 치르기로 했다. 여후는 태자 유영을 황제에 앉히고 자신은 여태후라 하였다. 그러나 왕이 된 유영은 무능하여 여후가 시키는 대로만 했다.

"역사는 얼마나 잘 숨기느냐에 따라 전혀 달라질 수 있다. 곧이곧대로 사는 것은 무릇 백성이나 할 짓이다. 숨길 수 있는 능력이야말로 대세를 제 손아귀에 넣을 수 있는 최선의 방법이다. 최악의 수단일지라도 큰일을 도모하려거든 솔직함을 절대 숨겨라. 자기 아내는 물론 자식에게도 숨김은 같다. 어쩌라고?"

"숨겨라. 자식·아내에게도 숨겨라!"

"잊지 마라. 이제 하나가 남았구나."

열 번째, 허수아비로 만들어라.

여태후가 척 부인과 그녀의 아들 여의를 좋아할 리 없었다. 가장 혐오했다. 후환이 될 뿌리는 그 뿌리부터 없애야 했다. 우선 척 부인을 노비로 만들고 여의를 장안으로 불렀다. 황제 유영은 동생인 여의를 어머니가 해치려는 의도를 알고 여의를 감쌌다. 곤히 자고 있는 동생 여의를 혼자 남겨두고 사냥터에 다녀온 유영은 오자마자 동생을 찾았지만 여의는 침대 위에서 시체로 변해 있었다. 동생을 끌어안고 통곡했다. 여태후는 그것도 모자라 척 부인의 손발을 끊어버리고 두 눈을 도려낸 뒤 약을 먹여 벙어리로 만들었다. 그래도 성이 차지 않아 척 부인을 돼지우리에 처박아 넣었다. 이 소식을 들은 황제 유영은 신하를 보내 여태후에게 전했다. '짐승도 아닌 사람으로서 어찌 이런 일을 할 수가 있단 말입니까. 나는 당신의 아들이지만 천하를 다스릴 능력이 없습니다.' 여태후에게 국정을 넘기고 말았다. 유영은 일찍 죽고 그 뒤 팔 년간 여태후가 한나라를 통치했다.

"무엇을 얻었는가?"

여러 번의 되풀이 주입 수업으로 제자들은 뇌 속에 깊숙이 못이 박혔다.

"허수아비로 만들라!"

"중국의 얘기가 아니다. 대일본제국의 미래는 너희들에게 달려있다. 그러자면 허수아비는?"

제자들은 매번 어떤 대답을 해야 하는 줄 알면서도 서로를 쳐다보았다. 그리고 가장 자신 없게 중얼거렸다. 제자들의 속을 다 들여다보고 있는 스승 요시다는 자신 또한 이 점에서는 자신이 없었다. 천황을 앞세우자. 뒤에서 부리면 된다. 자신을 다듬은 요시다가 소리쳤다.

"너의 아비, 할아비처럼 하급무사로만 살다가 죽을 것이냐?"

이때 이토가 소리 질렀다.

"존왕양이!"

요시다가 한 제자로 인해 힘을 얻었다.

"모셔두는 것뿐이다. 모양새로 갖추기 위한 것일 뿐이다. 국민을 꼭두각시로 만드는 가장 좋은 방법이다. 꼭두각시가 허수아비를 섬기게 한다. 그러니 이것을?"

"허수아비로 만들자!"

"그래야 대일본제국이 이 지긋지긋한 화산과 지진의 섬나라에서 벗어날 수가 있다. 왕의 손 하나가 아니라 바로 젊은 너희들의 손에 대일본제국이 걸려있다. 외쳐라. 소리 질러 성취하자."

"허수아비로 만들자!"

병법에 능통하여 열한 살에 집안에서 병법 강의를 하기도 했다는 요시다 쇼인을 병법학자, 군사전문가로 부르지만 이는 꽤 왜곡된 것이 아닐 수 없다. 자기에게 필요한 것만 골라내는 발췌의 달인에 불과했고 이를 당장의 현실에 적용하는 데에 특출 난 선동의 재주가 있었을 뿐이다. 제자들은 이 점에서 스승을 존경하지 않을 수 없었다. 그는 군사전문가라기보다는 예언자였다. 예언자의 삶이 다 그렇듯이 스스로 이뤄내지 못하고 제자들에게 기회를 준다. 본의야 어찌됐든… 결과가 그렇다. 예언은 결과로 평가하는 것이다. 제자는 영광으로 알고 그를 우상으로 삼아 남들까지 우상으로 섬기게 해야 하는 소명을 스승으로부터 물려받는다.

이토는 히로시마로 접어들 즈음 스승을 돌아보며 스승처럼 예언자이고 싶었다. 촌 동네, 다 무너져 내린 하급무사의 집안에서 일본의 초대 수상에 오른 이토는 일본의 미래를 예측, 아니 예언한다. 자기의 기적 같은 삶처럼 섬나라 영국이 했듯 세계제패의 일본을 예언한다. 기차는 히로시마 역을 지나고 있다. 촌 건달이 중국의 중원을 통일할 수 있었던 역사만을 꿰차고 맹신하며 이것을 일본에 적용해 보려고 한 스승의 지극히 편협한 주장을 누구보다도 이토가 잘 알고 있다.

맹신이 꿈을 이룬다. 곧 고향에 도착한다. 내가 스승을 만나지 못했다면 나는 지금쯤… 나를 환영하는 저 군중 속의 저 한 사람에 불과했을 것이다. 남을 부러워하고 남을 위해 환호하는… 그것은 상상도 하기 싫은 최악일 뿐이었다. 하이! 남의 이목도 무시한 채 앉은 자리에서 허리를 구십 도로 꺾어 예언자 스승에게 경배를 올린다. 내 삶의 예언자이기도 하다. 이토는 눈을 감는다. 예순여섯 살의 나이를 돌아본다. 유방의 삶으로 배워온 스승의 가르침과 나의 처세… 유방이 칠십에 죽었다던가. 나는 백 년이라도 살리라. 하나에 몰입하면 천하를 얻을 수 있다. 하지만 스승은 남을 속이라고는 가르쳤지만 자기 자신을 속이라고는 차마 가르치진 못했다. 오히려 인정하라 했다. 설마 가르쳤다 해도, 자신을 속였다 해도 자신을 속인 자기로 인해 더 큰 고통이 돌아올 것이라는 생각에 어쩔 수 없는 쓸쓸함이 이토의 입에서 삐져나오는 것을 막을 순 없었다. 반나절 이상 입에 아무 것도 대지 않았건만 쩝쩝, 입맛을 다시게 하는 게 있다. 유방 전문가, 유방 맹신자. 자신이며 스승이다.

지우기 위해, 지워내야 하기에 애써 다시 또 유방을 모신다. 배운 게 도적질이라고 또 우려먹어야 한다.

큰 바람이 일어나니 구름이 몰려온다.
사해에 이름 떨치고 고향으로 돌아왔노라.
사방 지킬 용사 또 어디 가서 찾을꼬.

중국을 통일한 기쁨을 억누르지 못해 유방이 읊은 '대풍가'다. 이제 대풍가는 유방의 것이 아니라 나, 이토의 것이다. 기차는 그의 고향 야마구치현을 막 접어들고 있다.

11월 7일 오후 4시 44분.

어제 늦게 시모노세키에 도착한 이토는 고향사람들로부터 대대적인 환영을 받았지만 정작 열렬히 환호하는 고향사람들은 안중에도 없었다. 조선으로 향하는 배는 하루 뒤 8일에 출발한다. 그는 꼭 걷고 싶은 곳이 있었다. 환영식 따위는 필요 없다, 그는 하루 내내 호텔 방안에서 칩거하며 조선의 완전한 복속에만 몰두했다. 해가 서쪽으로 꽤 기울었다. 이토는 혼자 호텔을 나와 아카마 신궁과 고잔지가 있는 언덕으로 올라갔다. 언덕에서 관문 해협을 내려 보다 청일전쟁 후 리홍장과 조약을 체결한 아카마 신궁에 눈을 고정한다. 십 년 전이다. 이토는 청의 요구를 모두 묵살했다. 청을 대표하는 리훙장이 체결의 당사자로 나와야하고 일본 땅 시모노세키여야 한다고 고집을 부렸다. 고향에서 청을 완전 제압하고자 했다. 리훙장이 시모노세키로 왔지만 조약의 내용에 대해 계속 거절했다. 다른 나라의 국익을 그 이유로 들었다. 다른 나라에게도 이익이 되는 조약이 되어야 한다는 것이었다. 다른 나라란, 아시아에 진출한 영국·프랑스·독일·러시아와 미국이다. 훙장의 속셈은 다른 나라를 끌어들임으로써 일본의 주도권을 분산시키고자 하는 데 있었다. 이토는 '어떤 수라도 써라.' 스승의 가르침을 다시 떠올렸다. 스승은 죽었지만 송하촌숙은 시모노세키에서 가깝다. '하려거든 거칠게 협박하라.' '인정하되 속여라.' '퍼트리되 숨겨라.'

　직후 리훙장은 일본 극우파 청년의 총을 맞는다. 총알은 훙장의 눈을 살짝 스쳐 지나갔다. 절묘했다. '이용가치가 있으면 겁은 주되 죽이지는 말아라.' 그러기에는 신체에서 눈이 제일 적격이었다. 겁먹은 훙장은 시모노세키를 떠났고 그의 아들을 대표로 보냈다. 이때 일본의 왕은 리훙장에게 유감을 표시했고 이토나 일본 측 대표 중 한 명인 무쓰 무네미쓰 역시 유감을 표했다. 이것으론 미약해, 일본뿐만 아니라 청나라 국민들에게도 알렸다. 일본 언론은 일제히 리훙장의 암살 미수를 크게 보도하며 역시 유감의 기사를 올렸다. 언론 동원은 리훙장 한 사람이 아닌 청나라 국민들까지도 겁을 먹게 하는 가장 강력한 수단이요 수법이었다. 자국 일본 국민에게는 우월감을 주는 더없이 좋은 방법이었다. 거대국가 청나라를 우리가 쐈어. 일본, 대단하지 않나? 국민을 꼭두각시로 만들라, 언론 동원이 최고였다.

　이토에게는 일왕뿐이 아니라 일본 국민도 예외는 아니었다. 분명 청출어람이 이런 뜻은 아니건만 어쨌든 스승의 수제자는 스승을 넘어섰다. 십 년 전, 청나라도 무릎을 꿇게 했는데 하물며 조선쯤이야. 이미 조선의 왕후를 죽인 전력도 있고 일 년 전, 조선의 왕 고종을 협박하고 회유도 해서 한일의정서에 도장을 찍게 하지 않았는가. 이토에겐 성취가 아니라 시간문제만 남겨뒀다. 얼마나 빨리. 스승의 십계명을 되뇌며 관문 해협이 내려다보이는 아카마 궁과 고잔지 사이를 걸었다. 이곳에서 리홍장이 총알을 맞았지. 이토는 암살범이 아닌 데도 생생히 기억했다. 이내 고개를 젓는다. 총알이 눈을 스치게 했지. 주체는 늘 자신, 이토여야 했다. 이튿날 8일 오전 일곱 시 사십오 분, 일본 군함 수마는 이토를 태우고 시모노세키 항을 떠나 조선의 부산으로 향했다.

11월 8일 오후 8시 03분.

　군함이 부산에 닻을 내렸다. 배에서 내리기 전 이토는 창문으로 모여 있는 인파를 주시한다. 복장으로 조선인과 일본인이 구별되지만 일본 옷을 입고 있는 군중 중에는 일본인으로 보이지 않는 사람들도 많았다. 조선인? 이토에게는 대한제국이란 개념이 머릿속에 없다. 조선일 뿐이다. 배에서 내리면서도 일본 옷을 입은 조선인을 눈에서 떼지 않았다. 경계해서가 아니다. 내 수하에 저 몇 놈만 있으면 돼. 많이도 필요 없다. 그런 자 중 송병준이 한성에서 기다리고 있을 것이다. 그놈은 너무 질이 낮아. 목을 저어대고 있을 때 군중의 한 놈이 '우리 일본'이라고 외쳐댔다. 미친 놈, 조선 놈이 우리 일본? 미치지 않고서야. 이토는 그자에게 웃어 보이며 손을 들어준다. 팔짝팔짝 더 환장을 한다. 저러니 니 나라가 일본에 먹힐 수밖에. 자발해서 제 나라를 받쳐 내주겠다는 데야… 이토는 다시 한 번 '우리 일본'에게 손을 흔들어 준다. 빌어먹고 사는 놈들이 어디든 있게 마련. 그래서 빼앗기 수월하고 도적질이 쉬운 것이다.

이튿날 오전 일곱 시, 부산 초량 역에서 대한제국 황실이 제공한, 꽃으로 수려하게 장식된 궁정 열차에 이토는 올라탔다. 세상엔 적을 이렇게 환대하는 한심한 것들이 다 있다. 스승도 그러라고 하긴 했다.

'미국이나 유럽에 대해서는 굽실거려라. 그 대신 조선 등 아시아에서 그 수치를 벌충하라.'

이토에게 조선은 이미 일본 땅이었다.

여섯 달 전 개통한 경부선을 따라 한성으로 향하는 이토의 감회가 남다를 수밖에 없다. 고종은 조선의 자본으로 경부선을 건설하고자 했다. 어림도 없는 소리. 일본은 일본 자본의 유령회사인 경부철도주식회사를 만들어 1901년에 착공해 1904년 12월에 완공했다. 이듬해부터 열차는 경부선을 달렸다. 경부선은 부산에서 한성으로 이어지는 길이 아니었다. 만주로 이어지고 중국과 러시아, 결국 유럽으로 이어

저야 했다. 그 디딤돌이 경부선이다. 걸림돌이 디딤돌로 변해 그 발판이 마련됐다. 그러니 건설부터 장악해야 했다. 단순한 이권에만 천착하지 않았다. 물론 이권은 중요하다. 그러나 더 큰 이권이 있다. 침략의 토대, 이토에게 길은 바로 그것이었고 그 출발의 길이 경부선이었다.

11월 16일 오후 3시 53분.

이토가 조선의 대신들을 자기가 묵고 있는 손탁호텔로 불러들였다. 같은 시간에 이토는 일본 공사 하야시가 조선의 외부대신 박제순을 따로 만나게 했다. 외교책임자인 외부대신을 존중해서가 아니다. 이미 일본의 앞잡이로, 대신의 자리도 일본의 입김으로 앉힌 박제순과 보호조약의 문구를 사전에 일본의 입맛대로 짜 맞춰 다른 대신들은 그저 따라오게만 하면 된다.

이토는 이중으로 일을 진행하는 모사꾼이었다. 일 년 전 한일의정서 체결에 앞서 외부대신 서리 이지용을 일만 원에 매수했던 사실을 떠올리며 박제순의 가격도 가늠해보았다. 한 푼 주지 않고도… 서두를 이유가 없다. 포상 암시면 충분하다. 개 눈앞에 고기만 달아놔도 앞으로 뛰어 달리게 돼 있다. 선례가 있어 잘 알고 있을 터, 기대하고 있을 때 일을 치르는 게 진행을 돕는다. 또 강아지 새끼를 떠올린다. 먹이를 바로 주면 덥석 물고 내뺀다. 이래서는 아니 되는 것이다. 줄 듯 말 듯… 해야 한다. 이토는 이럴 때 혼자 웃곤 하는데, 인간을 짐승으로 대할 때의 쾌감이 매우 특별해서다. 역시 스승의 가르침 덕분이다. '미국 등 서양에 빼앗긴 일본을 동양의 나라에서 빼앗아오면 보상이 된다. 서양에 철저하게, 치졸할 정도로 달라붙어라. 대신 동양을 완전 무시하고 깔고 뭉개며 대하라.' 이것이 보상이요 벌충이다. 아시아를 벗어나라, 탈아론이다. '일본은 이미 아시아 국가가 아니다.'

약육강식, 동물의 세계는 이들 스승과 제자 모두에게 최고의 선생이었다. 약자에게 강하게, 강자에게는 아양을 떨어서라도 굴종하는 동물의 비겁 논리의 정당화. 사실 동물마저도 이들이 아는 것처럼 비겁하지도 비굴하지도 않다. 이 비겁 논리는 요시다나 이토에게는 비결 논리로 둔갑한다. 만능해결사다.

이토의 눈은 참정대신 한규설부터 조선의 대신들 일거수일투족을 빠짐없이 노린다. 동물은 그래야 한다. 승자가 되면 동물은 이제 동물이 아니다. 왕좌에서 군림한다. 잡아먹느냐 잡아먹히느냐, 이것만이 문제다. 둘러보니 작년 외부대신 서리였던 이지용이 내부대신으로 승진해 있었다. 나라를 팔아먹은 놈을 승진시켜주는 나라. 쯧쯧… 승기는 잡았다. 이지용 저놈은 됐고… 이토가 입을 열었다.

"제군들은 황제로부터 그 문제에 대해 직접 명령을 받은 적이 있는가?"

대신들을 학생 부르듯이 제군이라 부르는 데는 다 이유가 있다. 외교 결례? 웃기고 있네. 약자를 제압하는 방법에서 가장 유력한 힘을 발휘하는 것은 바로 무식이다. 무식하게 대해야 겁을 더 집어먹는다.

역시 동물의 세계가 이토의 스승이다. 한규설이 '제군'이란 말에 이토를 쳐다보았다. 짐승인간, 이토가 놓칠 리 없다. 방금 속으로 '저 버르장머리 없는 자가 있나.'하며 쳐다보던 규설의 눈이 바닥으로 향했다. 고종은 다른 대신들의 의견을 들으려하지 않았다. 또 뻔하다. 일 년 전에 그랬듯이 일 년 후 지금은 그때보다 더 하다. 그리고 그 사이 일본이 앉혀놓은 대신들로 거의 채워져 있다. 고종은 참정대신 한규설에게 당부했다. 이를 한규설이 되풀이한다.

"외교의 형식이나마 남겨주기 바란다."

이토는 장황하게 되받아쳤다. 고종에게 한 소리와 같다.

조선은 청국의 속국이며, 그 속국에서 독립시켜준 게 일본이고 따라서 조선의 영토를 지금까지 보존해주었다. 그럼에도 고마움을 모르고 조선은 임금과 신하가 서로 음모하며 싸우기만 할뿐 나라를 지킬만한 힘이 없고, 이것은 아시아의 평화를 위협하는 화근이 되고 있다.

이쯤 얘기하고 있을 때 법부대신 이하영이 끼어든다.

"조선이 이만큼 독립하게 된 것은 다 일본제국 덕택입니다."

일본 주재공사로 있을 때부터 일찌감치 일본의 앞잡이로 나서고 있으며 대신의 자리도 이완용과 같이 자신이 앉혀놓았다는 사실을 너무나 잘 알고 있는 이토는 이하영의 아첨을 말로 끊었다. 이토마저, 저런 제 나라 팔아먹는 앞잡이는 더 상대하고 싶지 않았다. 상대하지 않아도 저절로 스스로 앞잡이 노릇을 할 것이기에,

"그만하면 됐다."

이토에게는 시간이 문제지 체결의 결정 따위 알고 싶지도 않다. 단지 절차만 받아낼 뿐이다. 이하영이 이어 할 말을 이토는 일찍이 여러 번 들어 익히 알고 있었다.

"조선 대신들에게는 위협하여 압력을 가해야 합니다. 그럼 다 넘어오게 돼 있습니다."

이토는 속으로 제 얘기를 제 입으로 지껄여대고 있네, 하면서도,

"알았다. 귀한 정보로구나."

적과의 싸움에서 천·만과 상대하느니 적 하나를 매수하라. 유방에서 배웠고 요시다에게서 배운 병법은 스스로 앞잡이이고자 하는 자들이 많은 조선에서 제대로 먹혔다. 이완용이 바로 나섰다. 조선의 대신들이 이토 앞에서 아첨아부로 경쟁한다.

"일본제국이 청과 러시아를 격파한 마당에 조선 같은 힘없는 나라가 일본의 요구에 응하는 것이 마땅하고 이것은 조선에도 이익입니다."

라며 궤변 국익을 펼친다. 이토는 뚫어지게 보는 시선으로 이완용을 제압한다. 저자는 러시아에도 붙어먹었던 인간, 또 언제 마음을 바꿀 놈인지 모르니… 저런 인간이 국익이라니? 이토가 이완용을 보고 혀를 차며 웃었다. 이완용도 따라 좋아 웃는다. 비웃음인지도 모르고 따라 웃는 꼴을 보니 참으로 가소롭지 아니할 수 없다며 이토는 속으로 삼킨다.

'데세끼(앞잡이)!'

그리고 이완용의 아부에 대답한다. 아부는 아부답게 대해줘야 아

부를 우롱한다. 농락한다. 아부의 순환으로 아부아첨을 부추긴다.

"전부터 눈여겨 보아왔지만 이완용이야말로 탁견과 용기를 다 갖춘 비범한 인물임을 이 자리에서 다시 확인하게 됐다."

개에겐 먹다 남은 돼지 뼈도 귀히 받아먹을 테니 하나 더 던져주는 꼴이다. 던져준 돼지 뼈에 더 알랑거리게 돼 있다. 이토는 저 놈도 됐다 하고 다른 대신을 훑는다. 농산공부대신 권중현은 참으로 교활하게도 생겼다. 저 놈도 쉽고, 이근택, 민영기 그리고 원로대신 심상훈을 파악해갔다. 그러는 동안 아무 말이 없다. 조선 대신들을 보며 면접관 앞에서 면접 대기하는 수험생 같다는 생각을 이토가 한다.

'저것들이 한 나라의 중신이라니….'

'제군'이라고 방금 그들을 부른 것은 아주 적절했다. 다 됐다. 기세를 휘잡은 이토는 이때다 하고,

"이번 조약안은 앞으로 어떤 경우라도 절대로 내용을 변경할 수 없다."

라고 못을 박는다. 동의도 없이 일방적으로 통보한다.

11월 17일 오후 8시 23분

이토는 하세가와 요시미치 주한사령관과 중무장한 일본군 헌병대장 등 역시 칼을 찬 군인들을 이끌고 임금이 잠들 시간에 입궐했다. 일 년 전 한일의정서를 체결할 때 자발적으로 긴 칼을 차고 고종을 협

박했던 송병준을 그대로 따라 했다. '너희놈들이 방법을 먼저 가르쳐 주는군. 쯧쯧….' 다 계획된 수작이 아닐 수 없다. 결례 역시 가릴 필요가 없는 승리를 위한 수단이요 수법이다. 얕잡아 봐야 이긴다. 이토는 고종에게 알현을 수차례 요구했지만 고종은 그때마다 대신과 협의하라고만 말할 뿐 자리를 피했다. 대신들에게 떠넘겼다. 작년처럼 의정서에 또 도장을 찍어줄 순 없었다. 그래? 너 잘 시간에 보자. 상대 무시, 시간으로도 얕잡아 본다. 그의 상대 제압법이다.

이토는 모인 대신들에게 각기 물었다. 질문은 반대냐 찬성으로만 이끌어갔다. 한규설과 민영기가 분명히 반대한다고 했다. 이토는 반대라고 했음에도 불구하고 반대하는 편이다, 라며 자의적·임의적으로 해석했다. 이런 애매한 표현으로 민영기는 뒤에 찬성으로 돌아서야 했다. 한규설만 끝까지 반대를 견지했다. 이토는 눈치를 보며 얼버무리는 말의 꼬리를 잡고 이지용, 이하영 같은 대신에게는,

"이미 정세를 알고 형편을 헤아린다고 하니 찬성하는 편이다."

라며 제멋대로 결론을 이끌어갔다.

"우리가 자초한 것이오."

라는 이완용의 말이 끝나자마자,

"물론 그대는 완전 동의하는 것이고."

이토가 넌지시 완용에게 눈짓을 보낸다. 이에 이근택과 권중현이 이완용과 같은 뜻이라고 답변하니 이토는 조약은 체결되었다고 일방적으로 선언해 버린다.

"이제 임금에게 가서 조인토록 하라."

이에 한규설이 두 손을 가리고 울자 이토가 그에게 다가갔다.

"어째서 당신은 우는가? 임금과 나라를 위해서 몸을 바치고 단행하는 용기가 없어서 지금 울고 있는가?"

그는 치욕을 이기지 못해 자리를 박차고 나오다가 실신하고 말았다. 그날로 한규설은 참정대신 자리를 박탈당한다. 왕이 지적에 있는 곳에서 무례하게 실신했다는 이유로. 그후 고종은 끝내 이토를 만나지 않았고 조선 대신들이든 이토든 자리를 피하며 조인해주지 않았다. 거절로 보기엔 애매한 행동이었고 승낙으로 보려니 역시 절차상의 문제가 있다. 고종의 이런 처신이 나라를 더 위태롭게 했고 고종 자신에게도 위험을 초래하게 될 것이었다. 적의 눈에는 이런 모호한 행동은 약점에 불과했다. 동물의 세계와 다르지 않다. 이러지도 저러지도 못하는 상대는 덮치기 수월하다. 이미 먹히겠다고 스스로 꼬리를 내리고 있질 않는가.

을사년 11월 18일 아침, 일본과 보호조약이 하나 더 체결됐다는 소식이 퍼지기 시작했다. 그날 쾌청했던 십일월의 하늘은 돌변해 먹구름을 덮으며 낮도 밤처럼 어두웠다. 일본 땅이 된 나라의 백성들은 그날을 날씨에 비유했다. '을사년스럽다.' 백성 대다수는 아무 힘을 못 쓰고 나라를 대표한다는 몇몇 대신에 의해 나라가 넘겨졌다는 사실과 고종황제는 끝까지 국새를 찍지 않았다는 사실이 퍼졌다. 그건 조약이 아니라 늑약이야. 강제적이고 일방적인 늑약이라고. 그날 아침부터 한성 시내엔 총과 긴 칼을 찬 일본 병사들이 쫙 깔렸다. 그들이 자기나라인 양 당당하고 조선인을 조롱하니 한성 시민들은 대신들의 배신감과 함께 겁을 잔뜩 집어먹고 길에 나서질 못했다. 나라가 앞으로 어떻게 될 것인가, 걱정은 크나 총과 긴 칼에 겁에 질린 백성들은 두문불출하며 몸을 숨기고 떨어야 했다. 혼을 잃었다. 우리에게 다 빼앗아 놓고는 뭣이 모자라 나라까지 남의 나라에 넘겼단 말인가. 치미는 화마저도 참아야 하는 백성은 한숨 섞은 탄식으로 후후 달랠 뿐이었다.

'이제 나라가 망했구나.'

이제는 제 나라가 아닌 남의 나라에 제 몸이 바쳐질 것이기에 몸이 더 오싹 을씨년스럽다. 나라 있을 때도 그리 힘들었건만 이제 나라까지 없는 백성은 더 어떻게 살아야 한단 말인가. 아직 나라가 있을 때도 몇 년 전부터 일본인들이 이 나라 땅을 마치 자기나라 땅인 양, 이 나라 사람들을 하대하고 포악하게 굴었는데 앞으론 그 횡포가 더 얼마나 심해지고 난폭해질까. 몸에 열이 나고 몸살이 돋는다. 다 빼앗겨 초목으로 연명하며 배를 주려도 그래도 내 나라는 있지 않았던가. 비록 보잘 것 없더라도 내 나라 이름은 갖고 살지 않았던가. 근데… 그런데… 이름도 없는 나라의 백성은 어찌 되고 말 것인가. 몸을 또 오싹오싹 떤다. 을사년스럽다고, 을씨년스럽다고 다들 몸을 떨었다.

1.

경기도 용인의 수지, 민영환은 서른 살의 나이로 죽은 첫 부인 안동 김 씨의 산소를 이장하기 위해 이곳에 내려와 있었다. 이장이라지만 자신의 몸을 영원히 쉬게 할 곳이라는 건 영환이 더 잘 알고 있다. 지난 유월 충청도 남포 땅에 있던 묘를 경기도로 옮겨보자는 심사의 시작은 고종이 자신을 외부대신으로 제수했지만 병을 핑계로 이를 고사하고 집에서 며칠 쉬고 있을 때부터였다. 과거급제 바로 전 해인 열여섯의 나이에 공직에 첫 발을 들인 이후 하루도 쉼 없이 국정을 돌보느라 정신없이 살아온 자신을 돌아보기에 언덕 위의 묏자리는 안성맞춤이었다. 내려다볼 수 있다. 둘러볼 수 있다.

이미 이십대에 정경부인이라 불렸던 안동 김 씨, 아내와 십여 년을 살면서 나눈 대화가 몇 번이나 있었던가. 있기는 했던가. 어머니 서 씨는 안동 김 씨가 아이를 낳지 못한다하여 대신 애를 낳아줄 첩을 들였다. 그땐 다 그랬다지만 어머니의 의사에 무조건 따랐고 아내의 사정을 헤아릴 의사도 자신에겐 없었다. 효자라기보다는 다들 하는, 의례였다. 본가로 들어가는 일은 적고 질투가 심하고 앙탈을 자주 부리더라도 개성댁에 머무는 적이 많았다. 두 집을 오가는 처지가 자신의 처지와 너무나 닮았다.

왕후 민 씨의 후광으로, 최고의 세도가 집안에서 태어나 벌써 이십대에 예조·병조·형조의 최고위직인 판서를 역임했고 한성부윤 등 공직자로서의 그의 이력은 화려했다. 임용될 때마다 영환은 자신의 능력에 견주어 대신이란 자리와 비교했다. 과분하다, 이 한 마디 외에 달리 할 말이 없다. 돌아보면 민비가 일본의 자객들에게 무참한 죽임을 당한 뒤 몇 달 물러나 있던 때가 가장 편했다. 그때 주로 개성댁에 머물렀다. 부담이 없는 것, 개성댁이 그런 것처럼 공직에서 물러나 있을 때도 그랬다. 아내가 있는 본가는 자유롭지 못한 반면 아내와 달리 심기를 건드리긴 했어도 개성댁에선 자유로웠다. 사실 자유라기보다는 무관심이라 해야 더 적절할 것이다. 무관심은 무책임이다. 책임에서 벗어나니 자유롭다고 착각하기 쉬웠다. 자유로 착각되더라도 무관심한 순간은 편했다. 집착에서 벗어난다는 의미에서 무관심은 자유에 가깝다. 민 씨라는 자기의 성 역시 영환에게는 굴레였고 코뚜레였다.

이도저도 어찌 못하는… 그렇다고 무소불위의 자기 태생을 부정할 자신도 용기도 없었다. 첩을 들인 미안한 마음에 아내에 다가가지 못하면서 그 핑계로 첩 집에 머무는 자신의 어정쩡한 처신이 그를 평생 따라 다녔다. 외부대신을 마다한 이유도 병 때문이라 했다. 이 또한 조선 양반들의 흔한 수법이었다. 으레 하는 것에서 영환도 다르지 않았다. 그런 후 조금 지나면 또 조정에선 부른다. 천성이 순종적이고 매사 조심스러운 데다가 남과 적이 되게 하는 일을 만들지 않는 유순한 성격이지만 겉으로 드러나지 않는 무언가가 영환의 속에 있었다. 잘못을 보면 그냥 지나치지 못하는 성품이었다. 다른 민 씨들과 다르다면 이 점 하나였다.

"영환은 저 성질 때문에 큰일을 꼭 치르고 말 것입니다. 그런데 혼을 내주려다가도 호쾌하게 웃음으로 받아넘길 때에는 나도 어쩔 수가 없게 만듭니다. 미워도 미워할 수 없는 사람이 영환입니다."

왕후 민비가 고종에게 평한 민영환, 동학의 난으로 나라가 시끄러워지자 이를 걱정하는 민비에게 바른 소리를 한다.

"삼남지방은 삼 년째 가뭄으로 백성들은 먹을 것이 없어 산에 올라가 나무껍질을 벗겨 먹고 산나물 뿌리로 근근이 연명하는데 지방관청에서는 이런저런 이름을 제각각 만들어 세금을 거둬들이고 있습니다. 흙으로 배를 채워야 하는 백성들이 대부분인데 궁에서는 금강산 일만 이천 봉우리마다 무명 한 필과 쌀 한 가마를 바치며 굿을 하고 있으니 백성들의 원망은 그리 틀렸다 할 수 없습니다. 이런 백성을 선동하는 동학 무리배들이 나타나는 것도 이상한 일도 아닙니다. 이러하온데, 마마께서는 진령군을 궁에서 내보내시고 무속을 멀리 하심이 백성의 원망을 줄이는 방법입니다."

민비는 진령군에 모든 것을 의지하고 있었다. 진령군은 민비가 임오군란 때 들고 일어선 구식부대 군사들을 피해 장호원 민응식의 집에서 숨어 지내고 있을 때 알게 된 무당으로, 민비가 곧 환궁할 것이라는 듣기 좋은 말로 그녀는 민비의 환심을 샀다. 민비가 환궁한 뒤 그녀의 예언이 적중했다며 그녀를 궁으로 끌어들였다. 민비를 믿고 민비의 뒤에서 권력을 휘둘렀다. 이에 민영환이 민비에게 쓴 소리를 한 것이었다.

"동학의 반역이 다 내 탓이란 말이냐?"

민비가 영환에게 따져 물었다.

"계정(영환의 호)은 방자히 굴지 말고 들으라. 세자는 이 나라의 기둥이고 대들보다. 그런 세자의 몸이 쇠약하여 굿을 하고 재물을 바치고 있거늘 이것이 어째 흉이 되고 흠이 된다는 것이며, 이 일로 백성이 감히 나선다는 게 말이 되느냐?"

영환은 굽히지 않았다.

"진령군이 갖은 폐단을 저지르고 있는 데는 다 마마를 믿고 하는 짓이 아니겠습니까. 마마께서는 진령군에 의해 눈이 가려지고 귀가 멀고 있는 것입니다. 그것이 신에겐 보입니다."

그럼에도 무엄하다, 누구 덕에 네가 지금… 청의 서태후에 비하면 나는… 민비는 영환의 말을 듣지 않고 진령군을 여전히 궁에 두고 그녀의 말에만 귀를 기울였다. 진령군은 도를 넘어 관직을 돈 받고 팔기까지 하니 그녀에게 줄을 서려는 자들로 들끓었다. 하지만 동학의 세력이 커지면 커질수록, 이어 청과 일본의 군인들이 조선 땅에 들이닥치니 민비는 진령군에 더욱 의지했다. 나라가 온전할 리 없었다. 민비는 결국 이토 히로부미의 조종으로 일본 자객의 칼에 처참하게 살해

되고 만다. 자업자득이라 하지 않을 수 없다. 궁 안의 왕이며 대신들은 아무 말도 못하고 있을 때 민비가 불신을 넘어 증오하며 가장 불안해했던 백성들이 나섰다. 민비 살해의 주범인 일본을 이 땅에서 내쫓고 밭을 갈던 쟁기와 호미를 들고 일어났다. 이를 민영환은 매우 부끄럽게 생각하면서도 동학 백성들을 진압하는 데에 그도 앞장서야 했다.

작년에 이어 일본에서 이토가 조선의 한성 땅에 와 있다. 지척에 그가 와 있다. 이때 민영환은 극도로 무력감에 빠져있었다. 해서 미루어왔던 아내의 묘 이장으로 이 무력감에서 벗어나고자 했다.

자신의 묏자리에서 내려다보이는 산하는 과연 누구의 것인가. 영환은 자신에게 묻는다. 내가 한 번이라도 백성을 진심으로 생각한 적은 있었는가. 자신에게 돌아간다. 도대체 살면서 나는 있었는가. 과연 나라고 할 수 있는 삶을 살긴 했는가. 안동 김씨, 죽은 아내의 이름조차도 모르는 자신이 한심했다. 한없이… 여자라고 멸시하고 백성을 무시했던 그, 영환은 자신의 무능함은 바로 태생에서 비롯되었음을 깨닫는다. 풍족은 결핍만도 못했다. 그러나 때가 너무 늦었다.

"부인, 죽어서나 함께 눕게 되는구려. 용서하오."

1905년 11월 19일 오전 11시 13분. 경기도 용인.

2.

1905년 11월 19일 오전 11시 43분. 경기도 용인 수지.

동오는 엿새 동안 끌고 온 인력거의 뒤쪽에 기대어 대감 민영환을 올려다보다 또 구릉 아래를 내려다보곤 하며 좌우로 고개 흔들기를 거듭한다. 한성 일로 조마조마해서다. 그의 고개짓은 마치 아니오, 아니오 말하듯 하다. 내가 할 일이었다. 이토를 처단하는 일은 어떻게 됐을까? 성공했을까, 그르쳤을까.

내려다볼 땐 다 같을 조선의 산하를 본다. 지위 높은 대감이나 하잘것없는 인력거꾼이라도 보이는 것은 같다. 하지만 보고자 함이 다르면 같이 보더라도 전혀 다를 것이다.

동오는 영환의 시선을 따라 구릉을 내려다보며 같은 눈으로도 보이는 건 다를까, 같을까 견줌해 본다. 동오는 소설이 가까워지는 쌀쌀한 십일월 중순에도 밭에 나와 흙이 몸인 양 몸이 흙인 양 흙빛으로 한데 어우러진 촌로 부부가 눈에 들었다. 멀리서 보니 사람이 땅에 삐죽이 올라온 풀포기 같다. 민 대감의 눈엔 무엇이 보일까. 동오는 생각한다. 흰 구름을 떠다니는 푸른 하늘 아래 지기 시작하는 낙엽이 노랗고 붉다 시절타령, 가을·겨울, 추동 운운하며 세시타령… 그들의 미학이려니. 너희들은 그려놓은 금강산으로도 유람하지만 우리는 땅을 파며 흙 묻은 뿌리 하나라도, 눈에 놓친 벼 한 톨이라도 건져보려 했다. 흙으로 우린 생존하고 그림으로 너희들은 유희했을 뿐. 같은 산하가 전혀 다르다. 속에서 치밀고 올라온 쓴맛이 섞인 욕이 저절로 나온다. 여러 차례 민 대감을 없앨 기회가 있었다. 기회 때마다 놓친 건 왜일까. 차마….

그럴 때마다 대감이 불렀다. 이번에도 그랬다. 일본에서 이토란 자가 또 조선으로 들어온다는 소문이 한성에 쫙 퍼졌다. 때가 왔다. 장춘 인력거꾼들의 특별모임. 장춘거꾼은 한성의 인력거꾼 중 아홉 명이 결성한 단체로 이름도 없이 모임은 마음으로 시작했다. 거의 동학의 자녀들이었다. 농민 중 동학의 자녀 아닌 사람은 거의 없었다. 이들의 부모나 형제 중 죽임을 당하지 않는 백성이 없었다. 그들의 모임은 당연히 숨겨야 했다. 내세울 것 하나 없는 우리에게 다행히 하늘은 힘을 줬다. 건강한 몸을 줬다. 인력거를 몰자. 인력거는 주로 세도 양반이나 일본인, 그리고 기생들이 이용했다. 기생들은 세도 양반이나 돈푼깨나 쥐고 있는 일본 상인들을 상대했다. 일본 상인이나 조선 양반들은 인력거에 타서 말 한 마디 없지만 기생은 달랐다. 재잘거렸다. 그리고 그들이 무시당하고 있는 것을 인력거꾼에게 풀었다. 그것도 무시였다. 그래서 아무 의심 없이 더 떠들어댔다. 여기서 소문을 들었다. 조선의 세도 양반들은 돈을 주고 산 기생이 사람으로 보일 리 없다. 기생 앞에서는 맘대로 더 지껄였다. 기생이나 양반이나 같았다. 일본에게 굽실하는 대신 기생에게서 보상받고 싶어서였을까. 하지만 기생에 기생하고 살긴 하지만 장충거꾼의 사람 끄는 일엔 목적이 있었다. 자기들끼리 재잘대는 소리로 기생에게 엿들었다. 사실 궁을 드나드는 조선 세도가들이 한 말이었으니 신빙성이 크다.

11월 10일 전에 이토가 한성에 온다. 이 말만 들어도 장충거꾼들은 자기들의 할 일을 알았다. 10일 이후 날을 잡자. 왕과 대신들이 못하는 것, 우리가 한다. 아무 힘 없는 우리에게는 복수 외에 달리 할 수 있는 게 없다. 복수는 자기 몸을 다 내놓는 일이다. 자신의 죽음을 걸고 해야 하는 일이다. 상대는 거대한 공룡이다. 공룡에 맞설 때는 제죽음을 초개처럼 내려놔야 한다. 결코 쉬운 일이 아니다. 배운 것은 없지만 생명은 누구나 소중하고 존중되어야 한다는 것쯤은 안다. 동학에서 배웠다. 초근목피 하더라도 우리가 사는 이유, 살아내야 하는 이유는, 그래도 살아있는 것이 죽은 것보다는 낫다는 당연한 진리를 알고 있음이다. 그런데도 제 목숨을 내놔야 한다면? 분명 이유가 있다. 복수가 살생이 아닌 것은 그 이유 때문이다.

정당화될 수 있는 이유, 흙만 파던 아버지는 그렇게 그들의 칼에 개죽음을 당해서는 안 되는 거였다. 어머니는 동생을 업고 가다가 그들에게 벌레 취급을 받고 길에서 동생이라도 살려보려다 등에 칼이 꽂혔다. 엄마를 잃은 동생은 홍건한 피로 물든 엄마 품에서 며칠을 견

뎠다. 피가 굳으면서 동생의 몸도 점점 굳어져갔다. 어느 누군가는 나라가 위태로운데 책만 읽을 순 없다며 책을 든 손에 죽창을 들고 장총과 장검에 맞서 피를 토하며 쓰러져야 했다. 목탁을 두드리는 일보다 더 급했다. 나라를 잃는데 부처나 목탁은 아무 의미가 없었다. 목탁으로 굳은살 박힌 손에 암자의 저녁 조영을 쓸던 싸리 빗자루를 들고라도 저잣거리로 나와야 했다. 한 손엔 목탁도 쥐었다. 부처의 힘을 빌려 세상의 악을 물리쳐야 했다. 쓰러진 스님의 목탁이 피로 붉게 물들었다.

장충거꾼 아홉이 특별히 모인 때는 평소 매일 두 번 치르는 새벽 여섯 시도, 저녁 열한 시도 아니었다. 대낮 열두 시였다. 그들은 말수를 줄였다. 눈으로 얘기했다. 눈을 받아낸 발이 동시에 움직였다. 인력거는 일사천리로 장충단비 앞에서 일렬로 섰다. 일렬이 중심으로 모이자 타원으로 변했고 타원은 원으로 전환됐다. 그 원이 돌기 시작했다. 천천히… 거꾼들의 처음 발돋움은 느렸다. 터·벅·터·벅. 발바닥에 온 몸을 싣는다. 아홉 거꾼들이 한발 한발 땅을 내디딜 때마다 쿵·쾅·쿵·쾅, 지축이 흔들렸다. 그 흔들림이 가슴에서 전율한다.

두 바퀴째, 느린 동작이 점점 빨라진다. 속도를 내며 지르는 거꾼들의 함성, 이것은 소리가 아니다. 포효다. 사자후다. 허·허·허·허, 폐를 채운 뜨거운 공기를 내뿜는 한숨 같기도 하고 가슴에 뭉친 한을 분출하는 탄식 같기도 하다.

세 바퀴째, 획획획, 가속도가 붙은 아홉 인력거도 기계적 고성을 지른다. 인력거바퀴가 만들어낸 큰 원이 선연하게 땅에 박힌다. 사람도 땅도 원으로 하나가 된다. 사람과 기계가 한데 어우러진 강강술래다.

네 바퀴째, 다섯 바퀴째, 후·후·후·후, 거꾼들의 입에서 흰 입김이 뿜어진다. 입이 굴뚝같다. 뜨겁게 달아오른 아홉 거꾼들의 얼굴이, 표정이 빨갛게 상기된다. 구경꾼들이 모여든다. 구경꾼들도 거꾼의 얼굴과 표정을 닮아간다. 눈은 부릅떠지고 얼굴은 상기돼 붉어지며 표정에 힘이 넘친다. 열이 피어오른다. 후·후·후. 따라하는 구경꾼이 하나둘씩 늘어난다. 구경꾼 안에는 일본 순사들도 끼어있다. 둘 이상만 모이면 감시하고자 해서다. 거꾼들끼리 놀고 있는 장난쯤으로 여기고 사라진다. 너희 나라가 이 지경인데 놀고 자빠지고… 그러니 나라꼴이 이 지경이지… 떠나면서 지껄이는 말이다. 거꾼, 구경꾼, 조선인들만 남았다. 우리 백성만 남았다.

일곱·여덟 바퀴째, 하·하·하·하, 거꾼들의 표정이 한 순간에 바뀐다. 긴장감은 여전하지만 웃음이 섞인다. 지칠 때다. 힘들 때다. 이때 웃음으로 받아친다. 그래도 웃자, 조선의 백성이 살아내는 힘이다. 인력거의 속도는 더 빨라진다. 하·하·하·하·하·하·하·하·하·하… 구경꾼들 사이에서 웃음이 터져 나오고 박수로도 함께 한다. 언제 우리가 웃어봤던가. 언제 우리가 놀아봤던가. 하·하·하에 맞춰 짝·짝·짝, 거꾼, 구경꾼들이 또 하나가 된다. 정치한 몸짓으로, 우렁찬 소리로 하나가 된다. 장충단비 앞에선 조선인 모두가 하나가 된다.

인력거의 강강술래다. 아홉 거꾼들이 그들의 발에 박차를 가한다. 한 숨에 여덟 바퀴를 다 돌쯤, 거꾼들이 가차 없이 달리던 인력거를 동시에 멈춘다. 급정거에 이은 급전. 반전에 구경꾼들의 몸이 저절로 앞으로 쏠린다.

아홉 바퀴째다. 처음으로 돌아간다. 허·허·하·하·후·후, 다시 거꾼들은 내딛는 한발 한발에 온 몸을 싣는다. 땅을 밟는다. 땅이 흔들린다. 땅도 요동친다. 땅의 울림이 구경꾼들 가슴까지 전이된다. 떨림으로 전율한다. 따라 발을 구른다. 이들도 허·허·하·하·후·후, 속엣 것을 다 모아 밖으로 뿜어낸다. 시원하다. 속이 다 시원하다. 탄식의 후렴구다. 탄성의 항거다.

아홉 바퀴를 끝내고 멈춰선 거꾼들이 자세를 돌려 인력거의 손잡이를 하늘로 향해 세운다. 인력거는 살아있는 물체처럼 위아래로 수차례 요동을 친다.

'끈다.' '간다.' '한다.'

우리가 내 손으로 끈다.

우리가 내 발로 간다.

우리가 우리 힘으로 한다.

구경꾼들이 한 번 더 웃는다. 이제 일하러 가는구나, 끌고 가서. 그렇지. 이것이 하는 것이지. 웃던 구경꾼들도 따라 외친다.

'끈다.' '간다.' '한다.'

조금 후엔 '한다.'만을 외친다.

'한다.'

'한다.'

'한다.'

하겠다가 아니다. 하자도 아니다. 한다, 다. 하는 것이고 해야 하는 것이다. 지금.

인력거는 일본제품이고 일본인이 주인이다. 그러나 그것을 끄는 장충단 아홉 거꾼들에겐 놀잇감이다. 인력거는 이렇게 새벽 여섯 시와 밤 열한 시, 매일 두 차례 매일 잔치를 펼치고 종로 쪽, 남대문 쪽, 두 패로 나뉘어 내달린다.

오늘은 모인 이유가 있다. 허리를 세우고 팔짱을 끼고 둥그렇게 둘러선 장충단 아홉 거꾼들은 구경꾼들이 다 돌아가길 기다린다. 동오가 입을 연다.

"다른?"

거꾼들이 제 목을 돌려 서로를 쳐다본다. 말은 적게, 마음을 통하는 것은 눈이다. 소통을 눈으로 한다. 동오는 동학 농민저항이 실패한 이유를 안다. 그 이유를 일본군의 총칼이라고 하지만 그 전에 이미 동학은 무너졌다. 적은 내부에 있었다. 전라도 땅 남원에서 경상도 땅 함양으로 세를 넓힐 중요한 시점이고 장소였다. 호남에서 영남으로 백성의 힘을 확산시키는 결정적인 전투였다. 이 전투에서 승리했다면 역사는 전혀 달라질 수 있었다. 이 전투는 김개남이 지휘했다. 지리산 바래봉 아래 운봉은 전라도 땅 남원에서 경상도 땅 함양으로 가는 길

목이었다. 여러 고개 중에 방아치 고개를 택했다. 하지만 이 고개에서 김개남의 동학민들은 쓰라린 패배를 하고 만다. 김개남과 같이 동학 접주요 그와 가까웠던 과거의 동지 박봉양이 변심해 정부와 일본군에 투항해 기밀을 고자질한다. 박봉양은 민보군의 사령관이 되어 김개남을 상대했다. 김개남은 이 변절자에 의해 전투도 시작하기 전에 패할 수밖에 없었다. 방금 전 동지였던 자에 의해 전략이 넘어갔기 때문이다. 그때 일본군의 동학진압작전명은 '제노사이드'였다. '몰살 작전' '집단학살 작전' 일본은 조선의 배신자로 동학을 손쉽게 무너트렸다. 외부의 적보다 내부의 적을 단속해야 했다.

"닷새 뒤 아침."

15일 이토가 고종을 만나기 위해 묵고 있는 정동의 손탁호텔을 나와 덕수궁으로 이동한다는 사실을 기생으로부터 들은 만수다. 을사오적 중 한 대신이 기생집에서 떠벌린 소릴 들었다. 밤에는 기생인 경운이 재확인했다. 정동에서 덕수궁으로 이동한다. 짧은 거리다. 길도 좁다. 동오가 끄덕이자 나머지 여덟 거꾼들도 끄덕인다. 눈으로다. 오늘밤은 여느 때와 같이 또 모일 것이다. 각각의 역할을 정하기로 한다.

"그때!"

그리고

'끈다.'

'간다.'

'한다.'를 내지르며 달린다. 동오가 막 출발하려 할 그때였다. 청식이 동오에게로 달려왔다. 청식의 이마에서 김이 모락모락 피어오르고 있었다. 청식은 민영환 집 하인이다. 대감이 급히 찾는다고 했다. 헐떡거리는 청식에게 동오가 인력거에 타라고 한다.

"내가 어찌 감히…."

두 손과 고개를 설레설레 흔들며 겁 질린 표정을 짓는 청식이다.

"어쨌든 끌고 가야해. 빈 채로든 태워서든. 안 타 봤지?"

"내가 언감생심. 욕심을 부릴 걸 부려야지."

동오가 몸집 작고 나이든 청식을 안으려 달려든다. 억지로라도 태우려고 했다.

"책임진다. 내가. 어서 타라."

청식은 동오가 말을 끝내기도 전에 몸을 피해 내뺀다. 허둥대는 모습이 청식의 등에서 보인다. 순박하고 착한 조선의 백성이다. 그 등을 향해 동오가 큰 소리 친다.

"우리 좀 달라지자. 맨 이러고만 살다 죽을 거냐?"

청식이 멈춰서 돌아본다. 꾸벅, 허리 굽혀 인사한다.

"탄 거나 다름없다. 집에서 보자."

다시 냅다 앞질러 달린다. 동오가 인력거를 몰고 청식 뒤를 따르는데 얼마 안 돼 청식을 바짝 다붙었다.

"태워도 내가 더 빨라. 이제라도 어때?"

청식은 듣고도 모른 척 앞만 보고 달린다. 청식보다 몸집이 두 배는 됨직 싶은 동오가 보조를 맞춘다.

"타봐. 언제 타보겠어. 내가 *끄는* 동안은 이 인력거는 내가 맘대로 할 수 있다고. 기계라도 내 것이 있어야지 않겠냐? 어서 타. 내가 맘대로 할 수 있다고. 타고 있는 사람이 누구든 내가 맘대로 요리조리 할 수 있다고. *끄는* 순간 내가 주인이고 타는 사람은 손님일 뿐이거든. 손님. 주인 말 들어봐. 어때? 탈 거지?"

청식이 멈춰 선다.

"그런 소리, 나 안 들은 거다."

청식이 두 손으로 제 귀를 막으며 입으로 한숨을 내짓는다.

"너처럼 힘이라도 세면 나도 끌고프다. 끌면서 잠시라도 주인처럼 살고 싶다. 약 올리지 말고 어서 앞 서거라. 대감, 기다리신다. 급한 일인 것 같던데."

동오가 청식을 앞지르며 외친다.

"집이 다르지 사람이 다르냐? 사람은 고만고만하다. 잘나지도 못나지도 않다."

사람이 되자고 사람이 외쳐댄다. 사람이 아니란 말인가? 청식이 헐떡이던 숨을 고르기 위해 걸음을 멈춘다. 땅바닥에 철퍼덕 주저앉는다. 지나가던 개가 으르렁하며 달려든다. 다시 일어나 뒷걸음으로 개를 노려보며 달린다.

'저 놈만도 못하구나, 내 신세가. 저놈은 제 땅이라고 저리 멍멍대며 주장을 떠는데….'

청식은 이내 고개를 가로젓는다.

'팔자대로 사는 거지. 지금 입에 풀칠이라도 하고 사는 것도 고마운 일이지. 사람이면 어떻고 짐승이면 어떠랴. 그저 내 몸 하나, 내 처자식들 굶지 않으면 그것으로도 복이려니.'

청식도 알고 있었다. 동오가 얘기하는 그 동학, 동감은 가지만 떼죽음을 당하지 않았던가. 봤다 두 눈으로. 광화문에 걸린 목이 잘린… 몸을 치떤다. 몹쓸 것들이지. 어떻게 사람이 사람을… 청식이 동오가 도착한 뒤 한참 지나서야 전동 집에 도착했다. 다녀왔다고 아뢰려다가 담 너머로 대감과 동오가 얘기하는 소릴 엿듣는다.

"서둘러 준비하거라. 아마도 열흘 이상은 걸릴 것이다."

동오는 난처했다. 오늘 밤 열한 시 모임에 빠지면 안 된다. 대감께 거절을 할 수도 없다.

"아무리 제가 서두른다 해도 사백리 길이 넘는 먼 길을 가기에는 이 진리키샤로는 무리입니다. 한성과 달라서 길도 험악할 것입니다요."

거꾼들끼리는 인력거라 불렀다. 하지만 인력거를 이용하는 손님인 일본 상인은 물론이려니와 조선의 양반, 기생들까지도 다 일본 상인이 부르는 대로 불렀다.

동오의 말을 듣던 영환은 말을 타고 가는 게 더 무리라는 것을 자신이 더 잘 알고 있었다. 말 타는 재주가 그에겐 없었다. 말을 탈일도 없었다. 군부대신, 육군부장도 했지만 그건 관직, 자리일 뿐이었다. 가마는 더 늦을 것이다. 동오는 눈치를 챈다.

"진리키샤는 오늘 늦게라도 떠나기로 한다."

거꾼들을 만나 사정을 얘기할 시간이 없다. 만수를 떠올렸다. 만수가 나 대신 하리라. 하지만 이 좋은 기회를 놓치다니, 주먹으로 땅을 쳤다. 헤어진 뒤 얼마 안 돼 대감이 바로 불렀다. 이때도 청식이 심부름을 했다.

"듣자하니 장충단에서 진리키샤들이 매일 모인다는데 맞느냐?"

"예. 맞사옵니다."

"왜 거기냐? 그곳이 어떤 곳인 줄은 알고 있느냐?"

"저 같이 미천한 놈이 그것을 어찌 알겠사옵니까. 다만 터가 넓으니 인력거, 아니 진리키샤 여러 대가 모여 있기 좋기에…."

동오는 잘 안다. 고종의 명을 받아 민영환이 오 년 전 장충단을 세웠다. 태자가 비석에 '장충단' 큰 글씨 세 자를 썼고 뒤에 민영환이 장충단을 세운 뜻을 새긴 긴 글들을 써 새겼다. 장충단은 왕후 민비가 살해될 때 함께 순사한 희생자들을 배향하고 제사 지내게 한 곳이다. 임오군란으로 민영환의 아버지 민겸호가 군인들에 의해 처참하게 죽었다. 갑신정변 때도 민태호, 그의 양아버지 등 민 씨 일가가 죽임을 당했다. 이들도 배향하게 했다. 장충단을 세울 때 고종이 민영환을 택한 이유는 여기에 있다. 동오도 영환도 동시에 장충단을 떠올렸다. 같은 곳을 떠올려도 생각은 달랐다. 영환의 장충단은 가족 등 권력의 제단이었고 동오의 장충단은 백성은 완전 배제된 백성 없는 제단이었다. 제단은 조상을 섬기고 모시는 곳이다. 모든 사람은 저마다 가장 거룩한 하늘님을 모시고 있다고 했다. 시천주다. 천주가 누구든지 모심에 있어 귀하고 천함이 없으며 생명 귀함 역시 누구나 같다. 사람이 곧 하늘이기 때문이다. 사람이 다를 수 없건만 죽어도 누군 모셔지고 누군 살았을 때처럼 거죽에 싸여 버려진다. 죽어서도 천대 받기는 똑같다. 사람 하는 일을 사람이 하기 때문인데 관료나 임금에게 백성은 사람도 아니었다. 매우 잘못된 것이라고 동학은 가르쳤다. 이것을 제대로 돌려놓지 않으면 나라가 이름은 있어도 나라 없는 나라에 불과하다.

거꾼들은 장충단에 매일 모였다.

'우리도 너희와 다를 바 없는 사람이다.'

영환이 동오의 마음을 듣기라도 한 듯 꾸짖는다.

"너희들이 진리키샤 따위로 놀 곳이 아니다."

논다? 동오는 들으면서 입술을 깨물었다. 숨으로 치오르는 가슴을 누른다.

"그럼은요. 명심하겠습니다."

동오는 수치심을 느꼈다. 사람이어서다. 제 마음 한쪽도 밖으로 드러낼 수 없이 봉쇄된 세상에 태어난 게 죄라면 죄다. 이자를 없앨 기회가 많았건만 왜 미루어 놓치고 말았을까. 이번이 호기다. 용인까지 동행하는 동안은 둘만 있을 시간이 많다. 어림잡아 가는 길 엿새, 오는 길 또한 엿새다.

영환은 나름대로 인력거꾼 동오를 집안으로 끌어들인 이유를 생각한다. 여러 인력거를 타보았지만 동오는 남다르게 행동했다. 이 나라에 공부하는 백성이 있었던가? 게으르기만 할 뿐 부지런한 백성을 본 적이 없는데, 동오는 늘 손에 책을 들고 있었고 쉬지 않고 인력거를 닦거나 고치고 있었다.

"책이냐?"

영환이 물으면서도 백성들에게 유행하고 있는 재미 흥밋거리, 신변잡기나 사랑 놀음 따위의 국문으로 쓰인 것으로 짐작을 확신했다. 대답도 듣기 전에 지레짐작을 사실인 양 명령한다.

"그런 책 보지 말거라."

동오가 예, 대감님, 하고 책을 덮어 뒤로 숨기는데 '소학'이라 쓰여 있다. 표지만 그렇겠지 싶었다. 설마….

"어디 보자."

겉과 속이 같았다. 동오를 올려다본다. 제법 나이 든 얼굴이다. 동오는 영환보다 얼굴 하나는 더 길었다. 동오가 오금을 접어 영환의 키에 맞춘다.

"좋은 책을 보는구나. 한 구절 얘기해 보겠느냐? 기억난다면 하거라."

동오는 영환이 자신을 의심하고 있다고 느꼈고 영환은 이번만은 의심을 접고 어느 정도 깨치고 있는지가 궁금했다. 동오가 머뭇거렸다.

"어려워말고 말해 보거라. 그래도 기억나는 문장 하나쯤은 있지 않겠느냐?"

문장 하나쯤? 책을 몽땅 다 달달 외우고 있습니다, 어찌 속에 것을 다 드러내놓고 살 형편인가. 꾹 물었다. 가슴도 머리도 입도 말이다. 외워서는 글을 배웠다고 할 수 없고 익힌 글을 실제로 써야 진짜 배움이라는 말도 익히 동학에서 일깨웠다. 비웃는데 하나 던져주지. 속으론 백성이나 대신이나 왕이나 다 같다. 쉬운 문장으로 골랐다.

"일배지수 필분이음(一杯之水 必分而飮), 일립지식 필분이식(一粒之食 必分而食), 이것이 먼저 기억납니다요."

"뜻은 아느냐?"

동오는 서툼을 가장한다.

"조금 아는데, 쌀 한 톨의 밥이라도 반드시 나눠 먹을 것이오, 한 잔 물이라도 반드시 서로 나눠 마신다, 는 뜻으로 알고 있습니다."

영환이 기쁘게 끄덕이며,

"형제 편이로구나. 군신 편에서 외고 있는 문장이 있느냐?"

처음은 주저했지만 동오도 자신이 붙었다. 단지 떠보기 위함만이 아니라는 것을 직감으로 느껴서다. 상대가 나를 사람으로 대하는구나, 해서다. 그것은 너와 나, 자존의 믿음이었다.

"인륜지중 충효위본(人倫之中 忠孝爲本), 효당갈력 충즉진명(孝當竭力 忠則盡命), 뜻도 새겨보겠습니다. 제가 알고 있는 그 뜻은, 인륜 가운데 충성과 효도가 근본인데, 효도에도 마땅히 힘을 다해야 하고 충성에는 목숨을 다해야 한다, 로 알고 있습니다."

영환이 크게 웃으며 다시 고개를 끄덕인다.

"알맞게 외웠구나. 그럼 글에서처럼 하고 사느냐?"

물으면서도 영환은 자신을 돌아본다. 참으로 집안에 성실한 효자요 진정 나라에는 충성한 영환이었다. 동오가 대답한다.

"마땅히 효도로 힘을 다하려 해도 부모님은 이미 떠나 여기 계시지 아니하고, 충성으로 목숨을 기꺼이 받치고자 하여도 한 끼 밥 얻어 먹기 힘든 처지라 감히 제 목숨을 내놓을 형편도 되지 못하옵니다. 충성을 하고 싶어도 하지 못합니다."

제법이로구나, 하면서도 영환이 백성을 내리 보는 하대심사는 달라짐이 없다.

"진리키샤를 열심히 끄는 것도 넓게 보면 충성이니라. 기회가 되면 너를 궁지기로라도 쓰도록 하겠다. 장가는 갔느냐?"

대꾸하고 싶었다. 진리키샤란 말 말고 인력거란 우리말도 있습니다. 싶을 뿐, 장가는 아직도 생각조차 못한다고 대답했다. 이후 동오는 영환의 집 하인으로 들어갔다. 전속운전기사가 된 것이다.

"열흘 넘게 끌어야 하는데 진리키샤엔 문제가 없겠느냐?"

영환이 출발하기 전에 묻는다.

"예. 문제없도록 사전 점검에 바짝 신경 썼사옵니다."

사실 이 대답을 하면서 인력거뿐 아니라 나도 지치지 않도록 체력 안배를 잘 해 나가겠다는 말도 하고 싶었다. 나는 맨 하고 싶은 것밖엔 없고 실제 하는 것은 없구나. 하는 것이라곤 남 비위를 맞춰야 하는 종노릇뿐이니… 이를 극복하고자 했다. 물건이 하지 못하는 것을 하는 일이었다. 영환이 인력거 의자에 앉으려니 작은 노란민들레꽃 한 묶음이 놓여있다. 이유가 있는 꽃이려니, 일부러 누가 놓아둔 것이 겠다, 영환이 알아채긴 하는데, 부인 박 씨가 놓아뒀을까. 그럴 리 없다. 개성댁은 이미 떠난 지 오래되었다. 아이들? 고개를 젓는다. 인력거에 오르기 전 동오를 훑어본다. 남자로도 투박하다. 우직하여 세세한 마음을 그의 외모에선 헤아릴 수가 없다.

"웬 꽃이냐?"

"민들레이옵니다."

"포공영? 그럼 네가 놓아뒀다는 말이냐? 앉는 자리에 이 무슨 무엄한 짓이냐?"

동오가 제 머리가 땅에 닿도록 허리를 굽힌다.

"생각이 거기까지 미치지 못했습니다. 저의 생각이 좁았습니다. 저의 죄를 너그럽게 용서해주시옵소서. 대감마님. 바로 치워놓겠습니다."

동오가 인력거를 한 바퀴 돌아 영환의 건너 쪽으로 굽힌 허리 그대로 달려간다. 두 손으로 꽃 뭉치를 집어 들려는데, 그 모습을 지켜보고 있던 영환의 마음이 그새 바뀐다. 생각이 거기까지 미치지 못했다? 생각을 하고 놓아뒀다는 말이 아닌가. 내 생각이 네 생각에 미치질 못했구나.

"내버려 두어라. 내가 치우마."

"아닙니다요. 제가 저지른 짓, 제가 마무리하겠습니다."

"가자, 길이 멀다."

영환이 인력거에 오르며 민들레를 집는다. 보고 있으려니 동오가 출발해도 되냐고 묻는다.

"먼 길입니다. 많이 힘드실 것이옵니다. 제 힘껏 편히 모실 수 있도록 제 힘을 아끼지 않겠습니다."

아! 영환은 입이 먼저 감탄하고 있는 자신이 부끄럽다. 생각이 입을 따르지 못하고 생각을 따르지 못한 입으로 남에게 함부로 한 것은 네가 아니라 나였다. 그랬구나. '먼 길, 힘든 길, 편히 모시겠다.' 그래서 포공영이었다.

앉아 동오를 보니 머리와 어깨 사이 뒷목 고개가 새카맣다. 십일월에도 어깨까지 드러낸 두 팔도 새카맣다. 시선은 민들레를 안고 있는 제 두 팔로 향한다. 소매를 살짝 걷어 제 가는 팔뚝을 본다. 하얗다. 그 희디흰 손에 놓인 한 웅큼의 꽃다발, 민들레가 흔들리기 시작한다. 바람에 의해서가 아니라 사람에 의해서, 저 앞에 인력거를 끄는 사람에 의해서 꽃이 흔들리고 내가 흔들린다. 흔들리자 풀 내가 올라온다. 코앞으로 민들레를 끌어당긴다. 영환의 눈시울이 붉어진다.

나라를 지킬 힘이 이젠 없다. 갖은 방법을 찾아봤지만 모든 게 역부족이었다. 사 개월 전 고종은 외부대신을 민영환에게 제수했다. 병을 핑계로 고사했지만 사실 영환은 자신을 더 잘 안다. 곧 일본은 또 다른 조약을 체결하려고 압박하고 위협해 올 것이 분명했다. 나라를 넘겨야 하는 일, 이것만은 할 수 없다. 막아야 하는데 어쩔 도리가 없다. 이도저도 어쩔 수가 없다. 나라의 운명은 이미 기울어질 대로 기울고 말았다. 거기에 일본에 포섭되거나 앞장서는 이들이 늘어나고 있다. 병을 핑계 댔지만 실제로 중병이라도 걸려 곧 죽게 되는 게 이 국면을 피해갈 수 있는 최선… 생각이 여기까지 미쳤다. 나를 누군가 죽여준다면… 임오군란 때 성난 병사들에 짓밟혀 죽은 아버지를 떠올린다. 갑신정변 때는 양아버지마저 갑신정변 친일앞잡이 개화파의 칼에 죽임을 당했다. 두 아버지를 그렇게 다 잃었다. 왕후 민비는 일본의 칼에 난도질당한 끔찍한 죽임을 당했다. 목숨이란? 살아도 산 것이 아니지, 하며 한 살 위인 민영익이 중국 상해로 피신한 뒤 정치를 접고 그림에만 열중하며 중국의 젊은 여인과 몸을 섞고 살고 있는 것을 두 눈으로 똑똑히 보았다. 그럴 수는 없다. 그래도 그렇게는 절대 살 순 없는 것이었다. 앞으로 내 삶은 어떻게 될 것인가. 내 의지는 아무 소용이 없다. 내 의지와는 무관한 앞으로의 삶… 살아낼 수 있을까. 손에 쥐고 있는 포공영과 다를 게 없다. 또 민들레향이 올라온다. 순간 덜컹거린다. 동오가 돌아보며,

"죄송합니다. 돌을 피한다고 했는데, 더 집중해 모시겠습니다."

달리는 동오도 생각이 복잡하다. 달리기만 할 순 없었다. 태어나 나로 사는 것, 나는 없었다. 부모님이 일본군과 일본군의 앞잡이 동네 형에게 처참한 죽임을 당하고 그는 이를 견디지 못하고 동학에 심취했다. 일자무식장이인 자신에게 힘을 준 것은 한 가지였다. 자기가

주인으로 사는 것. 생각이나 상상으로는 감히 먹을 수 있는 것이었다. 양반이나 백성이나 같단다. 자기가 주인… 비록 가진 것은 없지만 주인으로 사는 것, 주인답게 사는 것, 이것이 인간이고 인간으로 태어난 이유라고 했다. 머리에 번개를 맞는 기분이었다. 아찔했다. 그리고 통쾌했다. 가슴이 후련했다. 전혀 관심도 없던 책을 읽게 되고 책을 읽다보니 모르는 게 너무나 많았다. 배워야 했다. 배워가니 주인으로 산다는 게 무엇인지 더 확고해졌다. 남에 의해 조종되는 삶이 아니라 자기 자신의 선택으로 결정된 삶… 살기로 했다. 한성으로 올라갔다.

인력거가 요동을 치자 영환은 인력거를 끌고 있는 앞의 저 백성의 뒷모습을 보며, 저자의 삶은 어떨까? 백성의 삶을 짐작한 일은 책상 위에서 정책을 짤 때 외엔 생각한 적이 없다. 정책이라야 일부 권력자 중심에서 비롯되니 백성은 이용가치로서 만의 고려일 뿐이었다. 염려나 배려는 전혀 없는 그들의 삶, 백성이 안중에 있을 리 없다. 나의 국익은 오로지 임금과 민 씨, 이것 외에는 없었고 이에 충실하는 게 충성이었다. 영환은 백성이 없는 나라가 바로 자신의 조국임을 깨닫는다. 다 내 탓이로구나. 저 보잘 것 없이 태어난 백성보다야 가진 재량이나 권력이 비교할 수 없이 많으면서도 나라를 이 지경 이 꼴로 만들고 말았구나.

'충성을 하려 해도 할 수가 없다.' 던 잊힌 동오의 오래 전 말을 머리에서 끄집어낸다. 궁 수비병으로라도 시켜주겠다고 했던가? 약속을 지키지 못했다. 빈말이 되고 만 약속. 임금이나 나랏일엔 어떤 약속도 철저했던 영환이었다. 그런데… 백성을 가벼이 여겼기 때문이다. 없이 봤기 때문이다. 이번에 한성으로 돌아가면 자리를 마련해주리라 하며 동오가 한 말을 다시 되뇐다.

'충성을 다하려 해도 태어남이 미천하여….'

영환의 얼굴이 붉어지고 표정이 굳는다. 얼굴이 뜨거워지며 달아오른다. 부끄럽고 창피하다.

엿새를 꼬박 달리는 동안, 엿새 밤을 새워야 하는 동안에도 영환과 동오는 이렇다 할 오고간 말은 없었다. 동오는 내내 마음에 걸렸다. 이번이야말로 조국의 원수 이토를 처치할 절호의 기회이건만. 다른 여덟 동지가 잘 해내줄 거라고 믿었지만 꼭 제 손으로 끝내놓고 싶은 일을 못하게 되니 달리면서도 안절부절이다.

11월 19일 오후 3시 29분. 경기도 용인 토월리.

소문은 인력거보다도, 사람의 발보다도 빨랐다. 동오 앞을 달려가는 종식이 발걸음마다 가슴을 치며 '뜬소문, 헛소문이길…' 중얼거리는데 한숨과 탄식이 잔뜩 섞였다. 영환 앞에 멈춰선 종식이, "형님!" 하고 땅에 털썩 주저앉는다. 그는 영환의 나이와 같다. 여흥 민 씨의 집안에서 경기도 여주에서 태어나 충청도 땅에 있는 영환의 땅을 관리해 왔다. 안동 김 씨의 묘를 옮기는 일을 영환 대신 맡아왔고 이장될 용인에 머물고 있었다. 같은 여흥 민 씨지만 종식은 한성이 아닌

여주에서 태어나 민비의 후광을 받지 못했다. 후광이지만 앞에 보여야 받을 수가 있는 것이다. 종식은 책에 빠져 살면서도 농민들과 어울렸다. 농민들의 사정을 잘 아는 터라 한성에 가면 그나마 민 씨 집안에서 마음이 통하는 동갑내기 영환만 찾았고 농민의 실정을 전했다.

"책이나 더 읽어라."

영환의 대답은 늘 같았다. 동갑이면서도 이제껏 판서를 두루 역임한 영환에게 언제나 형님으로 존대해온 종식은 영환으로부터 받은 것은 책값이었다. 책값을 꼭 챙겨줬다.

"너도 기회가 있을 것이다. 언젠가는 너를 쓸 일이 있을 것이다."

"세상이 바뀌었습니다, 형님. 세상이 바뀐 것을 아셔야 합니다. 그래야 나랏일을 제대로 펼칠 수 있습니다. 백성은 이제 옛 백성이 아닙니다. 달라진 백성을 한성에서만 모르고 있습니다."

영환은 바쁘다는 이유로 대화를 끊었다. 들으려 하지 않았다.

"지방에 있는 네가 뭘 더 알겠느냐. 가벼이 행동 말고 입을 자중하라."

종식은 영환과 꼭 한 번이라도 술자리를 함께 하고 싶었다. 세상 돌아가는 일을 알리려면 시간이 필요했고 마음을 터놓고 얘기할 수 있어야 했다. 종식은 한성에 있는 많은 민 씨 형제 중에서 영환만 신뢰했다. 어렸을 때였다. 여주에 내려와 있던 영환과 종식은 나이도 같고 몸집도 엇비슷해 잘 어울렸다.

"나도 이런 데서 한 평생 살고 싶다."

산에서 놀기를 좋아했던 영환을 종식이 안내했다.

"영환이가 난 부러워. 곧 높은 자리로 임금님께서 부르실 거 아냐. 시골에 처박혀 실력을 갖췄어도 알아주는 사람 없는 나 같은 사람은 책을 읽다가도 이 책이 무슨 소용이냐 싶을 때가 많아. 과거시험이라는 게 형식일 뿐 다 뒷거래로 이미 결정을 하고 있으니 우린들… 세상은 실력보다 집안 인맥, 줄이란 건 벌써 오래 됐잖아. 곧 영환인…."

어린 영환이 종식의 말을 짜증스럽게 끊었다.

"바꾸자 너랑 나랑. 나도 책을 팽개치고 싶은 적이 한두 번이 아니었어. 아는 것이 힘이라지만 아는 것보다 직책이나 직위가 높으면 사람이 온전해질 수 없지. 수없이 봤단다. 민영준 형님을 봐서 잘 알겠지만 나도 그렇게 될까봐 늘 조심하고 또 염려스럽다. 부귀영화, 거절하기가 쉽지 않을 테니."

영환보다 아홉 살 위인 민영준은 민 씨 형제 중에서 왕후 민비가 특히 챙겼다. 그것을 믿고 영준의 세도는 도를 넘어서 지탄을 받고 있었다. 그럼에도 여전히 건재한 것을 보면 영환은 누릴 수 있는 영화를 외면할 용기가 자신에게 있을까. 어린 영환의 고민 아닌 고민이었다. 한성으로 돌아가기 싫어 하루나 이틀을 더 끌곤 했던 영환을 종식은 잘 안다. 영환은 영익이 그렇듯이 그림을 잘 그렸다. 대나무만 그렸다.

매난국… 수많은 것들 중에 하필 대나무만 그리나, 종식이 묻곤 했다.

"비워야 굵고 굵어야 곧다. 곧으니 길다. 굵고자 함은 쉬이 휘지 않겠다는 의지요 그 곧음으로 대나무는 길게 뻗는다. 풀이라도 나무로 불리는 것은 이 때문이다."

용인으로 내려온 첫 날, 고대했던 술자리로 같이 했다. 마흔다섯 살의 동갑내기는 술잔 앞에서 어릴 적으로 돌아갔다.

"내가 어찌 형이냐? 네가 몇 달은 더 빠르지 않느냐?"

영환이 잔을 권한다. 종식이 남김없이 잔을 비우자 영환이 내 잔을 받겠냐고 물으며 빈 잔을 내민다. 있을 수 없는 일이다. 집안에서도 계급으로 위아래가 정해진다. 짐짓 머뭇거렸지만,

"그래 받아보자. 우리가 언제 다시 발가벗고 놀 날로 다시 돌아갈 수 있겠니. 죽어서만 가능할 테지 이젠."

영환이 혀를 찼다. 종식이 채운 잔을 받는다.

"나이는 직위에 묻히고 능력은 가세에 가려지니 이런 세상이 어디 한두 해였습니까?"

다시 존댓말, 과거로 돌아간다. 둘은 한 동안 말이 없이 술잔만을 비웠다.

"형님, 나 동학도입니다."

영환이 놀랄 줄 알았는데 별 다른 기색을 보이지 않는다. 눈치를 엿보고 두어 잔을 손수 따라 종식이 술을 훌쩍였다.

"이런 술자리, 십 년만 빨랐어도… 형님은 어찌해 볼 힘이 있었잖습니까?"

영환이 종식을 뚫어질 듯 쳐다보는데 전과 같은 꾸짖는 표정이 아

니다.

"너나나나 마흔다섯, 명년이면 마흔여섯… 곧 지천명에 접어든다. 지천명? 그 나이, 앞서 보고 싶지 않구나."

술은 이제 됐다던 영환이 한 잔 더 따라보라고 종식에게 잔을 내민다. 병치레를 자주 하고 술에도 약한 영환에게 괜찮겠냐고 묻지 않았다. 영환의 삶을 종식은 잘 알고 있었다. 자기가 하고자 하던 삶을 한 번도 살아보지 못한 영환이었다. 술로라도, 아니 이 하루라도 내가 없는 삶으로 잠시 물리는 것도 나쁘지 않을 터. 술을 빙자해서 내가 되어보는 것도 하루쯤은 나쁘진 않다.

"형님!"

영환의 귀에 다사하게 들렸다.

"형님!"

또 부른다. 대답이 없다.

"형님!"

또 형님을 찾는다.

"무엇을 말하고 싶은 것이냐?"

영환의 두 눈에 눈물이 맺혔다.

"돌아갈 수 없는 일을 회상하는 짓은 어리석다. 그만하자."

"형님!"

한 잔을 비웠고 또 한 잔을 따랐다. 영환의 잔과 종식의 잔에 술이 채워졌다.

"형님, 우리가 백성들에게 너무 많은 죄를 졌습니다."

맺혀있던 눈물이 영환의 볼을 타고 흘러내린다.

"그만하자지 않느냐."

종식이 말을 듣지 않는다.

"갑오년에 그래선 안 되는 거였습니다. 거기서 나라가 완전 비틀어지고 말았습니다. 백성을 무시하는 순간 나라는 이미 사라진 거나 다름없었습니다."

영환은 동학의 농민들을 진압하는 지휘의 선두에 있었다.

"내가 큰 잘못을 했다는 것이로구나."

"아닙니다. 형님이 아니라 우리가 다 잘못한 것입니다. 여흥 민 씨가 말입니다. 저도 그 자리에 있었다면 형님이나 다른 민 씨 형제들과 다르지 않겠지요. 다행인지 불행인지 한성에서 떨어져 있었고 백성들 곁에 있었습니다. 동학은…."

"그만하자고 하지 않았느냐?"

종식은 또 듣지 않았다.

"동학은 나라를 뒤엎으려는 적은 한 번도 없었습니다. 백성이 살게끔 만 해달라고 했을 뿐입니다. 일본군이 이 땅을 유린하고 있을 땐 오히려 일본군과 싸웠습니다. 이게 진짜 국익이고 진짜 나라에 대한 충성, 바로 국익이지 않겠습니까? 글에선 백성을 멀리하면 나라가 망한다고 가르쳤습니다. 농민은 천하의 근본이라고 또 책은 가르쳤습니다. 하지만 조선 오백 년은 백성을 버렸고 나라가 이 지경에 이르게 한 것은 바로 그것입니다. 글대로 하지 않은 것입니다. 글자에만 천착하고 중국의 글자에만 집착하는 데에 급급했습니다. 이러니 네가 틀리고 내가 맞다만 주장했습니다. 그런 사이에 일본이 두 번이나 쳐들어오고 청이 이 땅을 짓밟았습니다. 그런데도 정신을 못 차리고 여전히 중국 글자 놀음만 일삼았습니다. 상을 치르는데 일 년이 어쩌고 삼 년이 어쩌고… 나라가 그 지경에 처했을 때마다 백성이 일어났습니다. 나라를 살리고자 목숨을 내놨습니다. 임금은 청 땅으로 내빼는데….”

영환이 참지 못하고,

“듣자듣자 하니 무엄하구나. 어디 안전이라고 임금을….”

잔을 들어 술상 위로 내리치며 영환이 큰소리로 호통이다.

“그만 하자.”

“형님, 이제라도 들으셔야 합니다.”

영환의 기세는 눈물을 흘릴 때부터 꺾여 있었다. 깨닫고 알았고, 그리고 후회하고 있었다. 방금 흘린 눈물이 얼굴에 두 줄 흔적을 남겼다. 눈물도 마르게 한 회한의 자국이다.

“형님, 동학농민의 나라사랑이야말로 진정한 충성이었습니다. 너도나도 따로 없는, 우리가 우선이었던 그들 동학입니다. 침략자, 모략꾼 일본 앞에 우리로 맞섰습니다. 우리는 하나가 될 수 있었습니다. 백성들의 삶이 어떠했는지 아십니까? 하루 한 끼를 먹지 못하고 내일의 한 끼도 기약할 수 없던 백성이었습니다. 쟁기조차 들 힘도 없던 백성이었습니다. 근데도 들고 일어났습니다. 오직 하나 바람은, 일본으로부터 나라를 빼앗길 순 없었기에 나라를 지켜야 한다는 것. 우리가 말입니다. 우리라도 말입니다, 하면서. 그때 죽임을 당한 백성들이 몇 명이나 되는지는 아십니까? 그 몇 명의 대신이며 관리들을 위해서는 거금을 들여 장충단은 세우면서 그 많은 백성들의 죽음은 거들떠도 보지 않았습니다. 조약돌만한 비석 하나라도 세워준 적이 있습니까? 오히려 역적으로 몰았습니다. 도리어 역모로 뒤집어 씌웠습니다."

듣고만 있던 영환은 중얼거렸다.

'지금 내가 뭘 할 수가 있겠는가. 내가 뭘 어쩔 수 있겠는가.'

종식의 귀에 영환의 넋두리가 들렸다.

"형님"

종식이 흐느끼기 시작한다.

"형님, 전봉준이 무슨 말을 했는지 아십니까? 방금 전 형님이 하신 말씀을 그대로 했습니다. 어쩔 수 없이 일어나야 했다고 했습니다. 형님, 형님은 또 피하려고 하십니다. 어쩔 수 있겠느냐고요? 서당훈장이던 전봉준은 조병갑 등 무리들의 혹정으로 농민들의 처참한 삶을 보고 가만히 있을 수 없었습니다. 농민들의 요구를 지나칠 수만은 없었습니다. 조병갑은 흙을 파먹고라도 연명해야 했던 농민들에게 없던 세금을 새로 만들어 물렸습니다. 그 백성의 고혈로 지아비의 비석을 비싼 오석으로 세웠고… 조병갑만이 아닙니다. 전국의 관리들이 다 썩었습니다. 그런데도 한성에선? 그래서 전봉준은 어쩔 수 없이 농민들과 함께 하지 않으면 안 되었습니다. 형님의 어쩔 수 있겠느냐고 하는 말은 푸념도 못 됩니다. 형님의 말 한 마디가 전봉준을 새기게 됩니다. 농민들을 새기게 됩니다. 형님, 싫은 소리를 더 해야겠습니다. 형님의 '어쩔 수 있겠느냐.'는 도망치는 치졸하고 야비한 무책임입니다. 형님은 그 많은 권한을 가지고 있었음에도… 반면에 전봉준의 '어쩔 수 없이'는 절절한 책임의 통감이며 함께 함입니다. 그 후 몇 달 뒤 전봉준은 수많은 농민들처럼 자신의 목숨을 내놓았습니다. 감옥에 갇힌 전봉준에게 일본 귀족자리를 준다는 일본의 회유에도 불구하고 꿋꿋했습니다. 책임입니다. 농민과 함께 하고자 했던 책임입니다. 녹두는 마지막까지 농민과 함께 했습니다. 함께 죽었습니다. 녹두라고 목숨이 두렵지 않았겠습니까. 녹두라고 부귀영화가 싫기만 했겠습니까. 어쩔 수 없이 일어난 농민들이 죽임을 당했고 어쩔 수 없이 녹두 전봉준도… 백성을 버리는 조선의 임금과는 절대 달랐습니다. 끝까지 백성과 함께한 녹두는 못 되더라도 형님은 뭔가를 해내셔야 합니다. 여흥 민 씨가 백성에게 저지른 죄 값을 형님이라도 치러야 합니다. 형님이 못하면 힘없는 저라도 하겠습니다."

종식을 바라보는 영환의 두 눈의 시선이 초점을 잃고 있다. 그래도 '어쩌란 말이냐.' 눈이 말하는 듯했다. 그 눈에 조선의 무력함이 역력하다. 종식이 영환의 눈을 보고 체념하며 한숨을 내쉰다. 영환이 기껏 하는 말은 고작 이것이었다.

"그렇구나. 너와 십 년 전에 이런 술자리를 가졌더라면…."

종식이 고개를 매몰차게 내젓는다.

"내 말을 들었을까요? 그때가 바로 형님이 동학농민을…."

"알았다. 알았다지 않느냐? 그럼 나도 전봉준이 그랬던 것처럼 광화문 거리에 베인 목을 달고 있으라는 말이냐?"

종식이 물러나지 않았다.

"할 수 있으면 그렇게라도 해야지요. 왜 못합니까? 백성은 그리 당해도 되고 왜 이 나라 양반들은, 죄 많은 그자들은 그리 하지 않으면 안 되는 겁니까. 해야지요. 그래야 사는 것입니다, 형님이. 그렇지 않고는 형님은 결코 살 수 없습니다. 아무 죄 없는 백성의 목은 베어 거리에 달아도 되고 죄 많은 조선 관리나 임금 등은 목이 베어져서는 안 된다는 것은 어떤 근거를 가지고 하는 말입니까?"

"이제 물러가거라. 내일 할 일이 많지 않느냐?"

영환은 부인의 묘 이장을 서두르고 싶었다. 종식이 물러나자 십 년 전의 민비를 떠올린다. '마마께서도 내 나이에… 마흔다섯…' 민비의 그늘을 지울 수가 없었다.

언덕을 한숨에 올라온 종식이 원망하듯 하늘을 우러르며 울음을 토해낸다.

"어떻게 그럴 수 있습니까? 어떻게 그렇게 쉽게 그럴 수 있답니까? 한 번 싸워보지도 않고 송두리째 나라를 다 내줄 수가 있답니까?"

영환이 나무란다.

"웬 호들갑이냐? 무슨 일이 있었단 말이냐? 누가 죽기라도 했단 말이냐?"

"누군가 하나 죽기만 하면 그나마 낫겠습니다. 저항 한 번 제대로 해보지도 못하고 종이쪽지 한 장으로 나라를… 이게 나랍니까? 이래도 되는 겁니까? 자기 목숨을 내놓은 백성들은 수를 셀 수 없습니다. 그런데 이 나라의 임금이나 대신들은 자기 몸 하나 보신하기에만 급급합니다. 그러자고 나라를 버렸습니다. 이 나라의 임금이고 대신들입니다."

영환이 큰 소리로 또 꾸짖는다.

"네 입으로 어찌 임금을 욕되게 하느냐? 무례하다."

종식이 영환을 따져본다.

"임금이라뇨? 누구의 임금이랍니까? 우리에게 언제 한 번 임금은 있었습니까? 임금의 머리와 눈에 한 번이라도 백성다운 백성인 적이 있었습니까? 임진년에도 정유년에도 병자년에도 백성은 나라를 위해 목을 내놓고 지켰지만 어땠습니까? 임금이나 그 신하들은… 이것이 한두 번이 아닙니다."

"그만해두자. 예법도 준법도 모르고 오두방정 날뛰는구나. 이러니 나라가 엉망일 수밖에. 뭣이 너를 그렇듯 오두방정하게 하는 것이냐?"

종식이 하늘을 향해 길게 내뿜는 소리로 따진다.

"아~~"

영환이 보고 올 것이 왔구나, 비로소 짐작한다.

"대신 다섯 놈이 나라를 일본에 팔아넘겼답니다. 아닙니다. 팔지도 못하고 넘겼답니다."

짐작한 바 있지만 차분하게 영환이 종식을 타이른다.

"알고 있는 바를 자초지종 흥분하지 말고 말해 보거라."

"형님, 꼭 형님만은 여흥 민 씨가 지은 죄를…."

종식의 머리에 여흥 민 씨만 떠오른 게 아니다. 안동 김 씨, 풍양 조 씨, 남양 홍 씨, 대구 서 씨, 연안 이 씨, 나주 박 씨… 외척들, 제 딸을 임금에게 시집보내 권력, 재력과 세상을 다 움켜쥔 척촉 세력들, 수혜자는 아니더라도 종식 자신도 그중 하나였다. 종식이 다시 말을 잇는다.

"이완용, 이지용, 박제순, 이근택과 권중현, 이 자들이 나라를 팔았습니다."

영환이 익히 알고 있는 이들 다섯을 하나하나 더듬는다. 모두 영환이 그들과의 만남을 되도록 피해왔던 관료들이다. 영환의 입에서 먼저 이완용, 하며 혀를 찬다.

영환은 주한 미국 공사 알렌에게 많은 것을 의지했다. 알렌 한 개인에게 기댄 것이 아니라 1882년 미국과 체결한 조미수호통상조약에 대한 믿음 때문이었다.

'제 삼국으로부터 공격을 받을 경우 조선과 미국은 필히 서로 돕는다.'

끝내 미국의 배신으로 영환의 미국 짝사랑이 되고 말았지만. 배신은 처음부터 없었다. 미국은 조선을 이용하려고만 했고 반면 조선은 순진했다. 이때의 순진이란, 무조건의 의존이요 당장의 현실도피이며 모면으로 정보의 부재에서 비롯됐다. 무능이다. 역시 문구에만 의지했던 것이다. 이것을 철떡 같이 믿게 된 건 영환이 미국에서 체류하면서 더 공고해졌다.

공사 직에서 물러나 미국에 가 있던 알렌에게 영환은 이승만을 보냈다. 이승만에 대해 아는 바가 별로 없었지만 상동교회에서 함께 활동한 이준의 추천이 크게 작용했다. 이승만, 그의 의지보다 영어를 잘한다는 이유였다. 이승만은 1898년 만민공동회를 주도한 사건으로 종신형을 받고 감옥에 오 년 넘게 갇혀 있었다. 승만은 감옥에 있을 때 오로지 영어만 팠다. 영환이 고종의 재가를 얻어내 이승만은 감옥에서 풀려났다. 영환이 사비로 미국에 가 있는 이승만에게 학비며 생활비 등을 부쳐주며 그를 후원했다. 어떻게든 나라를 구해야 했다. 그러나 이승만은 정식 특사가 아니라는 이유로 미국 측으로부터 문전박대를 받았다. 알렌 역시 애매하게 행동하며 뒤로 빠졌다. 미국은 이미 일본과 밀약을 체결해놓고 있었다. 미국의 필리핀 식민지 지배를 인정해 줌과 동시에 일본의 조선 강점을 서로 용인한다는 가쓰라·테프트밀약이 그것이요, 영국의 인도 식민통치를 지지하는 대신 역시 일본이 조선을 지배해도 된다는 영일동맹이 그것이다. 일본은 조선 지배에 대해 당사자인 조선을 완전 배제했고 미국·영국도 마찬가지였다. 이 체결은 암암리에 진행됐다. 이러한 일본의 암거래를 조선은 전혀 모르고 있었다.

이승만은 영환이 계속 보내주는 돈으로 미국에 남아 대학에 진학하며 기독교에의 천착 등 자신의 처세에만 골몰했다. 몇 년 후이지만 미국의 친일외교 고문인 스티븐슨 저격으로 투옥된 전명운 등 열사들의 변호를 재미교포들이 영어를 잘 하는 이승만에게 부탁했으나 승만은 당시 택도 없는 엄청난 액수의 보수를 요구했고 그럼에도 교포들이 돈을 마련해 왔으나 이를 단칼에 거절했다. 기독교인으로서 살인자를 도울 수 없다고 했다. 그는 이렇게 조선을 내팽개치고 감방에서 영어에만 천착했듯이 자신의 처세에만 몰입했다. 이 또한 영환은 전혀 몰랐다. 믿는 게 죄였다.

이러한 영환의 노력과는 달리 이완용은 늘 방관자였다. 영환이 알고 있는 이완용은 한 마디로 관리로서 절대 부적격자였다. 1900년 전라북도 관찰사로 있을 때 관내의 호적상황을 보고해야 할 관찰사로서의 의무와 책임을 일 년이나 질질 끌었다. 이로 인해 면직되었다. 또 거액의 공금 유용뿐만 아니라 당시 상당한 재력가를 압박하여 한성에 사는 자기 아버지 이호준을 돌보게 했다. 처음엔 중인 출신 재산가 이근배에게 돈을 빌리는 형식을 썼다. 하지만 끝내 갚지 않았다. 최고위직인 참정대신에 오른 이완용은 중인 출신의 채권자를 멸시하고 갚지 않은 것이다. 특히 돈에 관한 한 지저분한 짓을 많이 한 이완용을 관료로서의 능력 이전에 인간으로도 믿을 수 없고 더욱이 사리사욕에 혈안인 자로 직위를 악용함에 이에 영환은 완용을 절대 믿지 않았다. 나라를 위해 일할 인물은 절대 아니었다. 하지만 관직에서 쫓겨나 있던 이완용을 학부대신으로 발탁한 데에는 알렌의 후원과 일본 공사 하야시의 적극 지원이 있었다는 사실을 영환은 뒤늦게 알았다. 영환이 외부대신을 거절할 때 대신의 몇 자리는 하야시에 의해 채워졌으니 영환도 체결에 직접 찬성한 것은 아니나 찬성할 자를 앉혀놓은 결과, 꼴을 초래하고 말았으니 자기 책임도 크다며 한숨을 짓는데 그것은 먹은 것을 토해낼 때의 역겨움 같았다.

영환은 자신의 무력함에 통렬히 주저앉고 만다. 그것은 영환의 입장에선 역부족이었다. 1905년 3월 의정부 참정대신 민영환은 관찰사나 군수 등 지방의 수령들을 법에 따라 단호히 징벌하는 조치를 취했고, 한성 중앙정부의 명을 어기고 백성에게 임의적으로 부과한 잡세들을 없애기도 했다. 혼란을 타 백성 민심을 흐리게 하고 있는 무당·점쟁이들도 파악하게 하여 엄금하게 하였다. 하지만 시행해야 할 집행 관리들이 따르지 않았다. 지방하급 관리까지도 기성의 못된 짓이 몸에 이미 배어있었다. 또한 무엇을 도모하여 개혁으로 세상을 바꿔보려 해도 이를 방해하는 자들이 들개처럼 달려들었고 일을 지속적으로 이어갈 수도 없게 했다. 대신의 자리를 두어 달 만에 그만 두는 일이 허다했다. 그리고 딴 곳으로 발령을 냈다. 1905년의 봄에도 다르지 않았다. 세 개의 대신 자리를 함께 역임한 적도 있었다. 이래서야 나라 일을 제대로 해볼 수가 없었다. 참정대신에서 물러난 지 며칠 되지 않아 또 외부대신으로 발탁된 영환은 소신껏 해보려 해도 귀가 가벼운 고종이 있고 오랫동안 젖어있던 조선의 무분별한 관료체제에 환멸을 느끼고 있던 터라 병을 핑계대고 외부대신을 고사했다. 그때는 일본이 식민통치를 서두를 것이라 예측하지 못했다. 불과 일 년 전 조선의 모든 이권을 강탈한 의정서를 강제로 체결한 일본이었기에 또 무엇을 더… 이런 생각은 영환의 안일함 또는 일본의 야욕을 적확히 파악하지 못함에 기인했다. 그 자리에 박제순이 대신 들어앉았다.

알렌은 친러였던 이완용 등이 일본의 앞잡이로 돌아서 전면에 나선 사실을 알고 기뻐했다. 미국은 그랬다. 이런 자에게, 그런 미국에게 왜 나라의 운명까지 의지했어야 했던가. 미국의 배신이지만 이에는 조선의 미국 맹신이 먼저 자리하고 있었다. 오백 년 조선의 사직에 깊게 뿌리 내려앉은 사대. 조선은 개국 시작부터 이랬다. 그 정점에 민영환이 있었다. 이용하고 속였을 뿐 애초 미국은 조선에 전혀 관심이 없었다. 영환은 열일곱 살의 미국 대통령 딸을 국빈 대접하며 미국의 환심을 사려 했지만 미국 대통령의 그 어린 딸은 헤헤 웃으며 대감들의 수염을 붙들고 장난을 쳤고 대신들을 흉내 내는 짓을 서슴지 않았다. 미국에 돌아가서는 이상한 나라, 더러운 나라라고 했다. 민영환이 그 딸을 모시는 일에 가장 앞장섰었다.

미국의 배신에 이를 악 물었지만 이 또한 자신의 역부족이었다. 어찌 해보려고 갖은 방법을 다 동원했지만 어쩔 수가 없었다. 우유부단하고 귀가 열은 고종이 있는 한… 그러나 이 또한 어쩔 수가 없다.

어찌되었든 임금에겐 무조건 충성해야 하는 것으로 알고 있는 게 영환의 몸에 배어있다.

3.

영환은 서둘러 귀경해야 한다고 생각은 하면서도 올라간들… 역부족이 무력감으로 자신을 짓누른다. 동오가 다 들었다. 나라를 팔았다고? 어찌 이런 일이? 어찌 이럴 수가. 얼마 주고 팔았고 얼마 받고 사갔단 말인가. 나라를 팔다니… 그게 가능한 일인가? 누가 나라를 팔았단 말인가? 누가 나라를 팔 수 있단 말인가? 한성으로 올라가는 길에 동학 진압의 원흉 영환을 처치해보자던 계획은 또 미룰 수밖에 없다.

'그럼, 이토란 놈이 아직 살아있단 말인가.'

장충단 거꾼들은 무엇을 했고 어떻게 되었을까. 일이 어긋났다면 다 잡혔을 터…. 동오가 더 귀경을 서두른다. 만약 다 잡혔다면 혼자 남은 나라도 그 일을 꼭 끝내야 했다. 자신감은 성취가 아니라 하고자 하는 의지에 있다. 의지가 굳건하면 성취 못할 일은 없다. 의지는 이어지는 힘이며 이어지게 하는 동력이다. 일회로 끝나게 하지 않는다. 그래서 언젠가 이루고야 만다.

"대감마님, 출발 준비하겠습니다."

영환은 한참을 망설인다.

"오늘은 너무 늦었다. 내일 일찍 출발하는 것으로 하자."

한성에 가서 할 일을 따져본다. 임금도 그 다섯 대신들과 같은 생각이었을까. 귀 옅고 속을 알 수 없지만 임금으로서 자신의 명예도 걸린 문제다. 역사에 어떻게 남을 것인가. 고종은 유약한 자들이 그렇듯이, 국왕이라는 명분을 챙기려 했을 것이다. 십 년 전 왕후 민비가 일본자객에게 살해된 뒤 러시아 공관으로 피신했던 고종을 떠올린다. 또 어디로 가서 몸을 숨기고 있는 것은 아닌가. 러시아 공관에서 고종을 빼와 덕수궁으로 모신 것은 영환이었다. 엿새 후면 다 알게 될 일이었다. 엿새 후… 삼백 리 밖에서 이러쿵저러쿵 따져본들 다 짐작에 불과하다. 영환은 자신의 명도 며칠 안 남았음을 몸으로 먼저 직감한다. 산다고 다 사는 것이 아니요, 죽는다고 영원히 죽는 것도 아니다. 죽되 살 수 있고 살되 죽는 일. 결정해야 할 문제는 이것 외에는 없다.

종식과 동오에게 먼저 내려가 있으라고 하고 영환은 아내의 묏자리에 앉는다. 죽은 아내가 누울 자리에 앉아본다. 내려다보이는 논과 밭은 달라진 게 없다. 그곳에서 평생 흙에 묻혀 사는 농부들도 여전하다. 논두렁길을 종종 걸음으로 재촉하며 가던 종식이 늙은 농부에게 말을 건넨다. 농부가 일어나더니 서두른다. 뭐라 했기에. 또 동학으로 선동하려는가. 종식이 영환 쪽을 돌아보며 두 손을 번쩍 들어 흔든다. 옆에 있던 동오는 굽신거리며 또 허리를 굽힌다. 멀리서 점으로 밖에 안 보이는 나에게 굽신 인사를 한다. 저리 순박한 사람들의 손에 또 쟁기와 호미가 들리고 대나무가 들리겠구나.

•

108

'어쩔 수 없이?'

전봉준이 했다는 말을 생각해낸다.

'어쩔 수 없다.'

십 수 년 간 영환이 맞닥뜨린 문제였다. 난감했다. 어쩔 수 없었다. 누구는 어쩔 수 없이 일어나야 했고 누구는 어쩔 수 없어 주저앉아야만 했다. 일어난 자는 죽고 주저앉은 자는 살았다. 굴욕이요 치욕이다. 그렇게 해서라도 산들… 다시 떠오른다. 산다고 사는 것이 아니고 죽는다고 영원히 죽는 것은 아니다. 죽음은 길고 삶은 짧다. 죽은 전봉준과 농민들은 산 자의 가슴에 남아있다. 저리 일어나지 않는가. 시간을 초월한다. 비굴해질 자신의 삶을 가늠한다. 여태 살아온 삶을 무위로 끝낼 굴종의 삶, 자신이 없다. 비굴할 수도, 그렇다고 항거하기엔 이젠 너무나 미력하다. 전봉준은 그랬다. 가진 게 없어서 피해입을 것도 없지만 가진 게 없으니 없는 백성들과 힘을 모을 수 있었다고. 그 백성이 책만 읽던 자신을 일어서게 했다고, 어쩔 수 없이. 나라를 그 지경에 빠트려 놓은 것이다. 백성들이 어쩔 수 없이 봉기하지 않으면 안 되도록 만신창이 나라로 만들어 놓았다. 내가, 나라를 지켜야 할 우리들이.

11월 19일 밤 11시. 경기도 용인 수지.

"형님. 지금 이런 판국에 술상이라니요."

종식이 영환의 술상 주문을 거절한다. 거절, 처음 있는 일이다.

"돌아보니 내가 해보고 싶은 대로 살아본 적이 없구나."

미국에서 잠깐, 임금의 명을 어기고 미국 땅을 돌았던 적, 그때 한 번? 그것도 자신이 없다. 온전한 자유는 아니었다.

"오늘 밤은 그런 내가 해보고 싶은 첫 날이자 마지막이 될 것이다."

알아차렸지만 종식은 단호했다. 알아차렸기에 더 냉정했다.

"그러자면 시키지만 마시고 직접 차려보시지요? 형님, 부엌에는 한 번이라도 들어가 보셨습니까? 늘 그렇게 누리고만 사셨지 않았습니까? 해봐야 압니다. 함께 해봐야 여자들의 고충도 알고 백성의 고통도 알고 이들과 더불어 기쁨도 누릴 수 있습니다."

영환은 할 수가 없다. 몸에 밴 체신이 자신을 옭아매 아무 것도 못하게 가로막고 있다. 남을 부리는 것이 자유인 줄 알았다. 하지만 자신을 꽁꽁 묶는 올가미였다. 자유인 줄 알고 있는 것이 자기 코를 뚫어 묶었다.

"알았다. 술상은 없던 걸로 하자."

안 하면 그만이다. 용인하지 못한다. 배짱일진대, 명분일진대, 몸에 밴 의식을 떨쳐내질 못한다. 이 또한 구속이다. 종식이 술잔을 받듯 말을 받는다.

"형님, 술이 아니면 지금 무엇이 가장 하고 싶은가요?"

한참 동안 종식을 바라보는 영환의 심경이 울적하다.

"어릴 적으로 돌아가고 싶구나. 글 읽던 한성에서가 아니라 여기서 산에 오르며 뒹굴고 뛰놀던 때로 말이다."

종식이 웃다말고 흐느낀다.

"형님. 약해지시면 안 됩니다. 아마 보셨는지 모르겠습니다. 남은 한 톨이라도 주워보겠다 하고 논에서 이삭 줍던 노인 말입니다. 올 해 여든일곱이십니다. 나라가 일본에 넘어갔다고 했더니 그 노인, 뭐 라 하신 줄 아십니까? 그땐 못 죽었으니 이제라도 죽어야겠구나. 아시 죠, 형님? 그때가 언제인지. 이렇게 백성은 일어섭니다. 이렇게 백성 은 일어납니다. 저 잡초들 같은 거지요. 노인은 십 년 전 그때 함께 죽 지 못한 게 한이라고 합니다. 살아있다는 게 더 힘든 일이었다고 합니 다. 그땐 못했으니 지금이라도 한다. 어때요? 형님. 이게 백성입니다. 이것이 바로 우리 조선의 백성이라고요. 형님. 더 하실 일이 많아지실 겁니다. 절대 약해지지 마십시오. 형님이 믿어준다면 결코 변하지 않 을 백성들이 뒤에 버티고 있다는 것을요. 백성만 속이지 말아주십시 오. 번번이 속였지요. 백성은 속아 넘어가고도 또. 믿지 못할 러시아니 미국을 좇다가 고작 섬나라 왜놈에게… 이번엔 백성을 버려선 안 됩 니다."

동오는 멀찌감치 대문 앞에 놓아둔 인력거를 손보고 있었다. 다 들려왔다.

'민 씨에게도 저런 분이 다 계셨군.'

영환이 동오를 부른다.

"자네는 몇 살인가?"

111

생뚱맞게 나이를 묻는 영환을 종식마저 의아하게 쳐다본다.

"저 같은 무지렁이야 태생이 분명치 않으니 정확히는 알 수 없으나 얼추 마흔 중반은 됨직하옵니다만…."

종식이 듣고,

"우리 셋이 갑장이군요. 삶은 다 달랐어도 살아낸 세월은 같으니 동지요 동무입니다. 그렇지 않습니까, 형님?"

"결혼도 하지 않았다니 자식도 없겠고, 자네는 무엇 때문에 사는가?"

이 또한 분에 맞지 않는 질문이었다. 옆에서 종식이 더 재미있어한다. 동오는 놀라기만 할 뿐 대답을 못한다. 무엇 때문에 사느냐? 자신에게도 물어본 적이 한 번도 없었기 때문이겠지만 물어보니 내 삶은 있었던가? 다시 자신에게 묻고 있느라 대답을 못한다.

"그래도 살아가는 이유는 있지 않겠느냐?"

그렇다. 동오도 살아갈, 살아내야 할 이유가 분명히 있다. 여동생 순임이가 떠오른다. 하지만,

"우리에겐 그런 것 없습니다. 살아가는 이유를 억지로 댄다면 하루가 있기 때문입니다. 하루하루, 주어진 하루하루, 이것이 사는 이유겠습니다."

영환은 동오가 들고 있던 소학이 추구로 바뀐 것을 우연히 목격한 적이 있다. 이놈이 나를 속이는구나.

"추구는 왜 읽느냐?"

동오가 짐짓 깜짝 놀란다. 무식한 게 싫었다는 본심은 드러내고

싶지 않았다.

"어디서 주웠습니다. 그뿐입니다."

영환은 대답에 개의치 않고 제 짐작으로 뛰어넘는다.

"그러하면 추구도 소학처럼 다 외우고 있느냐?"

다 외우다니?

"아닙니다요. 저 같은 미천한 것이 감히… 그냥 소학도 몇 구절만… 추구도 소학처럼… 쉬운 몇 구만 기억하고 있을 뿐입니다요."

"그럼, 기억한다는 그 추구 몇 구 한 번 외워 보거라."

덩치 큰 동오가 허리를 꺾는다.

"송구스럽습니다요."

"기억하는 문구가 없다는 말이냐? 알면서도 모른다고 하면 그 또한 속이는 일이요 거짓됨일 것이다."

동오의 가슴이 섬뜩하다. 속이고 거짓이라니….

"감히 더듬어 말씀 하나 올립니다. 제가 인력거를 끌고 길을 달리다보니 이것만 기억에 잘 남습니다요."

"내 그럴 줄 진즉에 알았다. 어서 읊어 보거라."

"로중로무궁(路中路無窮)이옵니다."

"뜻도 알겠구나."

"끝이 있는 길은 없다는 뜻으로 알고 있습니다만…."

"비슷하다."

영환이 흐뭇해하며 오랜만에 웃음을 짓는다. 종식이 그 앞 문장으

로 화답하니,

"산외산불진(山外山不盡)하고"

동오를 바라보고 있던 영환이 동오의 의중을 묻는 듯 턱을 치켜세워 동오를 부른다.

"산 밖에 산은 또 있다, 는 뜻으로만 알고 있습니다요."

"비슷하다. 흥미롭구나. 그 앞 문구까지 알고 있으면서도 모른다고 하는 너는 내게 거짓을 한 것이다. 죄가 되지만 아는 것을 안다 하고 떠벌리는 너는 아닐 듯해 죄가 죄로 보이지 않는구나. 그럼, 다른 진리키샤슈들도 너 같이 공부하느냐?"

듣고 있던 종식이 진..리..키..샤..슈? 따라 더듬거리며 무슨 말이냐고, 처음 들어본다고 묻는다. 동오가 자신있게 대답한다.

"인력거꾼을 이르는 말입니다요."

종식이 영환을 바짝 쳐다본다.

"형님… 일본말이란 얘기잖습니까? 그리 좋은 우리말이 있는데 왜 왜놈말로… 형님이 더 잘 아시겠습니다. 쓰는 말이 정신이라고. 이것부터 뜯어내야 합니다. 우리가 우리 것을 천대하고 무시하고 버려야 되겠습니까?"

영환이 이번엔 인정한다.

"다른 인력거꾼들도 너 같으냐? 공부하느냐?"

"잘은 모르겠으나 무언가 배우려고는 합니다. 배워야 이 하루를 벗어날 수 있다고 믿는 듯합니다."

이 년간 사비로 세워 유지했던 홍화학교를 떠올리며 영환은 계속하지 못한 자신을 속으로 나무란다. 입학도 차별했다. 일반 백성들은 입학 자격부터 주어지지 않았다. 관료나 양반자제들만 들였다. 백성을 몰라도 너무 몰랐다. 모르는 수준이 아니었다. 알려고도 하지 않으니 알 수가 없었다. 백성을 무시했다. 일본이 하는 말과 똑같은 말을 자신이 했다. 게으르고 더럽고 무식하고 믿을 수 없고… 자신의 백성을 자신이 그렇게 얘기했다. 교육이 필요하다고 절감했어도 백성 모두에게가 아니었다. 정도전의 글을 읽었다. 우리 백성의 수준이 꽤 높다던. 그래서 임금 하나가 아닌, 대신 몇 명이 아닌 백성으로 나라를 이끌어야 한다던. 하지만 영환은 읽기만 한 것뿐이다. 알기만 한 것뿐이다. 과거시험 때만 기억하면 되는 공부였다. 잊힐 수밖에 없었다, 백성의 수준이 꽤 높다는 말은 과거시험 때나 쓸모가 있다면 있었을까. 바로 버려졌다.

"형님. 형님은 우리 백성들을 넝마 걸친 옷차림으로만 판단하고 계셨던 건 아닙니까?"

영환이 가로채며 말을 바꾼다.

"꼭 쓰임이 있을 것이다. 배움을 끊지 말고 계속 이어가도록 하라."

술자리보다 훨씬 흥겹지 않느냐며 종식이 화들짝 웃으며 내친김에 추구 한 대목을 읊는다.

"우의운단흑(雨意雲端黑)이요 춘심목말청(春心木末靑)이라. 비올 뜻은 구름 끝에 검게 걸려있고, 봄 올 마음은 나무 끝에 푸르도다. 대신들은 먹구름이요 백성들은 푸른 새싹이옵니다. 새 날의 희망이지요. 두고 보십시오. 백성은 꼭 언젠가는… 이젠 믿어주시겠지요. 형님도?"

11월 20일 새벽 4시 22분. 경기도 용인 수지.

출발하기 훨씬 전부터 종식이 나와 있다. 영환이 나오자 무언가를 종식이 전한다.

"상소문입니다. 고종황제께 전해주실 수 있겠지요?"

"먼저 볼 수 있겠느냐?"

"물론입니다."

읽는 영환의 얼굴이 내내 상기되며 여러 번 되풀이 읽는다.

'나라를 팔아먹은 매국노 오적 무리배들을 처단하라. 진정 나라를 구하려던 동학농민들은 광화문 거리에 목 잘린 얼굴로 파리의 밥이 되어 문드러질 때까지 걸어놓았었다. 을사오적에겐 어떻게 해야 하느냐? 그들은 물론 집안 조상까지 능을 파헤쳐 다시 처벌해야 옳다. 이는 조선의 법규에 따른, 바로 마땅한 법의 집행이다.'

이런 내용이다.

"동학을 빼는 것이 좋겠다."

종식이 왜냐고 묻는다.

"제 항소문의 요지입니다. 나라가 나라다우려면 법이 반듯해야 하고 그 반듯한 법의 집행이 더욱 중요합니다. 그 집행의 공정함에 있어

116

법을 어긴 과다로 엄정해야 함은 당연합니다. 또한 그 책임의 과다에 맞춤이 형평일진대 하면 책임이 무거운 자의 경거망동은 더 엄벌에 처해져야 함 역시 마땅합니다. 대신과 같은 막강한 권한을 나라를 팔아먹는 경거망동에 썼다면 이는 역적보다 중한 죄요, 극형에 처해져야 함이 옳습니다. 그렇지 않다면 나라 법은 온전하다 할 수 없고 모양만 법일 뿐입니다. 법을 집행하는 자, 공정하고 엄정하지 않다면 그 또한 강하게 엄벌해야 함 역시 마땅합니다. 법이 법의 집행자들로 인해 그들 요량으로 제멋대로 고무줄이 되어 끄는 대로 이끌게 된다면 나라를 어찌 바로 잡을 수가 있겠습니까? 법은 고무줄이 아닙니다. 법을 다루는 자들이 임의대로 멋대로 법을 고무줄로 전락시키고 있습니다. 다산 선생이 말씀하셨듯이 법은 있으되 법이 온전하게 펼쳐지지 않으면 법은 없느니만 못하다고 했습니다. 법과 집행이 따로 논다면 백성은 반드시 일어나 법과 그 집행자를 꼭 처단하고야 말 것입니다. 그래서 동학을 형평성에 맞추어 거론한 것입니다. 이는 결코 그름이 없습니다."

종식의 말을 듣고 그래도, 하며 영환이 하는 말이,

"고종황제께선 안타깝게도 왕후 민비를 죽음에 몰게 한 발단을 동학으로 알고 있다. 동학이 없었다면 일본군의 개입도 없었을…."

종식이 목소리를 높여 영환의 말을 가로막는다.

"임금의 생각입니까, 형님의 생각입니까? 분명히 하셔야 합니다."

영환이 들고 있던 상소문을 종식이 가로챈다.

"됐습니다. 그만 두십시오. 내가 따로 올리겠습니다. 읽지 않고 휴지조각이 되더라도 올리고 또 올리겠습니다. 그러나 이런 종이가 무슨 소용이 있답니까. 일본이 종이쪽지 한 장으로 조선을 다 훔쳐 가는데, 이 따위 종이쪽지에만 의존하지 않겠습니다. 상소문을 올리는 것은 아직 백성이 임금을 믿는 마음이 남아있기 때문입니다. 이 믿음마저도 저버린다면… 고종이 그런 망상을 하고 있다면 그것은 바로 형님의 잘못이 큽니다. 어영구영 소신 없는 임금으로 인해 우리나라가 이 지경에 이르고 말았다는 사실을 모르고 오히려 그 책임을 백성에게 묻는다면, 이젠 백성이 임금을… 왜놈만이 아니었군요."

영환은 무례하다는 말만 거듭한다.

"가십시오. 형님을 앞으로 더 볼 일이 없을 것 같습니다. 어릴 적 어쩌고저쩌고, 다 생거짓말입니다. 진심에서 어릴 적으로 돌아갔다면 백성이 되었을 터인데… 백성을 아직도 얕잡아 보고 있습니다. 임금을 포함 한성의 관료들이 백성 알기를 지네집 개보다도 못하게 취급해왔습니다. 그러니 일본이 더 나서댈 수밖에 없었습니다. 일본은 조선을 쉽게 먹었습니다. 제 보신에만 혈안인 한성 무리들 몇 놈 때문입니다. 가십시오. 나라는 백성이 지킵니다."

밤새 한숨도 쉬지 못한 영환은 마음의 결정을 이미 내리고 있던지라 종식을 더 대응하지 않았다. 수없이 더 비겁해지기 전에 죽음으로 한 번만 비겁해지자. 틀린 말은 아니다. 네 말이 다 옳다. 하지만… 책임 있는 자리의 버거움, 이도저도 못하는 처지의 괴로움을 극복하려 하기보다는 늦어버리고만 시간의 탓, 변명으로만 돌리고 있었다. 변명하는 자에겐 조언도 직언도 충언도 얄궂게만 들릴 수밖에 없다.

영환이 속주머니에서 두툼한 봉투를 꺼낸다.

"그래. 나도 널 더 이상 볼 일도, 면목도 없다. 이젠 고향도, 어릴 적도 내겐 없다. 나라도 없다. 알아달라고 구걸진 않겠다. 단, 내가 하고자 했음에 부끄럼은 없다. 민 씨로 태어난 게 죄다. 자랑스럽던 민 씨였건만 아니었다. 너야말로 민 씨 성을 갖고도 올곧게 살아왔구나. 당당한 너를 보니 그나마 민 씨 성이 덜 부끄럽다. 이것을 받아라. 비천한 돈일지라도 네 손에선 쓰임을 제대로 할 것이기에 내가 너에게… 마지막 선물이라고 생각하고 기꺼이 받아주면 좋겠다. 나는 땅과 돈은 많아도 제때 제대로 쓸 줄을 모르는 범생이로만 살았다. 모든 게 내게 과분했다."

동오를 영환이 불렀다.

"출발하자."

종식이 끝내 받지 않자 대문 밖으로 나선 인력거를 세운다.

"갖다 주고 오거라. 받지 않으면 그 마당에 던져 놓고라도 오거라."

종식이 대문 밖까지 나오진 않았지만 낮은 담 너머로 인력거에서 눈을 떼지 않는다.

'형님. 잘 가십시오.'

또 한 번 형님하고 가슴에 외치는데 두 눈으로 뜨거운 눈물이 주룩 흘러내린다. 앞이 흐려진 눈으로 더듬어 마당에 떨어진 봉투를 집어 든다. 묵직하다. 꽤 많은 돈이다. 편지도 집힌다. 글은 짧다.

'백성을 위해 써다오. 내가 백성들에게 사죄할 방법은 기껏 이것 밖에 없구나. 시간도 내겐 멈췄다, 이젠.'

11월 22일 해시, 밤 10시 45분. 남한산성 아래 오포.

영환의 몸이 무겁다. 한성에 가서 내가 더 무엇을 할 수 있는 게 있을까. 엉덩이가 의자에 배여 얼얼하다. 시베리아 횡단열차를 생각 나게 한다. 열차 내에서의 긴긴 밤은 밤이 길기만 한 겨울보다 시간이 늦게 흘렀다. 되돌아보는 시간이었다. 했다고 했다. 할 만큼 했다. 우 선 민 씨 척족 세력들에 대해서였다. 다 형제들이다. 특히 아홉 살 위 인 민영준의 횡포와 월권은 도를 넘어 점점 심해져가고 있을 때였다. 영환은 왕후 민비의 힘을 빌어 영준의 축재 사실을 고종에게 알렸다.

"민영준은 자신이 앉힌 지방관들을 통해 백성의 고혈을 빨아먹으 며 모은 재산이 돈은 몇 백만 원에 이르고 매년 거둬들인 곡식이 이 십여만 석에 이릅니다. 그의 세도는 임금의 손이 미치지 않는 궁 밖의 전 나라에서 임금의 권위보다 높아 나라를 쥐락펴락합니다. 이에 견 디지 못한 백성들의 원성이 도처에서 들끓고 있습니다. 이를 막지 못 하면 기회를 얻은 화적·도적 무리들이 일어나 또 백성을 위협하게 될 것입니다. 엎드려 청하는 바, 상감께서 이를 살피시어 조치를 내려주실 것을 상주합니다."

이로 민영준은 추자도로 유배되었고 민형식·웅식 등도 녹조·고금도로 유배되었다. 영환도 책임을 지고 한직으로 물러나 있어야 했다. 민 씨만이 아니었다. 영환의 노비가 거액을 가로채 부산 동래와 제물포로 빼돌려 일본 상인과 거래를 했다. 영환이 조사해 처벌케 했지만 흐지부지되고 말았다. 나라 전체가 썩지 않는 구석이 없었다. 위나 아래 할 것이 없고, 너와 나 사이에도 무엇 하나 믿고 추진할 수 있는 게 없었다. 그때 일본이 조선 정부에 늘 하는 말이 바로 '너희 조선은 믿을 수 없는 민족이다.' 할 정도였다. 이를 일본이 미국, 영국 등 다른 나라에게도 옮겼다. '조선은 믿을 수 없는 나라.'

개혁을 도모하고자 하면 이에 대해 옳고 그름의 시비를 따지진 않고 무조건 이유·논리 없이 싸움을 걸었기에 개혁 자체는 늘 시작부터 삐걱대고 시들했다. 오히려 모함이 진실인 양 호도되는 사회였다. 백성은 그 잘못된 풍문만을 믿었다. 주머니 털어 먼지 안 나오는 자 있으면 나와 봐라, 이때 유행했다. 이 말은 같이 도둑이 되자는 말과 다름없다. 이 틈을 타 민영준은 자기 사람을 써 자신을 군부대신에 앉혔고 이로 인해 민영준 패거리에게 영환은 등을 돌리게 되었다. 영환은 정치에서 물러나라는 압박까지 받았다. 이쯤에서 민영환은 특명전권 공사로 임명돼 러시아 황제 니콜라이 2세 대관식에 파견되었다. 외국으로의 파견은 영환의 의지이기도 했다. 단지 현 상황을 피해보자는 의지였다. 외국 순방 전의 영환과 그 후의 영환, 그 자신을 비교하며 뜬 눈으로 밤을 샌다. 이완용과 내가 무엇이 다른가. 고종을 러시아 공사관으로 피신시킨 주역인 이완용과 러시아를 다녀와서 고종을 러시아 공사관에서 덕수궁으로 모셔 와야 한다고 주장해 그 뜻을 관철시킨 자신, 영환은 한 때 이완용과 뜻을 같이하기도 했다. 영환은 러시아나 일본이나 어느 한 세력에 치중하지 않는 것이 국익에 도움이 된다고 믿었다.

이런 과정에서 정동구락부 멤버인 이완용과 가까워졌고 그를 알게 되었다. 이완용 역시 민영환처럼 온건한 사람들이 그렇듯이 합리적으로 보였다. 완용이 친러에서 친일로 돌변할 때 영환은 친일에서 친러로 옮겨가고 있었다. 이러면서 둘은 다른 길을 걷게 된다. 또 영환이 재물에 대한 욕심이 없고 분별이 있었다면 완용은 그 반대였다. 그 사실을 알게 되면서 이완용을 영환은 점점 더 멀리 했고 영환이 우려했던 횡령·횡포 등의 죄로 이완용은 면직이 되고 나라의 중임에서 떨어져 나갔다. 이 두 사람이 비슷했어도 달랐던 것의 하나는 바로 욕구의 차이였다. 영환에게 욕심은 국익을 우선하는 것이었다면 완용은 국익보다 순전히 사욕에 혈안이 됐다. 두 사람이 공통으로 갖고 있는 것이 있다. 세도가 집안의 한계를 벗어나지 못한 점에서 백성을 대하는 태도였다. 영환은 끊임없이 정치에서 백성을 고려하긴 했지만 이는 국가 운영의 한도 안에서의 백성, 즉 사농공상에 매우 철저했기에 동학농민항거를 주도한 전봉준 등을 도적·화적떼로밖에 보질 않았다. 역적으로까지 몰아붙였다. 그런가하면 이완용에겐 백성은 전혀 고려의 대상조차 되질 않았다. 고려했다면 착취대상이요 쥐어짜낼 수 있는 고혈 몰수에 불과했다. 조선의 지방 말단관리인 아전이나 조선 최고위직의 이완용이나 이 점에서 똑같았다.

한편 백성을 무시한 점에서는 완용과 영환이 크게 다르지 않았다. 조선 오백 년 역사 내내 흘러와 쌓인 퇴적물이요 굳어버린 침전물이었다. 직위 고하를 막론하고 왕과 양반들의 몸에 깊숙이 쌓여 유전하며 더 심화·진화되었다. 백성을 경시하면 할수록 나라는 점점 더 썩어 문드러지고 있었다.

영환에게 유럽 및 미국 순방여행은 큰 의미가 있었고 자신을 바꿔갈 수 있는 계기도 되어줬다. 한 마디로 '너무 몰랐다.'였다. 깨쳤음에도 달라지지 않는다면 무지는 되풀이돼 더 곪게 만들고 결국 그것은 터지기 마련이다. 우선 수행원 중에 외교 절차를 제대로 아는 자가 하나도 없었다. 러시아 공사관인 스테인이 도왔지만 당연히 한계가 있을 수밖에 없다. 조선을 위해 파견된 수행원이 아니다. 어쩌면 길 안내인에 불과했다. 스테인은 출발하기 전 조선 일행들의 면모를 살폈다. 저런 복장으론 웃음거리가 되고 웃음거리는 상대에게 무시당할 소지가 충분하다고 스테인은 염려했다. 조심스럽게 도포와 갓 대신 양복을 입을 것을 권했다. 거절했다. 조선인이 조선 옷을 입는 것은 자연스러우며 계급을 상징하는 갓을 쓰는 것 또한 당연했다. 고집은 신념이 될 수도 없고 신념이 되지 못한 고집은 상대와의 협상 자체를 가로막았다. 실제로 스테인이 우려한 대로 되고 말았다. 러시아 황제 니콜라이 대관식 입장을 거절당했다. 모자를 쓰고 들어갈 수는 없다고 했고 민영환 일행은 갓을 벗는 일은 수치로 여겼다. 갓으로 계급을 나타내는 조선에선 갓을 쓰는 일은 법도여서 갓을 벗으면 큰 결례지만 남의 나라에선 예법에 어긋나는 일로 통하지 않았다. 이러니 제대로 나라와 나라로서 대등하고 당당하게 협상다운 협상이 이뤄질 수 없었다. 안타깝게도 조선 측이 러시아에 요구한 것 자체가 한심하기 그지없었다.

'조선 국왕의 신변을 러시아 경호원들이 보호한다. 조선 내 러시아군 병력을 증강해도 좋다.'

러시아의 요구가 아니라 조선의 요청이었다. 러시아가 받아들여 조선 국왕 경호부대가 편성되었다. 이뿐만이 아니었다.

'조선의 경제상황 등을 조사·파악하는 일에 러시아 관리를 조선에 파견한다.'

나라가 어렵다지만 나라의 국방이며 경제·경영을 다른 나라에게 다 일임한다는 것이었다. 이럴 순 없는 일이 그때 벌어지고 있었고 그것을 민영환이 주도했다. 민영환의 외교는 성공할 수 없었고 성공해도 내정간섭을 먼저 끌어들이는 꼴이 될 테니 나라를 파는 일에 다름 아니었다. 기울어가는 나라를 살려보겠다는, 일테면 국익이라지만 국가 차원의 상식이나 양식으로도 한없는 저자세요 굴욕이 아닐 수 없었다. 이러면서 복장은 조선을 고집하는 대단한 모순의 나라, 바로 조선이었다.

러시아뿐만 아니라 일본 등 다른 나라들은 이즈음 당사국인 조선은 전혀 모르게 조선을 상대로 자기들끼리 또 밀약을 체결한다. 러시아와 일본은 조선을 완전히 배제하며 한반도를 남북으로 분할하고 재정에 관해서도 철도 건설과 광업권 및 전신 등 서로의 이권을 자기들 임의대로 각각 챙겼다. 역시 조선에 묻지도, 물을 필요도 없었다. 고국에 돌아와 뒤늦게 이 사실을 안 민영환은 러시아에 속았다는 생각에 친러에서 반러로 돌아선다.

여섯 달 동안 유럽과 러시아를 돌아보고 별 소득도 없이 귀국한 민영환을 고종은 다시 외국으로 내보낸다. 쓸 만한 사람이 없었다. 더더구나 믿을 관리가 없었다. 사실 고종에게는 새 인물을 쓸 의지가 없었다. 이번엔 영국 빅토리아 여왕 즉위 육십 주년 기념축하식에 참석하라는 어명이 내려졌다. 대관식, 기념축하식 참석은 조선 시대 내내 행해온, 나라 현상 유지의 유일한 외교방법이었다. 청나라에 그랬고 일본에게는 1636년부터 1811년 사이 아홉 차례나 일본 쇼군 취임식에 참석해야했다. 사오백여 명의 신하가 사오 개월의 일정으로 일본에 간 조선통신사이다. 세계는 바뀌어도 조선은 달라지지 않았다. 단순하다. 하객으로 참석한 나라에게 우호적이리라. 순진한 게 아니라 어리석음이요, 순박한 게 아니라 무지함이요, 순수한 게 아니라 무치함이라 아니할 수 없다. 이것이 나라를 다른 나라로 넘겼다.

민영환은 수행원을 바꿔 또 장도에 올랐다. 이차 사행의 목적은 영국과 러시아는 물론 프랑스와 독일에게서 조선의 독립을 보장받아오는 것이었다. 또 민영환 한 사람이 육 개국의 공사를 겸임하는 일이었다. 고종의 친서를 각국에 전달했지만 임금의 칙서는 종이쪽지에 불과했다. 주한 주재공사들은 이미 자기나라 본국에 조선을 믿지 말라고 통보해놨기 때문이다. 이들 모든 나라는 일본에 가까웠다. 일본에 가깝다기보다는 일본이 그들을 제 편으로 끌어들이는 작업을 일찌감치 해놓았다. 일본의 말을 곧이곧대로 들었다. '조선은 믿을 수 없는 나라' 영환은 이국땅에서 한숨을 푹 쉬었다. 하려고 해도 할 수 있는 일이 없었다. 급기야 그는 근무이탈을 하고 만다. 어명을 처음으로 어긴다. 자신에겐 첫 자기혁명이라고 말할 수 있었다.

"신의 짧은 생각은 우물 안 개구리의 우물을 벗어나지 못했고, 신의 좁은 시각은 넓은 세상을 볼 안목이 되지 못했습니다. 결국 일을 그르쳐서 매우 부끄럽습니다. 이국땅에서 비웃음을 당하는 일은 나 하나만의 수모가 아니라 국왕께도 폐를 끼치는 일로 그 죄는 신이 보잘 것 없는 탓입니다. 이에 신은 적임이 아님으로 국왕께서 내리신 업무를 이어가지 못하고 사임하고자 합니다."

이러면서 영환은 자신을 미국의 주미공사로 임명해줄 것도 함께 요구했다. 고종은 크게 화를 내고 영환을 파면 면직시켰다. 주미공사로 임명되지 못한 영환은 미국에 혼자 남아 미국을 돌아봤다. 그의 마음속에는 아직도 미국에 미련이 남았다. 조선을 구할 길은 미국밖에 없다고 생각하며 선진국의 면모를 부러워하며 미국을 배우고 싶었다. 고종의 명을 어기고 미국에 머무른 일은 영환에게는 위기의 조선을 구하기 위한 한 방편이긴 했다. 그때가 1897년 7월이었다.

'외교적으로 얻은 바 없지만….'

어느덧 어두운 밤이 걷히고 여명의 빛이 오르고 있었다. 아직 어둠이 가시지 않아 깜깜한 주막 마당으로 누군가의 그림자가 지나간다. 영환의 방 창호 문에도 그 그림자가 지나간다. 그림자가 인력거 앞에 멈추더니 그림자의 몸뚱아리가 땅으로 굽는다. 인력거꾼, 영환은 그의 이름을 모른다. 문을 살짝 제키고 그를 엿본다. 인력거를 구석구석 살피고 있던 동오가 바퀴 하나를 인력거 몸체에서 분리해 바퀴살을 잇는 중앙의 둥근 쇳덩이 물체를 바닥에 펼쳐놓는다. 바닥에 구슬 같은 둥근 것들이 흩어진다. 구슬을 한데 모아 바닥에 펼치고 손바닥으로 눌러 동그라미를 그리듯 굴린다. 그중 두어 개를 들어 제 눈 가까이로 가져가 유심히 살핀다. 행동으로 보아 점검임을 영환은 알 수 있었다. 손바닥에 구슬 하나를 얹고 긴 무언가로 그 구슬을 수차례 밀다가 툭툭 두어 번 쳐보더니 왼쪽 주머니에 넣고 오른쪽 주머니에서 다른 구슬을 꺼낸다. 또 꼼꼼히 주의해서 들여다본다. 어두워서 잘 보이지 않아 다가가서 보고 싶다는 생각을 잠깐 하지만 생각일 뿐이다. 백성 일에 관여하고 관심 둘 일이 아니다. 양반답지 못한 행동이다.

그런데 일본인도 그랬다. 제물포를 떠난 함선이 상해를 경유해 일본 나가사키에 머물고 있을 때였다. 늦은 시간에도 상점에서 일하고 있는 일본 백성들을 보았다. 지나가는 행인이 하나도 없는데 손님이 있을 리 없다. 그런데도 바닥바닥 연이어 붙은 상점들 모두가 문을 열어놓고 있었다. 상점 안의 주인인지 점원인지, 모두가 가만히 앉아 있는 사람이 없다. 대나무로 바구니를 엮고 있는 사람, 짚으로 신발을 짓는 이도 있다. 나무판을 펼쳐놓고 그 위에 망치질을 하는 사람, 나무를 깎아 나막신을 만들고 있었다. 아낙들도 보였다. 실과 바늘로 천을 꿰매고 작은 인형 같은 것을 만들어냈다. 식당도 있었는데 큰 솥에서 김이 모락모락 피어올랐다. 손님은 고작 한 명 뿐이었다. 영환이 통역관에게 물었다.

"이 늦은 시간에 일본인들은 쉬지도, 자지도 않는가?"

통역관 김조현이 대답한다.

"일본인들의 습관이고 관습입니다. 남들이 다하니 나도 한다, 뭐 이런 것이긴 하지만…."

하며 조현이 말을 끊는다. 영환이 더 얘기해보라 한다.

"한 사람의 영향입니다. 지금으로부터 이백 년쯤 전의 사람입니다. 이시다 바이간이라는 자인데, 집안은 보잘 것 없고 더욱이 시골출신입니다. 일본의 수도인 교토로 나와 상점의 제일 말단 점원이 되었습니다. 자신보다 열 살이나 어린 친구들이 주로 점원이었는데…."

길어지는 것 같아 조현이 또 말을 멈춘다.

"더 하거라."

하찮은 사람을 왜 꺼내는 걸까, 하면서도 영환이 재촉한다.

"그는 남들보다 두 배 이상의 일을 하면서도 불평 한 번 없었습니다. 상점이 망했을 때도 점원들은 다른 상점으로 다 옮겨갔지만 그는 변함없이 일을 했다고 합니다. 마흔 다섯 살이 되어서야 스스로 깨달은 바가 있어 학교를 세웁니다. 학교라고 할 수도 없습니다. 교토의 거리에 서서 두 세 시간 자기의 생각을 얘기하는 것이니까요. 십오 년을 하루도 빠짐없이 거리선생을 했습니다. 소문을 듣고 한 명 두 명 모이기 시작했고 버젓한 학교가 교토부터 시작하여 일본 전역에 세워졌습니다. 심학숙이라는 이름의 학교입니다."

영환이 성급한 마음에 말을 가로막는다.

"그래. 무엇을 가르쳤단 말이냐. 더구나 길거리에 서서 가르칠 게 무엇이 있겠으며 선생이란 자가 참으로 추잡하구나."

"예. 그렇습죠. 그가 가르친 것도 별 것 없다고 합니다. 근검절약하며 살자는 것이었습니다."

"별로 대단치도 않구나. 다 아는 얘기 아니냐?"

"예. 그렇습죠. 근데 다른 게 하나 있습니다. 대감마님, 감히 여쭤봐도 되겠습니까? 그래야 이 자를 이해하기 쉬울 것 같아섭니다요."

"묻거라. 뭣이더냐?"

"다섯 시간을 일하고 십 원을 번다고 가정해보겠습니다. 열 시간을 일하면 이십 원을 벌겠지요. 그럼 여섯 시간 일하면 몇 원을 벌어야 하겠습니까? 송구하옵니다. 대감마님."

"거 참. 나보고 셈을 해보라는 것이냐 지금? 좋다. 다섯 시간에 십 원을 번다했으니 한 시간에 이 원을 번꼴이 되겠다. 그러하면 여섯 시간 일을 했으니… 그래, 십 이원을 벌었겠구나. 틀리느냐?"

"정확이 맞사옵니다. 근데 이시다 바이간이란 그자는 여섯 시간 일하고 십 원 오십 전을 받더라도 일하라고 했다고 합니다."

"이해가 안 가는구나. 도대체 그자의 셈법은 무엇이기에. 남의 돈을 갈취하는 자였느냐? 꽤 질이 안 좋은 일본인인 게로구나."

"죄송합니다. 아닙니다요. 이시다의 생각은 다른 데에 있었습니다. 여섯 시간 일하고 십 원 오십 전을 번다면 일 원 오십 전이 손해지만 손해가 아니라는 것입니다. 다시 말해서 다섯 시간만 일하고 노는 것보다는 오십 전을 더 벌었다는 거지요."

"거 괴상망측한 셈법이구나."

"그렇습죠. 그런데 이런 거였습니다. 어차피 놀면서 소비할 시간에 일을 좀 더 해서 조금이라도 더 벌면 그게 득이 된다는 것이 그 이시다의 생각입니다."

영환이 그제야 알아듣는 듯 고개를 끄덕인다.

"그래서 근검절약이라 한 것 같은데, 그래도 그렇지, 이해가 힘든 일본인이 분명하구나."

"그렇습니다요. 대감마님. 그는 여기서 그치지 않고 마음수양으로 이어갑니다. 십 원 벌었다고 나머지 시간을 노는 데에 쓰게 되면 번 돈 다 까먹게 될 것이지만 적더라도 더 벌면 그 시간은 절약하는 데 쓰여 낭비도 없애고 절약도 할 수 있으니 오십 전이 아니라 그보다 더 많은 돈을 번 것이나 다름없다고 본 것입니다."

"그렇다고 하면 마음수양은 또 무엇이냐? 돈도 벌고 절약한다는 일이 어떻게 마음수양이 될 수 있겠느냐?"

"죄송합니다. 바로 그것이옵니다. 낭비 않고 절약한 시간을 무료하게 보내지 말자, 이것이옵니다. 그 시간에, 이를 테면 두 시간 더 일하는 동안에 무언가를 만들고 무언가를 배우는 일에 쓰면 이것이 곧 마음수양이 된다는 것이지요."

"허 거참 대단하구나. 이제 알 것 같다. 노는 일로 사람이 망치는 경우가 많다. 노는 것을 줄이고 그 시간에 공부도 할 수 있고 기술을 연마할 수도 있을 것이고… 그래서 이 늦은 시간에도 저 일본인들은…."

"예. 그렇습니다요. 여기만이 아닙니다. 일본 전체가 다 그렇다고 합니다."

"좋은 걸 백성들에게 심었구나. 근데 그가 귀족도 왕족도 아니란 말이냐?"

"예. 일본에서도 천한 신분의 사람이었답니다. 조선으로 말하면 시골 농부나 가게 점원 정도였을 것입니다요."

"그런 자에게 백성들이 배웠고 따랐다는 말이냐? 거 알 수 없는 나라로구나. 신기한 나라가 아닐 수 없구나."

조현이 주춤하며 더 무엇인가를 말할 자세다.

"더 할 말이 남았느냐?"

"예. 송구하지만 제 좁은 소견을 하나 더 말씀드려도 되겠습니까,

대감마님?"

"허거라. 제법 아는 게 많구나."

"이것이 일본의 국민성이 되었습니다. 근검하고 절약하고 수양까지 하게 되었습니다. 하지만 또 다른 국민성을 하나 만들어냈습니다. 근검·절약·수양이 결국 남의 것에는 별, 아니 전혀 관심을 갖지 않는 것입니다. 이를 테면 나라 일 같은 것에 관심이 거의 없습니다. 오로지 자기 일에만 힘쓰는 것, 이것을 지배계층인 사무라이 무사의 국가인 일본이 이용한 것입니다. 바로 백성을 우매화하는 것입니다요. 오불관언, 내 일 외엔 관심을 갖지 않게 하는 것입니다. 덧붙여 사무라이의 칼이 늘 백성을 향하고 있었습니다."

영환이 한참을 생각하는데 이런 방법이었구나, 혀를 찬다. 이토가 조선의 임금과 대신들에게 한 방식….

"우매화라면 바보로 만든다는 것인데, 맞느냐?"

"예. 맞습니다. 착하지만 착해 보이는 것일 뿐입니다. 착한 것 자체가 그럼으로써 자기가 편할 수 있는 것이니까요. 착함은 자신을 보호하는 수단이지 착하자고 해서 착한 것이 아닌 것이옵니다. 착함의 행동에 있어 자기의지가 들어있는 것이 아닌 것이옵니다. 참견 않고 참견 받지 않고. 매우 개인적으로 보이지만 한편 아까 말씀올린 '나 모르는 일'의 오불관언의 사회로 일본은 통치의 근본으로 삼은 듯합니다. 역시 예의를 지켜야만 살 수 있으니 그 예의는 본심에서 우러나온 거라고 할 순 없습니다. 방어라고 할까, 그래서 일본은 남과 다르

•

게 행동하는 것을 아주 싫어한다고 합니다. 뒤는 행동을 가장 혐오한다고 합니다. 정말 이기적인 사람이 일본인입니다. 국가라는 집단에 의해 그렇게 키워진 것이지요. 여기에 신사참배라는 종교적 의식으로 백성을 또 묶었습니다. 천황제도도 마찬가지입니다. 백성을 하나로 묶는데 바보정신을 이용한 것이옵지요."

"그럼, 착한 것도 자기 편함의 일환이란 말이고 그래서 일본인들은 본심과 겉이 다르다는 말이 나왔던 게로구나."

"예. 약자에겐 강하지만 강자에겐 극히 비굴할 정도로 굴종적이지요. 지금 일본의 외교를 보면 알 수 있을 것입니다. 일본이 상대적으로 약소국인 우리나라를 어떻게 해왔고… 더 잘 아실 것입니다. 일본에는 절대 나라를 빼앗길 수 없는 가장 큰 이유가 바로 이것이라 할 수 있습니다. 제 국민을 바보로 만들어왔는데 남의 나라인 조선의 백성들이야 어떻게 대하겠습니까. 짐승보다 못한 삶을 살게 할 것은 불 보듯 뻔합니다. 일본 국민들은 나라에서 하는 일은 무조건해야 합니다. 그렇지 않고 저항하는 순간 차고 있는 긴 칼이 목을 가차 없이 가릅니다. 죄송합니다. 이런 삼엄한 말을 해서요. 그러나 이게 일본 실정입니다. 천 년을 사무라이가 지배한 나라의 실정입니다. 그렇게 칼로 유지된 나라입니다. 그래서 일본에는 의외로 칼로 자른다는 뜻의 절(切) 자를 여기저기 많이 쓰고 있답니다. 잘라 없앤다, 바로 잘라버린다, 베어버린다, 의 절(切)은 일본 사무라이 권력의 지배방식이니까요."

주의 깊게 듣던 영환이 짜증스럽게 말을 끊는다. 이런 나라에 농락당하고 있는 자신과 동학을 견주어 떠올렸기 때문이다. 영환이 묻는다.

"그래서 자네는 무엇을 말하고 싶은 건가? 짧게 말해보라."

기다림도 없이 하급관리인 조현이 또랑또랑 제 생각을 내놓는다.

"첫째는, 절대 일본에게만은 나라를 빼앗겨서는 안 되며, 둘째는, 빼앗기더라도 절대 일본에게는 아닙니다."

"첫째나 둘째나 같은 말이 아니더냐?"

"예. 맞습니다. 보십시오. 부지런해 보이는 일본인의 얼굴에 웃음이 보입니까? 백성이 흥이 없는 나라입니다. 백성만의 흥겨운 오락이 없는 나라입니다. 그저 위에서 만들어진 것으로 유지되는 나라입니다. 그러나 조선은 아니지요. 우리 백성을 저렇게 되도록 해서는 안 됩니다. 우리 백성은 관리들에게 다 빼앗기고 초근목피하면서도 마당놀이를 즐기며 풀어냈고 농악을 울리며 분노를 삭였습니다. 판소리로 양반을 웃음거리로 만들기도 하니 해학으로, 웃음으로 어려움을 스스로 이겨낼 수 있었습니다. 이런 해학과 풍자의 나라이기에 또 동학과 같은 분노로 나라를 위해…."

"그만하거라."

동쪽하늘이 서서히 열리고 있다. 동오가 두 손을 털고 일어나는 모습이 조금 전보다 선명하다. 동오의 얼굴을 본다. 만면에 함박웃음이다. 또 사흘 넘게 사람을 싣고 달려야하는데 웃음을 짓고 있다. 무엇일까? 무엇이 밑바닥의 삶을 사는 저자를 웃게 하는 것일까? 가서 묻고 싶었다. 역시 마음뿐이다.

"흠흠…."

뒷짐을 진 영환이 인기척을 하며 문을 여니 동오가 달려온다. 역시 허리를 굽힌 그대로.

"대감마님, 밤새 평안하셨습니까? 긴 여행으로 매우 피곤이 겹치셨을 텐데. 제가 미숙하여 더 불편하셨을 겁니다. 송구합니다. 남은 여정엔 좀 더 신경을 바짝 쓰겠사옵니다. 그리고 하루라도 빨리 도착하도록 제 온 힘을 바치겠습니다."

백성… 도대체 나에게 백성은 무엇이었나? 영환은 동오를 바라보며 미안한 생각이 든다. 또 생각뿐이다.

"아니다. 너의 체력에 맞추거라. 무리하지 말거라."

한성에 빨리 닿으면 닿을수록 제 명을 더 단축한다는 사실을 육감으로 느낀다. 가긴 가야 한다. 이렇게만 살아왔다. 남을 위해 하긴 해야 하는데 자기는 없다. 상소를 올리고 또… 이런 절차만이 그를 이끈다. 자신이 바뀌지 못할 것을 누구보다도 그 자신, 영환은 더 잘 안다.

4.

11월 24일 사시, 아침 9시 15분. 노량진 사육신 묘.

저 강을 건너면 뒤바뀐 세상으로 접어들고 저 강을 넘으면 뒤집힌 세상에 맞춰 접든, 돌아 펴든 처신해야 한다. 한강에 닿자 영환의 가슴이 덜컹 내려앉는다. 동오가 한강을 건널 나룻배를 알아보러 간 사이 십여 일 전 저 강을 넘어왔던 때를 돌아보고 십여 년 전 나랏일을 돌아본다. 정신없이 지나가 버린 시간이다. 잊고 싶지만 잊으려니 더 생생하고 생경하다. 뒤를 돌아 언덕을 올려다본다. 죽음으로 세조의 왕위찬탈에 항거한 여섯 분의 넋이 서려 있는 곳이다.

죽음과 삶, 산사람을 생각한다. 처참하게 처형돼 시신마저 거리에 버려진 여섯 시신을 거두어들이려는 사람이 하나도 없다. 나설 수 없었다. 그러할 순간 자신도 똑같은 거리의 시신으로 변할 것을 잘 알고 있어서다. 여기저기 흩어지고 찢겨진 여섯의 시신은 여섯이 아니었다. 얼굴 따로 몸체 따로, 두 다리는 왼편 오른편을 분간할 수도 없다. 저렇게 잔인할 수가. 세조가 그랬다. 조카를 죽이고 왕좌에 오르려니

잔혹해야 했고 그래야만 장악할 수가 있다고 세조는 믿었다. 자기 죄를 덮기 위해서라도 극악무도한 방식을 택해야 했다. 제 죄를 제가 더 잘 알리라. 제 죄를 제가 더 잘 알아 절을 세우기도 했다. 종교에 의지하며 죄를 씻어보려 했다. 참으로 독하고도 어리석은 임금이었다. 참으로 야비한 왕이었다. 단 한 번의 죽임의 문제가 아니다. 남은 산 사람을 제압하는 수단이었다. 거리에 버려두는 이유다. 누군들 저렇게 죽고 싶겠는가. 입 꾹 닫고 행동거지 조신한다. 벌벌 떨며 몸을 사린다. 약삭빠른 자는 시신을 딛고 동조하고 앞잡이하며 처세한다. 부역이다. 빌어먹는 짓이다. 이들로 인해 또 한 번 죽임을 당한다. 짓밟는 모습을 보여야 산다고 그들은 믿고 처신한다. 침묵하는 자들도 있다. 더 많다. 외면으로 모면하니 살인자보다 이런 침묵의 동조자들이 더 날뛴다. 공모자·공범자가 선동자의 주변에서 더 설쳐댄다. 짐승이 인간에게 있다. 짐승으로 부리는 방법도 선동 주동자가 즐기는 것 중 하나다.

그럼에도 짐승이 아니고자 한 한 사람이 있었다. 나이 다섯에 시를 지으니 임금 세종의 귀에도 들었다. 세종이 불러 '어디 들어보자.' 하여 임금 앞에서 시를 짓게 했고 학이시습(學而時習)을 불과 나이 다섯에 깨우쳐 이름도 시습이었다. 시습이 흩어진 시신들을 한데 모았다. 무덤도 없이, 조약돌만한 비석도 없이 낮은 산 속에 여섯 분의 의신을 모셨다. 그 산에선 강 너머가 보이고 한양이 보인다. 경복궁이 보이고 그를 죽음으로 몬 왕이 보인다. 몸은 죽었지만 언젠가는 꼭이

갚으리라. 믿음으로 시신을 덮었다.

동오가 달려와 강을 건널 나룻배를 마련했다고 전한다. 서두르고 싶지 않았다. 재촉하고 싶지 않았다. 사육신 여섯 분을 뵙고 싶었다. 생육신 그 한 분도 뵙고 싶었다. 삶과 죽음의 경계가 저 언덕에 있다. 영환이 낮은 산으로 오르고 동오가 뒤따른다. 오르는 영환의 입에서 김시습의 시 한 구절이 흘러나온다.

말아라 말아라.

개에게 뼈다귀를 던져주지 말아라.

떼로 몰려들어 너죽나죽 물어뜯나니

저놈들끼리만 싸운다더냐.

나중엔 주인마저 물어 죽인다.

사백 년 전의 역사만이 아니다. 지금, 현재의 이야기이다.

'주인마저 물어 죽인다.'

애초부터 뼈다귀를 줘서는 안 되는 것이었다. 정상에 올라 털썩 주저앉는다. 풀에 가렸지만 무덤으로 봉긋하고 막 자란 풀들이 잔디 같다. 나무도 듬성 보인다. 본디 너부러져 있던 시신들보다야 보기 나아졌다. 훗날의 역사가 이들을 다시 새겼음이다. 죽음이 어떠냐에 따라 죽음도 삶이 되는 것을 본다. 하지만 고개를 젓는 영환의 눈에 나무 한 그루가 눈에 띈다. 시습의 시 하나가 또 불쑥 튀어나온다.

●

내 더는 역사를 읽지 못하겠네.

부질없이 속만 태우는구나.

생각 없는 저 소나무

너의 자유가 오히려 부럽구나.

보이는 나무가 꽤 굵다. 여섯의 혼이 다시 살아난 것일까. 수령도 얼추 삼사백은 돼 보인다. 나무는 살아 버티고 사람은 혼만이 떠돈다. 영환이 두 입술을 앙다문다. 함께 할 것 같던 중신들도 다 돌아설 것이다. 나도 어찌 예외일 수 있을까. 그들과 함께 돌아서 또 다른 영화를 누릴 수도 있다. 눈 한 번 꾹 감으면 될 일이고 생각 한 번 꾹 눌러 죽이면 될 일이다. 약해지는 제 모습이 저 멀리 한강 물빛에 어른어른 비치는 듯하다. 죽은 시습이 거듭 살아난다.

정의와 불의는 천리 차이건만

그 시작은 털끝만 한 차이려니.

그러기에 그 옛날 공자도

정의는 밝히는 것이라 했노라.

밝히는 것이라면 불의는 어둠에 놔두는 것이리라. 그것은 자신과 타협하는 일로부터 시작한다. 타협은 결코 밝히는 일이 되지 못한다. 어둠에 더 묻힐 뿐이다. 읊조리던 시습의 시가 자신을 더 동요하게 한다. 망설이고 주저함은 무엇에 있는 걸까. 두려움. 무엇이 나를 이토록 두렵게 하는 것인가. 시습을 외던 어릴 적도 떠오른다.

어린 시절엔 공부만 알아
어줍은 선비노릇 바라지도 않았네.
하루아침 나랏일 뒤집혀지니
길동무 하나 없이 갈팡질팡해댔구나.

공부만 알고… 배운 것이 도둑질 되어 족쇄로 제 발을 묶었다. 아는 것이 힘이 될지언정 코뚜레에 다름없다. 갈팡질팡 살아내야 하는 것도 자신 없고 배움을 동냥질하며 떠돌고 살아갈 용기도 없다. 영환이 일어선다. 때가 된 것이다. 저 강을 건너야 할 때가 왔고 뒤바뀐 세상을 마주해야 할 때가 왔고 또… 가야할 길은 이제 다시는 돌아올 수 없는 길임을 영환은 몸으로 저릿하게 느낀다.

'하루아침 나랏일이 뒤집혀지니….'

11월 24일 유시 오후 5시 17분, 한성 회나무 골.

숭례문을 들어서는데 거리엔 사람이 없다. 영환이 회나무 골로 가라고 명한다. 의관 이완식의 집이다. 영환은 처음 자신의 청지기인 이인식의 집의 수청방으로 가려했으나 거리에 일본헌병들이 쫙 깔려 있는 것을 보고 마음을 바꿨다. 오른쪽으로 고개를 돌려 종로 육의전 길을 보니 닫힌 상점들이 많았다. 문을 닫기엔 이른 시각이었다. 완식의 집에 도착하자 동오에게 돈을 건넨다.

"잘 드는 작은 칼을 사오너라."

칼이라니? 동오는 문득 생각해낸다. 가슴에 칼을 품고 그 을사오적을 죽이든가 이토를 단숨에 없앨… 그래서 잘 드는 칼이리니… 동오는 불가능한 일이라면서도 그렇게 믿고 싶었다. 왜 못해. 우리만 그러란 법 있어?

"하나면 됩니까?"

칼이 최소한 다섯은 더 필요하지 않을까, 동오의 머리가 계산했기 때문이다.

"작아야 하고 날카로워야 한다. 하나면 된다."

그럼 이토만을… 십여 일을 비운 한성이었다. 여동생이 걱정이 됐다. 다행히 영환이 내일 아침까지, 라고 시간을 늦춰준다.

"이곳으로 오면 되겠습니까?"

"그렇게 하도록 하라. 칼 사는 일은 너와 나만 아는 일이다."

"명심하겠습니다."

분명하구나, 이토 그놈을… 회나무 골을 빠져나와 왼쪽으로 인력거를 돌렸다. 조선인 상점은 다 닫혀있고 문 연 가게는 일본인 상점뿐이었다. 마주 오는 낯익은 인력거꾼에게 연유를 물으니 일본과의 조약에 반대하는 뜻으로 상점 문을 닫았다고 한다. 그리고 하는 말….

"조심하라. 인력거는 당분간 끌지 않는 게 신상에 좋다."

마음이 바빠 갈 길을 서둘렀다. 육의전을 따라 동쪽으로 거슬러 올라갔다. 단도를 살만한 가게는 일본 상점밖에 없다. 살 수 없다. 팔아 줄 수 없다. 절대 사서는 안 된다. 내가 굶는 한이 있더라도 조선을 약탈하는 일본의 것은 어떤 것이라도 절대. 결코. 내일 아침까지 시간은 아직 많다. 내리 달려 흥인문 밖을 나서 관우를 모신 동묘 쪽으로 달렸다. 나라가 혼란하니 한성 대문의 열고 닫음의 시간도 뒤죽박죽이다. 문지기 마음대로다. 큰 길 안쪽 좁은 골목에 인력거를 놔두고 방이 다닥다닥 붙은 골목 안으로 내달린다. 창호에 나비가 그려있는 쪽문을 여니 다행히 순임이가 방 모퉁이에 쪼그리고 앉아 있다.

"순임아!"

평소와는 달리 순임이 오빠 하고 부르며 달려오지 않는다. 등이 떨고 있었다. 돌려 앉히니 얼굴엔 마른 눈물자국이 여러 줄로 나 있다. 눈물을 흘린 지 좀 된 듯했다. 십여 일 동안 나타나지 않은 오빠 생각에 그랬겠지.

"순임아, 미안하다."

순임은 벙어리이다. 원래 태어나기는 그러하지 않았다. 십일 년 전이었다. 충청도 땅 보은에서 살고 있었다. 순임은 동오와 함께 아버지와 어머니가 죽임을 당하는 것을 보았다. 동오는 뒷산에서 해온 나무를 지게에 한 짐 짊어지고 동네로 들어섰다. 늘 오빠를 순임이 뒤따랐다. 동구에 널브러진 시신 너댓 구가 보였다. 땅바닥에서 아직 살려

·

142

달라고 손을 뻗으며 움직거리는 몸도 보였다. 다 아는 친척이요. 동네 사람들이다. 만수가 달려와 동오의 팔꿈치를 잡고 끌었다.

"가지 마라."

동오는 들어온 바가 있어 짐작했다. 우리 동네에도 일본군이 들이 닥쳤구나. 동구 팽목나무 뒤로 순임과 몸을 숨겼다. 나무 뒤로 땅이 푹 꺼져 몸을 숨길 수가 있었다. 그때 순임이 집으로 달려갔다. 만수가 동오보다 먼저 순임에게로 달려가 순임 앞에서 두 팔을 벌렸다.

"가면 죽어."

순임은 막무가내였다. 일본군이 조선인들을 앞세워 동학을 척결 한다며 집집마다 수색해 무고한 사람을 죽이고 있다는 사실을 순임도 알고 있었을 것이다. 똑똑한 처녀였다. 동오가 달려가 순임을 어깨로 엎고 돌아서려는데 살려달라는 소리가 들려왔다. 아버지의 목소리였다. 아버지의 목소리를 듣고 도망갈 수는 없었다. 순임을 다시 등에 업고 집으로 다가갔다. 살려달라는 아버지. 그 옆에 어머니가 땅에 바싹 엎드려 두 손을 비비며 빌고 있었다. '제발 제발' 들릴 듯 말듯했다. 어머니의 목소리는 땅바닥 흙에 묻혀 거의 들을 수가 없었다. 몸을 떠는 진동만이 땅으로 전해져 왔다.

"자식들은 어디 있나?"

잘 아는 조선인이다. 동네 형님이다. 등을 지고 있는 일본군이 하는 일본말을 조선말로 바꿔 아버지를 윽박질렀다.

"산에 나무하러 가서 아직 안 왔습니다."

떨고 있는 아버지의 목소리도 들릴 듯 말듯 잦아들었다. 가슴 앞에 다소곳 모으고 있는 아버지의 두 손에서 피가 흘렀다. 얼굴은 피와 눈물로 얼룩져 피눈물범벅이다.

"기다려 볼까요?"

일본말로 조선인이 일본군에게 물었다. 일본군은 동작을 일부러 크게 하며 손을 들어 팔목에 찬 손목시계를 들여다보았다. 이내 옆에 차고 있던 긴 칼을 동네 형에게 건네면서 눈짓으로 말했다. 그리고 칼을 넘겨 빈 오른손을 허공에 높이 들어 보이더니 땅바닥으로 제 손을 내리꽂았다. 이어 그 손으로 제 목을 가르는 흉내를 내며 '찍' 소리를 냈다. 동구의 시체들도 그렇게 죽임을 당했다. '어어어'하며 겁에 질린 순임이 입 밖으로 소리를 내려하자 만수가 입을 막았다. 만수가 다시 팔을 끌었다.

"살릴 수 없어. 너도 죽고 순임도 죽고 말아."

업힌 순임과 피해야했다. 동오는 보지 못하고 들었을 뿐이다. 아버지의 비명소리와 곧이어 어머니의 비명소리. 하지만 동오의 등에서 순임은 아버지·어머니가 죽는 것을, 죽임을 당하는 것을 고개를 돌려다 보고 말았다. 칼을 건네받은 동네 형이 주춤하자 일본군의 발길질이 그의 정강이를 사정없이 갈겼다. 칼을 빼앗아 동네 형의 목을 찌르려했다. 긴 칼은 두 눈으로 향했다. 일본군이 소리를 질러댔다.

"네 눈부터 이 칼로 파내고 말겠다. 대일본제국의 이 사무라이 칼맛을 너부터 먼저 맛보고 싶으냐?"

동네 형을 죽이진 않았다. 긴 칼을 땅바닥에 내동댕이쳤다. 그 칼을 집으려하자 일본군은 그 칼을 발로 차 멀리 떨어트렸다. 기어가서 붙들려하자 그 칼을 밟고는,

"똑바로 하라. 그렇지 않으면 너도 죽음을 면치 못할 것이다."

발로 집고 있던 칼을 풀었다. 동네 형은 그 칼을 집어… 일본도로 일본군이 아닌 조선인이 조선인을 찔렀다. 베었다. 죽였다. 일본군은 아버지와 어머니의 코를 베라고 조선인에게 명령했다. 그 명령에 따라 조선인이 아직 살아있는 조선인의 코를 베었다. 벤 코를 씻어오게 한다. 일본군이 그 칼도 씻어오게 한다.

"조선의 더러운 피를 묻힐 순 없다. 너희들끼리 한 짓이다. 너희가 너희를 죽였다."

순임이 보고 이번엔 제 두 손으로 제 입을 막았다. 순임은 그 후로 말을 잃었다.

"순임아 무슨 일이니?"

여동생의 어깨를 잡으려하자 움찔하며 벽에 더 바짝 달라붙는다. 동오의 맨발에서 끈적한 게 느껴졌다. 피였다. 보니 치마가 피로 검붉게 물들어 있다. 동오가 방을 뛰쳐나와 옆방 아주머니를 불렀다. 아무 대답이 없다. 문을 열자 아주머니도 순임과 똑같이 벽에 등을 기대고 천장만 멍하니 바라보고 있었다. 아주머니의 하얀 옥양목 치마에도 피가 흥건했다. 마침 만수가 달려왔지만 동오를 보자마자 따귀를 후

려친다.

"배신자 새끼."

모든 게 뒤죽박죽 얼떨떨하다. 한성을 비운 십여 일, 나라가 일본에 넘어갔다고 하고 이때 여동생 순임은 성폭행을 당했다. 그리고 친구이자 동지인 만수로부터 배신자란 소릴 듣는다. 한 번 더 만수의 주먹이 얼빠져 있는 동오의 면상 정면을 강타한다.

"너 하나 살자고 그 짓을 해?"

그 짓? 나도 모르는 그 짓은 도대체 무엇이란 말인가. 하지만 자기 문제보다 순임이 더 걱정이다. 코에선 피가 줄줄이 흐른다. 맞아도 싼지 모르겠지만 흐르는 대로 놔둔다. 비웠다는 사실이 무조건 맞아도 싸다. 곁에 없었고 그래서 지켜주지 못했다. 노인이 동오에게로 다가온다.

"이토는 우리 조선을 빼앗고 일본 놈들은 우리 백성을 농락하고 있다."

일본 놈, 이번엔 일본군이나 헌병이 아니었다. 일본 상인이며 배를 타고 현해탄을 넘어온 일본 불량배들이었다. 떼로 몰려와 조선 아낙을 닥치는 대로 능멸했다. 조선 군인이나 경찰은 아무 힘도 없다. 조선 치안을 맡아주겠다고 온 일본 순사나 일본 헌병들이 현장에 왔지만 사타구니를 움켜쥐고 벌벌 떨고 있는 조선 아낙들을 보고 지네들끼리 주고받으며 깔깔깔 웃어댔다. 조선 아낙의 피 젖은 치마를 들치며 지들 발로 또 한 번 추행하며 깔깔댄다. 을사년은 경복궁·경운궁만 을씨년스러웠던 게 아니다. 나라 전체가 을사년에 을씨년했다.

"네 놈은 성렬이 그놈이나 다를 게 없어, 이 개새끼야."

고향 보은에 살 때 동오와 만수가 잘 따르던 그 동네 형, 성렬이 일본군의 앞잡이하며 얼마나 많은 동네 어른들을 죽였던가. 동오나 만수의 부모님이 모두 그의 손에, 일본군 하수인 성렬의 칼에 죽임을 당해야 했다.

"너희들끼리 한 짓이다. 너희가 너희를 죽였다."

이 말만은 한국말로 또박또박해대던 일본군의 목소리가 지금인 양 들려왔다.

"앞잡이나 배신자나 나라 팔아먹는데 도진개진이다, 이 말이다 새꺄. 너 어디 숨었다 이제야 나타난 거야? 말이나 들어보자, 배신자 새끼."

억울하다. 답답하다. 하지만 자기보다 순임이 걱정인 동오가 순임의 방 쪽으로 옮겨가려하자 만수의 발길이 동오의 허리춤을 매몰차게 후려친다.

"어딜 또 도망가려고. 이 새끼가 아직 정신을 못 차렸구먼."

바닥을 구른 동오는 몸을 일으켜 열려있는 문 쪽으로 기어 더듬는다. 순임이 보이지 않는다. 방금 전에 겁에 질려 벽을 마주하고 있던 순임이 안 보인다.

"안 보여. 순임이가. 순임이가 안 보여."

만수를 돌아보고 동오가 울먹인다. 만수가 방 안으로 달려든다. 없다. 있던 순임이 없다. 만수가 동오에게 흥인문 쪽을 가리킨다. 만수는 청계천 방향으로 달린다. 한참 후에 동오가 초죽음이 다 되어 순임의 방으로 들이닥친다.

"순임아, 순임아."

어쩔 줄 모르겠다. 무엇 하나 할 수 있는 게 없다. 동생조차 찾지 못한다. 넋을 놓고 문지방에 놓인 피 묻어 더욱 흰 순임의 고무신을 가슴에 끌어안고 흐느낀다. 신발도 신지 않고 어디로 간 거니….

'으음 으음.'

순임의 신음소리가 들리는 것 같다. 둘러보지만 골목사람들이 기웃하며 쯧쯧, 지나갈 뿐이다.

'으음 으음, 오~빠!'

오로지 제 입으로 할 수 있는 말은 오빠 밖에 없었다.

'으음 으음, 오~빠!'

환청으로 들려온 동생의 울음소리. 살려달라던 아버지의 그것과 같았다. 제발 제발 하던 어머니의 그 소리와 같았다.

만수가 좁은 골목으로 들어선다. 그의 두 팔엔 고개가 젖힌 순임이 얹혀있다. 순임의 치마에선 물이 떨어진다. 붉다. 눈물 같은 핏물이 떨어진다. 동오는 겁이 덜컹 든다. 설마….

"아니야. 안 돼. 안 된다고. 순임이 마저… 안 돼, 안 된다고!"

순임의 몸은 중랑천 살곶이 다리의 여울목에 걸쳐있었다. 순임은 치마를 두 갈래로 여며 그 안에 자갈을 잔뜩 담았다. 그리고 물속으로 걸어 들어갔다. 발견했을 땐 여민 치마 사이에 자갈 몇 개가 끼어 있었다.

"네 놈이 네 동생을 죽인 거야. 지켜주지 못한 것도 죽인 것과 다르지 않지."

만수가 순임의 입술에 제 입을 맞춘다.

"나도 죄인이다. 나 역시 순임을 지켜주지 못했어."

시신을 앞에 두고 어찌할 줄을 모른다. 장사 지내 줄 돈은 물론이거니와 묻힐 땅 한 뙈기도 없는 백성이다. 동오는 영환의 부인 안동 김씨의 무덤을 떠올린다. 산 하나가 다 무덤이나 진배없다. 방 안에 뉘인 동생을 본다. 거적에 싸 시구문 밖으로 아무 데나 버릴 순 없다. 나에게 귀한 동생이다. 내 목숨보다 중했던 내 동생이다. 사람은 같다고 했다. 죽어서는 더 그렇다. 그래야 한다. 하지만 그렇지가 않다. 천주를 모심에 있어 귀천이 있을 수 없다. 하느님과 같이 사람을 사람이 섬겨야 한다고 했다. 사람과 사람 사이, 귀천이 있을 수 없다고 했다.

나갔다 들어온 만수의 손에 호리사기가 들려있다.

"동생에게 한 잔 올려라."

오랜 침묵을 깨고 동오가 묻는다.

"인력거는 어쨌냐? 안 보이던데."

만수가 고개를 저어하며 굳게 닫힌 입술로 대답한다.

"네 인력거는 골목 깊숙한 곳으로 옮겨뒀다. 인력거꾼들을 일본군들이 다 잡아가고 있다."

"왜?"

만수가 동오의 얼굴을 빤히 쳐다본다.

"인력거를 주인에게 돌려주고 와라. 밤이 깊었으니 일본군들도 자고 있겠지. 별 일 없겠지만 조심해라. 사정은 나중에 얘기하마."

11월 25일 축시, 새벽 2시 양주 망우리.

인력거를 돌려주고 온 동오와 만수가 양주 땅으로 달린다. 수레 한 대가 새벽 찬 공기를 가르며 어둠 속을 내달린다. 수레엔 몇 가지 여자 옷들이 실려 있다. 순임의 것들이다. 그 옆에 순임이 누웠다. 죽은 사람 같지가 않다. 만수가 우겼다.

"살아생전엔 네가 순임을 챙겼지만 죽은 뒤에는 그 몫은 내 것이다."

망우고개의 정상에 수레가 멈췄다. 만수가 마치 자리를 미리 봐둔 듯이 주위를 둘러보고 있는 동안 동오는 순임의 손을 잡고 하염없이 눈물만 흘린다.

'이렇게 사느니 죽는 게 낫다. 이것을 산사람의 삶이라고 할 순 없다.'

동생의 뒤를 따라 가고 싶다. 부모님이 돌아가셨을 때도 그랬다. 그러나 여동생 순임도 함께 부모님과 동행하게 할 순 없었다. 영환이 부탁한 칼을 생각한다. 만수가 더 끔찍한 상상을 그만 두게 막는다.

.

150

"해 뜨고 지는 것이 여기선 다 보인다. 이곳이 우리 님들의 영원한 평온의 집이다. 살아선 제 집 한 칸 없었지만…."

내 님, 동오는 오래 전부터 만수가 순임을 따로 여기고 있음을 알았다. 오십 원을 모으면 당당하게 내 사람으로 모실 것이다, 만수가 그랬다. 약속을 지키지 못했다. 돈이 채워지길 기다리는 동안 불행이 채워졌다. 돈 따위로 기다리는 게 아니었어, 만수가 중얼거리다가 울먹인다. 그의 손에 십일월에도 아직 지지 않은 흰개망초가 들려있다. 나뭇가지 두 개를 엮은 열십자 모양의 것도 들려있다.

"예수는 믿지 않지만 죽었다 하여 끝이 아니라 하더라. 천당이 있고 지옥이 있다는데 내 순임은 천당으로 지금 올라가고 있을 것이다. 이처럼 순한 계집을 어디서 찾아볼 수 있겠는가. 당연 천당이지. 천당은 천사들이 사는 곳이란다. 차별도 없고 멸시도 없고 아픔도 없고 죽음도 없는 곳, 이 나라 저 나라의 구별 없으니 싸움이 있을 수도 없다고 하더라."

만수가 먼저 맨 손으로 땅을 판다. 동오가 따라 흙을 뒤집는다.

작은 몸 하나만 뉘일 땅이면 충분히 족하다. 죽어서도 과분하여 분수에 맞지 않게 차지하고 있다면 이 또한 죄가 되리라. 분수는 제 몸뚱어리 하나이리라. 죄 없이 살았는데 죽어서도 죄를 짓지 않음이요 욕심 없이 살았는데 죽음으로 마음마저 비우는 것이다. 산 자가 죽은 자를 기리며 땅에 묻는 일은 추억을 품는 것이요, 죽은 자가 산 자를 기억해주길 바라며 흙을 손에 묻히는 일은 추억을 담는 것이다. 추

151

억은 가슴에 묻는 일이며 새기는 일이다. 죽어서도 사는 것이다. 동오와 만수가 합일하여 흙을 파고 땅을 돋는다. 순임이 좋아하며 아끼느라 한 번도 입어보지 않은 색동저고리와 연두치마로 단장했다. 땅 속에 누운 순임이 곧이라도 벌떡 일어나 오빠하고 일어날 것만 같다. 곱디고운 여인.

"순임아, 잘 가거라."

동오가 두 손을 가지런히 모은 순임의 가슴께에 한 줌 흙을 쥐어 흩뿌린다.

"순임, 잊지 않을 거야."

만수도 고른 흙을 두 손에 담아 순임에게 바친다. 잊지 않는 것은 함께 하는 것이려니. 영원한 동행이다. 도톰하고 볼록하게 땅을 다독인다. 십자가도 묻는다. 세우지 않았다. 순임의 두 손에 쥐어 묻었다. 동생을 보내기 위해 흙 묻힌 두 손으로 얼굴을 감싸고 동오가 또 흐느낀다. 아버지 어머니가 감싼 두 손 안에 나타난다. 부모님께 또 죄를 짓고 말았다. 만수가 순임의 자리 위로 술을 따르며 슬피 부른다.

박연폭포 흘러버리는 물은
범사 정을 감돌아간다.
에~에~ 에루화 좋고 또 좋다.
어~럼마디여라 버 사랑아.

간 데마다 정 들여놓고

이별이 잦아서 못 살겠네.

에~에~ 에루화 좋고 또 좋다.

어~럼마디여라 내 사랑아.

구슬픈 가락이 해 뜨려는 양주 땅으로 퍼지고 감춰진 한이 아직 어두운 한성 땅에 그림자로 내려앉는다. 만수가 동오를 어깨로 끌어 안는다.

"받아라. 내일이야 어찌 됐든 또 우리에겐 이 하루가 있지 않느냐."

술잔을 건네는데 만수의 손이 떨린다. 만수를 바라보는 동오의 두 눈이 여명의 빛을 받아 더 붉게 젖는다. 금세라도 폭발할 것 같은 화산이 가슴에 쌓인다. 후~ 긴 한숨을 내쉬자 화산재 같은 분노가 입 밖으로 분출한다. 한숨에 술잔을 비우며 만수에게 비운 잔을 권한다.

"받아라. 이 하루가 우리에겐 미래이지 않느냐?"

잔을 채우는데 떨린 손에 술잔의 술이 넘친다. 만수가 묻는다.

"순임이 왜 죽어야만 했겠니? 순하디 순한 여자다. 자기 목숨을 끊을 만큼 독하지도, 더구나 저항하지도 못할 그저 무섭고 두려워만 해온 순둥이, 조선의 여자였다. 하라면 그저 하기만 해온 조선의 백성이었다. 근데 왜 그 귀한 제 목숨을 끊지 않으면 안 됐을까."

만수가 말을 멈추고 긴 한 숨을 쏟아낸다.

"그 두려움도, 그 무서움도 어찌 막을 수가 없는 게 우리에겐 있다. 그건 수치심이 아니겠냐? 온 정신 다해 사랑하고 옴 몸 다 의지한 오빠 앞에서 수치심은 더 컸을 것이야. 어쩜 나에게도 그 사랑과 의지를… 수치심을 이겨낼 수 없었을 것이다. 순수한 여자였기에, 순결한 백성이었기에 참아낼 수가 없었을 거야. 빌붙어 먹고 사는 약삭빠른 자들에겐 수치심이란 애시 있을 리 없다. 없지 아무렴. 그러니 그 짓들이지."

들고만 있던 동오가 제 고개를 끄덕이지도 못하고 여명의 하늘을 우러른다. 두 눈으로 눈물이 주룩 흘러내릴 뿐이다.

5.

11월 12일 밤 11시. 남산 장충단.

동오가 만수에게 묻는다. 배신자, 자기에게 한 욕을 떠올려서다.
"무슨 얘기냐? 내가 배신자라니….."

여덟 대의 인력거 군무가 막 치러지고 난 뒤다. 평소와 다르게 한 대가 부족하다. 아홉 장충거꾼들을 이끄는 동오가 빠져서다. 동오와 만수는 고향 보은에서 일본군과 조선인 앞잡이에 의해 부모를 다 잃고 한성으로 무작정 올라갔다. 와서도 할 일이 없다. 일본인 상점의 점원 자리가 하나 있었다. 단순히 몸만 쓰는 일이라 남보다 몸집이 큰 동오나 만수는 쉽게 점원이 될 수 있었다. 한 명만 뽑는다 했다. 서로 양보하고 있는데 그 상점으로 인력거 한 대가 멈췄다. 둘 다 처음 보는 마차인데 말이 아니라 사람이 끈다. 일본인이 내렸고 인력거꾼이 인력거를 상점 옆 천막 안에 넣었다. 동오와 만수가 점원 자리를 서로 양보하긴 했지만 내키지 않았다. 일본인 밑에서 일하긴 싫었다. 빌어먹더라도 그 짓은 못하겠다. 그 참이었다. 다가갔다. 둘 보다 키도 체격도 훨씬 작은 인력거꾼에게 물었다. 체격에 비해 어깨가 넓어 보였다. 어깨에 뭔가를 넣어 부풀린 듯해 보였다.

"돈 받고 하는 거냐?"

만수가 물었다.

그자가 대답은 않고 둘을 위아래로 훑었다.

조선말을 모르는 일본인인가 했다. 아니었다.

"그럼. 돈 없이 이 미친 짓을 할 놈이 있다더냐?"

미친 짓? 알아채고 그가 설명한다.

"말이나 끄는 거 아냐? 그걸 사람이 끈다고. 미친 놈 맞지?"

그렇게 알게 된 경운이었다. 처음 만났을 땐 이름은 없었다.

"우리 같은 미물에 이름은 무슨 호사? 강아지 머리에 족두리 씌워주는 격이지."

이름을 물었을 때 경운의 대답이다.

"진리키샤를 끌고 싶은 거냐? 이 미친 짓?"

그가 물었다. 동오와 만수가 '진리…?'

"나는 인력거라고 불러준다. 쉬운 우리말이 있는데 굳이 쪽…."

일본인이 들어간 문을 고개 돌려 훔친다.

"술 사라. 오늘 밤. 그럼 빈자리 있는지 알려줄 테니. 근데 난 매우 늦게나 일을 끝낸다."

동오와 만수는 돈이 없다. 사주고 싶어도 할 수가 없다. 머뭇거리자,

"한성에 올라온 지 며칠 안 됐구나."

그가 일방적으로 자시에 보자고 하며 그 일본 상점으로 들어갔다. 바로 나오는데 손에 일본 청주가 들렸다.

"내가 마시다 남긴 건데 마시면서 기다려라. 기다릴 거면."

그가 돌아서려다가,

"다 마시면 할 일 없을 테니 경복궁과 운현궁 사이를 왔다갔다 왕복놀이 한 열 번 해둬라. 이 일은 체력도 좋아야 하지만 지리를 꿰차고 있어야 한다. 그래봐야 한성이란 곳이 좁아터져서 거기서 거기지만. 경복궁 대감들도 왕복하는 길이다. 씨발. 그러니 나라가 이 모양이지. 나라가 이 지경인데 술은 매일 처마시니… 더구나 지들 딸 같은 어린 계집까지 옆에 차고…."

운현궁 주변에 요정이 많고 경복궁 대감들이 이곳을 제집보다 더 자주 드나드니 이 길만 알아놔도 이 짓 해먹고 산다며 알려준다. 벌써 인력거꾼이 된 듯한 기분이다. 순박한 만수와 동오가 일본 술을 처음 마신다.

"야, 오줌 같잖아. 맛도 그렇고 색까지도… 이런 걸 일본 놈들이 마신다니."

"조선 대감들이 좋다며 매일 마신다잖냐."

그가 일러준 대로 경복궁과 운현궁을 오고갔다. 열 번을 셌다. 아직도 하늘엔 해가 남아있다. 동학 농민을 진압한 일본 군인들이 제 나라로 돌아가지 않고 한성 땅에 머물러 있었다. 오가는 조선인을 보면 하나 같이 손가락질이다. 일부러 들으라는 듯 깔깔 소리 내 웃어댔다. 더럽다고 했다. 일본 군인들은 조선인들보다 머리 하나만큼은 작았다. 그러나 그들은 옆구리에 긴 칼을 차고 거리를 활보했다. 겁을 먹은 조선인들이 몸을 옴치리니 일본군과 거의 키를 맞췄다. 허리를 굽히고 두 손을 앞으로 모아 종종 걸음을 하는 조선 백성을 그대로 흉내 내며 또 깔깔깔 웃는데도 조선인들은 피해야 했다. '조선의 왕비를 죽인 놈들.' 이러면서도 겁에 잔뜩 질려있다. '그런 놈들이 하찮은 우리 쯤이야.'

동오나 만수는 그 꼴이 보기 싫어 뒷골목으로 걸었다. 피맛골이란 골목이다. 양반을 피해 생긴 길을 이젠 일본군을 피해서 걸어야 한다. 백성은 이나저나 피하면서 살아야 할 팔자인가 보다. 동오도 만수도 걸으며 같은 생각을 한다. 어느덧 자시가 가까웠다. 그 일본 상점으로 갔다. 한참을 기다려도 오지 않는다. 둘은 달리 갈 곳도 없다. 하룻밤을 새면서 그래도 무언가를 기다려본 적이 있긴 하던가. 기다림이란 우리에겐 없다. 기대란 우리에겐 태어나면서부터 주어지지 않았다.

"더러워서, 개잡놈들!"

그가 왔다. 욕을 입에 달고 나타났다. 둘이 깜짝 놀란다. 그가 와서 놀랬고 말 잘 듣고 기다리는 자기네에게 욕을 하니 또 놀랬다.

"있었네? 없을 줄 알았는데."

그의 양손엔 술병이 들려있다.

"믿었지. 종일이라도 기다릴 줄 알았지."

두 손을 치켜 올리며 술병을 흔든다. 이상야릇한 옷을 입은 여자가 병에서 흐느적거리며 허공에서 춤을 추는 듯하다. 생소한 무늬의 글자로 보아 일본 술일 게다.

"두 병 다, 오늘 밤 내 차진 줄 알았는데 뭐, 술로 보시하지 뭐. 촌놈들에게."

그를 따라 갔다. 운현궁 담벼락에 기대어 앉았다.

"이 담 뒤가 고종황제께서 어릴 적 뛰놀던 곳이란다. 우린 저 높은 담은 못 넘지만 이 담 밖에서 밤새 술로 뛰놀 수 있으니 누가 자유롭냐? 누가 갇힌 거냐?"

그가 두 잔에도 쉽게 취했다.

"이미 나는 선주로 한 병도 더 마셨거든. 수작을 부리자면 먹여야 하거든. 어쩌겠어."

동오와 만수가 어떤 직업이기에… 알 순 없지만 '돈은 잘 버나보네' 같은 생각을 한다.

그는 전라도 땅 영암에서 한성으로 올라왔다. 건장한 남자도 일이 없는 판에 여자는 더 일자리가 없다. 얼굴이 반반한 게 다행인지 불행인지 요정에서 남자들을 상대했다. 기생집이다. 할 수 있는 유일한 일이었고 선택의 여지도 없었다. 몸으로 돈을 벌 수 있는 일은 흙을 파는 것밖에 없는 줄 알았다. 한성에선 몸으로 돈을 벌 수 있는 일이 또 있었다.

"나, 여자다!"

많이 취했구나. 동오나 만수나 믿지 않았다.

"보여줘? 너희 남자 놈들이 없는 것?"

가슴을 제치려 한다.

"비록 이 짓은 하지만 난 남자로도 산다. 아니, 남자가 아니라 사람답게 살고 싶었다."

그래서 인력거를 끈다고 했다. 인력거를 끌 때는 남자가 된다. 인력거를 끌 때는 어느 사람도 내 두 발과 두 손에 달렸다.

"인력거는 있는데 끌 사람이 안 보이는 거야. 술 처먹은 일본 새끼가 노발대발해대는데… 조선 놈들은 하나 같이 믿을 수가 없다나? 좀 전에 그놈 품에서 알랑대야 했던 내가 끌겠다고 나섰지. 일본 놈이 더 좋아하더라고."

"여자가 끄는 진리키샤, 토데모이이네(아주 좋구나)! 진리키샤가 네년 배 같으무니다. 그렇지 그렇지 보드랍게."

듣고 거칠게 몰았더니 일본인의 몸이 쿵쾅 출렁거렸고 엉덩방아를 찧었다.

"요시요시. 거 쓸만하무니다. 네년 배에도 올라타봐야겠스무니다요."

그래서 인력거를 끌게 되었단다. 난 만수다, 난 동오다. 넌?

"없다니깐 그딴 건. 기생집에서 이름이 있어야 한다며 하나 주는데 춘향이가 뭐냐? 일본 놈이 지어준 거다. 난 논개로 해달라고 했지. 일본군 껴안고 강물에 빠졌다는… 그후 춘향이로 불리고 있다. 춘향이가 어떤 춘향인데… 개자식들. 알고 있는 거지. 이름으로라도 품고 싶은 게지, 그 일편단심한 성춘향일….”

“그럼 우리도 춘향이라 부를까?”

“너도 일본 놈이냐? 됐다. 없어도 살았고 없이도 산다. 빌어먹고만 살다 죽을 팔자에 웬 이름은… 이름? 그 딴 거 필요 없다.”

동오가 지었다.

“경운이 어때? 경복궁과 운현궁 사이.”

그녀가 후하핫 호방하게 웃음을 지르더니 고개를 끄덕인다.

“아무렴… 이름 같지도 않은 이름이라서 맘에 든다.”

경운의 나이는 스무 살로 둘보다 한참 어리다. 인력거는 일본 상인이 일본에서 백 대를 들여와 한성에 뿌렸다. 탈 것으로 장사를 했다. 처음엔 인력거와 같이 데리고 온 일본 청년들이 끌었다. 그러나 곧 그만 두었고 그 자리를 조선 청년들이 이어 받았다.

“오래 못할 거다.”

일본 청년이 인력거를 넘겨주면서 조선 청년에게 한 말이다. 끄는 것만으론 수입이 꽤 됐다. 하지만 끌다보면 닳고 고장이 난다. 그것을 인력거꾼에게 다 책임을 묻다. 말 같이 끌어서 번 돈은 부품 값을 대는 데에 다 쓰인다. 이 때문이다.

“너희 조선인들에겐 더 할 거다. 지독하다 일본 상인들. 그래도 나야 일본인이니 그나마….”

동오와 만수가 경운이의 안내로 인력거를 끌게 되었는데 일본 청년의 말이 옳았다. 인력거의 부품은 다 일본에서 가져온다. 조선엔 없는 것들이다. 그래서 부르는 게 값이다. 울면서도 매운 겨자를 먹어야 한다. 어느 날이었다. 경운이 씩씩거리며 분을 삭이지 못한다.

"그런 놈 품에 있어야 하는 내가 싫고 이 신세가 꼭 가련한 조선, 우리나라 같다."

"뭔 소리야?"

송병준은 그 기생집의 단골이었다.

"일본말 잘하는 조선 놈이 하나 있어. 조선 사람들과 얘기할 때도 일본말을 더 지껄이지. 그게 그놈의 수작인데 그러면 조선인들이 다 껌뻑 죽는다나? 일본에서 몇 년 굴러먹다가 익힌 일본어로 조선에 들어오는 일본군 통역관으로 일본군을 따라 왔단다."

1904년이었다.

"그자는 나 같은 기생 몸에서 난 놈이라 한편 가엾게 본 적도 있지만…."

경운이 말을 끊고 탄식을 토한다.

"아, 기생인 것도 싫은데 기생의 자식이란 놈이 한다는 짓이…."

송병준은 수표동의 한 기생집의 조방꾸니였다. 조방꾸니는 심부름꾼으로 기생집에 기생하고 사는 남자이다. 이 기생집을 드나들던 자 중에 민태호가 있었다. 민영환의 큰아버지뻘로 민영익의 아버지이다. 민태호는 갑신정변 때 도망치다가 개화파인 김옥균 무리의 칼에 찔려 횡사했다. 체격이 다부진 일자무식의 송병준을 무과에 급제 시켜준 자도 민태호였다. 창덕궁 수문장이 되는 데에도 민태호가 힘을 썼다. 기생집에서의 인연으로. 밀어주던 민태호가 살해되자 일본으로 피신했다가 호시탐탐 노리던 차에 일본군을 따라 조선 땅을 다시 밟았다. 일차 한일의정서가 체결되기 전에 이토는 송병준을 불렀다.

"말을 안 듣는다."

이토는 이 한 마디만 했다.

"조선은 일본의 보호국으로도 마땅하지 않습니다. 병합시켜 식민지로 만들어야 합니다."

송병준의 대답이다.

송병준은 일본 정부로부터 자금을 받고 조선에 친일세력을 키우는 데에 앞장섰다. 이토는 송병준 같은 놈 하나면 돼, 하며 당시 일본에 망명해 있던 손병희가 조선에서의 일본 역할이 중요하다며 면담을 요청해왔지만 거절했다. 송병준 같은 철면피 앞잡이 하나만 손에 확실히 넣으면 눈덩이처럼 그 세력을 부풀릴 수 있다. '돈이면 안 되는 게 없는 나라' 이토는 조선과 조선인을 이렇게 얕보았다.

'우선, 하나에 집중 공략하라. 그것은 조선정벌이다.'

요시다 쇼인, 스승의 가르침을 잊은 적이 없는 이토다. 이토에게 거절당하자 동학 삼대 교주 손병희는 이용구를 뒤에서 조정했다. 이용구는 동학의 조직관리 책임자였다.

"송병준에게 접근하라. 송병준을 도와라."

송병준은 조선에 들어오자마자 일본 정부의 공작금을 받아 일진회를 구성했다. 유신회로 처음 사용하다가 '일본과 조선이 하나로 나아가야 한다.'는 뜻을 담은 일진회(一進會)로 이름을 바꿨다. 일본만 믿었지 그럴듯한 조직 하나 없던 송병준은 얼씨구나 하고 이용구를 받아들여 동학의 조직을 친일세력으로 이용했다. 송병준은 동학 관리 책임자인 이용구를 일진회 회장으로 앉혔다. 이에 그치지 않고 독립협회의 요직에 친일세력을 박는 데에도 주력했다. 독립협회는 당시 진보적으로 보였지만 나라를 구한다는 뜻이 있다면 누구나 받아들이는 상당히 애매한 조직이었다. 이완용도 초대 이사장을 지낼 정도였다. 후에 독립협회를 해체시킨 고종도 처음엔 이 협회를 지원했다. 민영환 역시 발을 들였다가 독립문 시공식 날 독립협회의 반대 세력이 행사장에 폭탄을 설치한다는 첩보를 미리 듣고 그후 발을 뺐다. 사전에 발각돼 폭탄테러는 미수에 그쳤다.

기생집 조방꾸니 송병준은 조선의 내부대신에까지 올랐다. 일본이 뒤에서 밀었다. 이토가 송병준을 또 불렀다. 고종이 계속 말을 듣지 않는다는 것이었다.

"우리 일본을 위해 제가 알아서 처리하겠습니다."

송병준은 칼을 차고 궁으로 들어가 고종 앞에 섰다. 일본 군인만 칼을 찬 게 아니었다. 이토가 송병준이 차고 있는 긴 칼을 보았다. 일본도였고 자기가 하사한 칼이었다. 이것을 보고 이토는 속으로 말했다. '조선은 나라가 아니다. 저런 미친놈이 날 뗄 수 있는 게 나라인가.' 미친놈이란, 당연히 자기의 하수인 송병준을 말한다. '부려먹을 대로 부려먹다가 개처럼 버리자.' 이토가 혀를 찼다. 쯧쯧, 나라꼴이…
일본 역시 불과 몇 십 년 전 조선과 결코 다르지 않았다. 해서 세운 허
수아비가 메이지였다. 바로 존왕양이다. 메이지 스스로 왕이 된 게 아
니다. 세워진 것이다. 내세우는 목적이 있었다. 메이지로 정치를 하나
로 규합하고 국민을 하나 되게 했다. 허수아비 왕에 꼭두각시 국민이
었다. 그의 머릿속엔 조선 차례였다. 조선은 저런 자가 있어 더 쉬웠
다. 1904년 제 일차 한일의정서는 그렇게 체결되고 말았다.

기생을 끼고 앉은 송병준에겐 기생은 인간도 아니었다. 귀도 없고
눈도 없고 단지 여자의 몸만 있는 동물에 불과했다. 그래서 속엣것을
다 내놔도 거리낌이 없었다. '돈 몇 푼에 깔깔 대는….'

경운이 세상 돌아가는 일, 조선이 일본에 빼앗겨가는 일의 자초지
종을 그 같은 일본 앞잡이들에게서 다 들었다.

"도대체 조선의 양반들은 뭣 하고 있는 거야?"

세도가들이 모여 사는 북촌의 양반들은 나라가 이 지경인데도 기
생집을 드나들며 돈을 물 쓰듯 했다.

"이래도 되는 거냐?"

동오가 듣고 만수가 들었다.

"때가 됐다. 우리가 하자. 안 돼도 우리라도 해보자. 해보지도 않고
보고만 있을 순 없지 않냐? 우린 이래도 죽고 저래도 죽을 몸이다."

장충거꾼은 이렇게 해서 모였다. 하나하나 이름을 올렸다. 다 경운
의 몫이었다. 기생집을 드나드는 자들이었다. 송병준, 이용구, 윤시병,

유학주, 이완용과 민영준… 예외로 동학농민을 탄압하고 민 씨 척족을 대표하는 민영환도 들어있었다. 윤시병과 유학주는 독립협회의 창립멤버로 나란히 일진회의 회장·부회장이 되었다.

"우리 아홉이 하나씩 맡아 백성의 이름으로 처단하는 것이다."

동오가 한 사람 한 사람씩 짝을 맺어줬다. 동오보다 동학에 먼저 심취했던 만수가 물었다.

"이용구라면 동학을 이끌어온 분인데, 설마 그 이용구는 아니겠지?"

경운이 단정했다.

"맞아. 그놈이야. 이나저나 다 백성을 속이는 놈들밖에 없으니… 송병준이 이용구를 끌어들인 건 일본에 삼 년째 가 있는 손병희의 지시에 따른 것으로, 이용구, 아니 동학이 스스로 친일매국노 송병준의 휘하로 들어간 거지."

"우리는 아무 것도 모르고 있었어. 동학이 스스로 송병준에게? 말이 안 돼."

"말이 안 되는 게 말이 되는 나라가 지금 이 조선이야. 정확히 말하자면 변절한 동학의 우두머리라는 것들도 다를 게 없어. 우리 농민 백성만 속아온 거고 또 속고 있는 거지. 녹두와는 전혀 다른 놈들이 동학마저… 어떤 놈도 믿을 수가 없어. 믿을 건 우리, 바로 우리뿐이라고. 여기에도 설마?"

고운 경운의 얼굴에 빨갛게 열이 돋았다.

"송병준, 그놈이 이토 앞에서 뭐라 했는지 아니? 그걸 기생집에서 기생 앞에서 나불대는데….”

“뭐라 했는데?”

경운이 굵고 저음의 남자 목소리를 흉내 내며 하는 말이,

“우리 일본은 이 조선을 하루라도 빨리 합방시켜야만 합니다. 경이 꼭 우리 일본의 조선합방에 선두에 서겠습니다. 이토가 좋아했다면서 별안간 내 윗저고리 안으로 그 새끼 손이 들어오더라고. 내 가슴이 그놈 손에서… 손만 들어온 게 아니야. 종이가 있더라고. 돈이지. 일본 돈, 하면서 내 귀에 가까이 대고 한다는 말이….”

동오가 “그만.” 말을 끊었다.

“더 듣고 싶지 않다. 나라 팔아먹는 그런 개 쓰레기 얘기는….”

경운은 아랑곳 않고 한 마디 더 하고는 엉엉 울기 시작했다.

“나 일본 백작이 될 거니까 그때 널… 알지? 내게 잘 보여야 하는 것. 니 팔자 이젠 양반 어느 누구도 부럽지 않을 것이다.”

6.

1905년 11월 25일 새벽.

"너, 그날, 모이기로 한 그날 밤, 왜 안 나온 거야? 십여 일만에 나타났는데 그새 뭔 짓 하고 있었던 거야? 배신자 새끼. 믿을 놈 하나 없다지만 너까지. 아니 너마저???"

또 배신자란다. 만수가 순임이 누운 자리를 쳐다보면서도 배신자 새끼를 연발하는데 목소리가 떨리고 울음이 섞였다. 고개를 다시 돌린다.

"우린 다 이렇게 살아야 하는 거냐? 빌어먹고 살아야 하는 거야? 짐승이랑 다를 게 뭐가 있냐?"

십여 일 민영환을 인력거로 태우고 용인을 다녀왔단 얘기를 하자,

"기회 좋았네. 그래서 그자를 처단했냐?"

동오가 고개를 숙인다. 전봉준의 말이 떠올라서다.

'남의 재산은 물론 남의 생명을 존중하라. 절대 어떤 경우에도 살생을 해서는 안 된다. 그 자가 일본군이라 해도 같다. 죽이지 않고도

승리해야 한다. 이것이 그들과 다른 우리다.'

차마 전봉준을 꺼낼 수 없었다.

"내게 아직 용기가 없나 보다. 사람을 죽일… 그리고 그는 왠지 달랐다. 적어도 달라지고 있었다. 그는 꼭 나라를 위해서 큰일을 할 사람으로 보였다. 백성을 위하는 건지는 아직 알 수는 없으나. 그와 가까이 있으면 점점 이런 생각들이 들었다. 그래서 기회를 놓쳤고…."

"기회를 놓친 게 아니라 기회를 피하셨구먼. 그자에게 회유됐단 얘기로 들린다. 그보다도 다른 일은 없었냐?"

동오는 노량진에서 영환이 한 말을 생각했다.

"출발하기 전에 우연히 보았다. 진리키샤, 좋다, 이젠… 인력거를 점검하던 너를 보았다. 무엇을 그렇게 꼼꼼히 챙겼느냐? 기계란 것이 호미나 마치 같지 않아 꽤 복잡할 터인데, 구슬 같은 것을 주머니에 넣다 뺐다 하더구나. 내 외국을 돌 때 처음으로 자동차를 보고 하늘을 나는 기구도 타 보았다. 기계라는 것을 배우지 않고도 너는 혼자 고치기라도 한단 말이냐?"

이번 여행에서 동오는 영환에게 사람대접을 받는다는 느낌이 계속 들었던 참이다.

'죽을 날이 가까워지면 사람이 바뀐다는데.'

엉뚱한 생각까지 들 정도였다.

"그 구슬은…."

머뭇거린다.

"어서 말해 보거라. 이젠 나도 네게 어려운 사람은 아닐 것이다. 그 구슬이란 게?"

"예. 말씀 올리겠습니다. 그 구슬은 베아링이라는 것입니다. 일본 말인지 어느 나라 말인지는 모르겠습니다만 그렇게 부릅니다. 바퀴가 돌 때 수월하게 해주는 구슬 같은 것입니다. 인력거에서 가장 중요한 부품입니다."

"그것이 마모되어 문드려졌나 보구나."

"예. 그렇사옵니다."

"교체하면 되는 일을 꽤나 오래 열중하던데, 줄이더냐? 길쭉한 무엇으로 그 베아링이란 것을 긁는 것 같던데, 내가 옳게 보긴 했느냐?"

"예. 맞사옵니다. 하면 말씀 더 드려도 되겠습니까?"

"배 떠날 시간은 내가 정하면 되니 네 말을 다 들어보기로 하자. 어서 해 보거라."

영환은 유럽과 미국을 돌면서 많은 기계들을 봤다. 나라에 들여오면 그것을 다룰 줄 아는 기능공이 필요할 것이고 망가지면 수리할 기술자도 필요할 것이다. 기계만 들여서는 당장은 요긴하나 시간이 지나면 지날수록 기계는 애물단지가 될 수도 있다는 생각까지 미쳤다. 필요하다 하여 마냥 기계를 외국에서 사오기만 할 순 없는 일이었다. 그래서 동오의 행동에 관심을 두게 된 것이었고 기술자나 기능공을 양성할 학교를 세우는 일이 기계를 수입해 오는 일보다 시급할 것이다. 실제 유럽에는 그런 학교가 많았다. 기술을 가르치는 학교였다. 셈을 가르치는 학교도 있었다. 책만 읽는 학교가 아니었다. 자신이 유럽에서 들여온 농기구들을 경기도 부평의 목양사에 갖다 놨지만 다룰 자가 아무도 없었다. 산에서 녹슬며 쓸모없는 애물로 전락하고 있다는 걸 잘 알고 있는 영환이었다.

"여러 개의 베아링이 함께 돌려면 크기가 고르고 같아야 합니다. 그래서 끌로 다듬어 보는 것입니다. 다듬어서 사용할 때까지 써보지만 크기가 달라지면 바퀴는 돌지 못하고 더 삐걱대기만 하니 그땐 새 것으로 바꿔줘야 합니다."

"그 일을 네가 혼자 다 하고 있는 것이냐? 인력거꾼들이 다 너와 같으냐?"

"예. 할 수 있는 한 해야 합니다. 베아링은 다 일본에서 가져옵니다. 인력거가 일본 것이니까요. 이래서 일본 상인이 결정하는 베아링 값이 부르는 게 값이 되니 들쭉날쭉합니다. 우리가 감당할 수 없을 정도여서 우리 인력거꾼은 참으로 애가 탑니다. 일본 상인들은 변죽이 심하고 이재에만 셈이 빨라 분명 갖고 있는 데도 없다 하며 값을 올리는 일이 허다했습니다."

동오가 자기도 모르게 불쑥 치밀어 올라온 한숨을 고개를 눌러 애써 막는다.

"쉬거라. 제 목에서 나오는 것도 제가 맘대로 할 수 없어서야 되겠느냐?"

"무례해서 참으로 죄송하오며 송구스럽기 그지없사옵니다."

"그럼 인력거의 주인도 다 일본인들이란 말이냐?"

짚히는 게 있어 영환이 묻는다.

"예. 그렇습니다. 그 부품 값이 인력거를 끌어서 번 돈을 웃도니 그 일을 그만 두는 사람들이 많사옵니다."

영환이 고개를 끄덕이는 것을 보고 동오가 더 말을 이어간다.

"몇몇 인력거꾼들이 만들어보기로 했습니다. 한성에도 수구문 밖에 대장간이 몰려 있습니다. 베아링을 보여주고 똑같이 만들어 달라고 하니 잘 해냈습니다. 정말이지 똑같이 해냈습니다. 그런데 그 후로 일이 하나 더 생겨났습니다. 어느 날부터 대장간에서 만들어주지 못한다는 거였습니다. 일본 상인에게 넘겨지는 대장간도 몇 개 생겨나기도 했습니다."

기계 장악이 나라 침략과 같다는 생각에 이젠 영환이 한숨을 짓는다.

"그 뒤론 저희가 스스로 갈아서 만들어보곤 하는데 공작기계가 없으니 힘이 듭니다."

"그럼 공작기계도 일본 것이냐?"

"예. 그렇사옵니다. 조선 것이 있긴 한데 일본 기계가 좋다 하니 대장간마다 너도나도 다 사들여서 이젠 한국 것은 무용지물이 되고 있습니다. 당장의 이익에 스스로 무덤을 판 겁니다. 공작기계 부품 역시 일본 것이니 울며 겨자 먹기는 인력거꾼이나 대장장이나 마찬가지가 된 것이지요."

또 한숨을 짓던 영환이,

"그래서 너희들이 손수 만드는 것으로 충당이 되느냐?"

동오가 영환을 똑바로 쳐다보았다. 동오에겐 처음 있는 일이었다. 하소연을 하고 있지만 동오의 얼굴에서 자신감이 어린 긴장감을 영환은 볼 수 있었다.

"힘들지만 어쩌겠습니까. 우리가 하지 않으면 안 되고 우리가 해야 하고요. 이렇게 극복하고 있는데 최근에는 일본 상인들이 베아링을 한 달에 몇 개 구입해야 한다는 조건을 내세우고 있습니다. 일본인이란 정말 믿을 수 없습니다. 겉으론 헤헤 웃지만 속은 아닙니다. 절대 아닙니다."

"일본 상인들이 말이냐? 거참, 못된 민족이로구나. 정부만이 아니라 국민들까지도… 어떻게 함께 더불어 살아갈 줄을 모르는 민족이란 말이냐."

여기까지 얘기하곤 그 다음 말은 차마 할 수가 없었다. 다 자기 책임이기 때문임을 영환이 잘 알고 있어서다.

'고작 그런 섬나라한테 이리 당하다니….'

양반은 한숨만 쉬고 고개 숙이고 있을 때 백성은 고개를 치세우고 어떻게든 극복해보려 한다는 것을 동오의 말로 듣는다. 몸을 일으키며 동오가 또박또박 말을 잇는다.

"인력거를 만들어내야지요. 지금 당장은 쇠로 된 인력거는 불가능하지만 나무로라도 만들어 볼 것입니다. 우리나라엔 옛날부터 수레가 있었으니까요."

노량진에서 나룻배를 건너기 전 영환이 동오에게 수고비라며 봉투를 내미는데 두툼하다.

"너무 많사옵니다."

동오가 돌려주려 하니 영환이 동오의 손을 잡아 쥐어준다. 바로 손을 떼지 않는다. 어루만져주는 듯 도닥이는 듯도 하다.

"너희가 우리보다 훨씬 낫구나. 부끄럽다. 왜 진작 너희들을… 인력거 한 대 값이나 될지 모르겠다. 꼭 너희가 만든 인력거를 타보고 싶구나. 꼭."

영환은 광나루 뚝섬 쪽으로 고개를 돌린다. 동오를 피한다. 백성 볼 낯이 없다. 동오도 차마… 영환을, 한없이 미운 영환을 차마… 일본군을 끌어들여 내 부모님을 죽인 영환을 차마… 이 한강에 밀어 넣을 수가 없었다. 마지막 기회마저 놓친다.

"니가 그랬다, 우리에게. 착하게만 사는 것도 죄라고. 그런 니가 하는 짓은 착한 것 말고 뭐가 더 있나? 근데 이토를 처단하자던 계획은 사전에 들통 나고 말았다. 우린 네가 고자질하고 피한 것으로 다 알고 있다. 너 하나 살자고 우리 여덟을 죽인 거나 다름없다. 불행히 경운이만…"

만수는 순임을 누인 자리로 고개를 바꾼다. 가까이 다가가 흙을 모아 도닥인다. 옆의 땅에도 흙을 돋운다. 흐느낀다. 남자가 운다. 장정의 덩치 큰 사내가 운다. 소리 내어 우는데 울분이요 통분이다.

"비록 비천하더라도 비굴하겐 살지 말자."

동오가 마침 생각났다는 듯이 속주머니에서 종이에 싸인 두툼한 것을 내놓는다.

"이번 용인 다녀온 수고비다."

"그것을 왜 내게 주냐? 뇌물로 받은 거냐? 요즘 유행이라더라. 일본 놈들이 지 편을 만들기 위해 돈을 억수로 뿌려댄다는데… 그 돈 받아먹자고 일본 앞잡이하는 놈들이 늘어난단다. 너도 그를 죽이지 않는 대가로? 설마 그자도 그 더러운 일본 돈을 받아 너 동오에게? 그 돈이냐? 조선의 것을 다 훔쳐가 제 돈인 양 뿌려대는 그 일본 놈들의 돈? 그 돈이 어디서 난 돈인 줄은 아냐? 우리 백성의 피를 짜고 빨아내 빼앗은 돈이다."

"일본 돈이 절대 아니란 말이다. 민 대감이 인력거를 만들어보라고 준 것이다. 가까이서 본 내 판단으론 민 대감은 전의 그 민 대감이 아니었다. 분명 달라지고 있다."

"인력거를 만들어? 누가?"

"우리가 지금 하고 있지 않냐. 하지만 하려 해도, 해내고 싶어도 우리에겐 자본이 하나 없으니… 이것을 눈치 채신 듯하다. 그래서 수고비로 주신 건데 훨씬 많은…."

"민 대감? 그자가 어떻게 인력거에 대해서?"

"관심을 갖고 많은 걸 내게 물으셨다. 근데, 불행이라니? 여기 일을 듣고 싶다. 경운이가 어떻게 됐는데? 내가 왜 배신자가 되었는지, 그것도 알고 싶다. 그리고 죽었다니 누가?"

"죽긴? 다행히 아무도 다친 사람은 없다. 경운이 하나만….."

"넌 한 달 내내 달거리를 한단 말이냐? 오늘도 그날이라면 넌 그 주둥아리로 내게 거짓부렁을 씨부린 것이 된다. 오늘은 니 그 입을 가만 놔두지 않겠다. 니 그 아랫것 다 찢어버리고 말 것이다. 보름을 셌다, 어떠냐? 오늘도 그날이더냐? 니 그것이 옥문이라도 된다더냐?"

함경도 장진은 송병준의 고향이다. 고향 친구란 자가 병준의 오른팔 노릇을 자청하며 궂은일을 도맡아 했다. 그는 입만 열면 도요토미 히데요시는 송병준이요 자기는 가토 기요마사라며 자랑이라고 떠들어댔다. 이 말을 들을 때마다 송병준은 어깨를 으쓱해보였다. 그는 송병준의 처세를 그대로 따라 했다. 송병준의 외모는 뼈대가 굵고 살집이 풍부한 편이었다. 이제 나도 대감의 자리에까지 올랐는데… 살집을 위세로 바꿔야 했다. 허세로라도 뼈대를 불려야 했다. 송병준은 이토를 볼 때마다 이토의 거동 하나하나를 빠트리지 않고 닮아갔다.

'이토도 나와 같은 시골 깡촌의 하급관리 출신의 아들이다. 그런 그나 이런 나나… 나라고 조선의 제왕이 되지 말란 법은 없다. 베끼자 이토를.'

일본에 머물 때 이토 못지않게 그의 스승이라는 요시다 쇼인을 그의 책으로 섭렵했다. 도요토미 히데요시에 비유하는 것도 요시다가 가장 존경한다는 인물이었기 때문이다. 나도 이제 대신이다. 그전의 내가 아니다. 껍데기를 바꿔야 한다. 이토처럼 점잖게… 그러자니 과거 자신이 한 하수인노릇을 해야 할 또 다른 하수인이 필요했다. 송병준은 단정했다. 요시다나 이토나 한 마디로 가장·가면을 쓰고 살라고 했고 그런 삶을 그들은 살았다. 철저하게, 세세하게! 빈틈없이, 악랄하게! 틈을 보여서는 안 된다. 속이야 어떻든 보이는 언행에 신경을 썼다. 하지만 쟁취하고자 함에 마땅히 비겁하고 치졸하고 졸렬해져야 한다. 그래야 쟁취할 수 있다. 이제 이런 일은 남을 부려서 얻어내면 된다. 뒤에서 조종만 하면 된다. 이토가 내게 그 짓을 시켜 내가 했지만 다른 놈에게 보상 받으면 된다. 바로 요시다 쇼인의 벌충지론이다.

'강자인 미국이나 유럽에 비굴하게 굴어라. 그 보상은 조선이나 대만 등에서 얻어내면 된다.'

그런 자들이 득세한 나라가 일본이다. 조선도 곧 그리 될 것이다. 식민지의 나라로 만들어 놓으면 조선은 내 차지가 된다. 조선의 통감은 일본인이 맡을 것이고 조선인으로서의 최고 자리는 당연히 내 차지가 된다. 이토의 외양마저 따랐다. 남을 내세워 자신의 뜻을 관철하는 일, 이토가 조선에 그랬듯이 송병준은 그 하수인으로 고향친구 신묵을 택했다.

"저년을 수청 들게 하라. 다른 기생년과 달리 꽤나 까탈스럽게 구는구나. 번거로운 일로 시끄럽지 않게 하라. 나를 니가 잘 알지 않느냐?"

신묵도 기생 경운을 옆에 끼고 술을 마셨다. 계집 옆에서는 동급으로 착각하는 게 짐승 같은 남자의 속성이다.

'주기 아깝다.'

경운을 볼 때마다 송병준에게 그냥 넘길 수는 없었다. 그날이었다. 신묵의 눈에도 기생들에겐 귀가 달려 있지 않았다.

"우리 이토 수상님을 해치고자 하는 무리들의 음모가 있다는 정보를 들었다. 내가 그들을 다 잡아 족칠 것이다. 광화문 한복판에 목을 매달고 말 것이다. 꼭 그들의 배후를 추궁하여 다신 요망한 짓을 못하게 뿌리 뽑을 것이다."

자리를 함께 한 대신들에게 들으라고 하는 말이지만 듣고 있던 기생들은 제 목이 매달린 듯 겁에 질렸다. 경운은 우리의 계획을 지금 말하고 있는 것인가, 떨면서도 알아내야 했다. 신묵에게 바짝 다가가야 했다.

"누가 그런 짓을 한다 하옵니까? 이토 일본수상은 우리 조선을 구해주려고 온 것이지 않습니까?"

신묵이 어깨로 끌어안는다.

"기생 주제에 참 똑똑하구나. 얼굴만 반반한 줄 알았더니. 그런데 하나 일러주마. 여기서 기생 짓으로 빌어먹고 살려면 우리 조선이 아니라 우리 일본이라고 하라. 알았느냐? 아무리 천한 기생이라도 세상 돌아가는 꼴을 제대로 보고 말하란 말이다. 알았느냐?"

경운의 머리를 톡톡 치며 얼굴을 제 볼에 갖다 대려 한다. 경운이 이것만은⋯ 몸을 뒤로 빼며 아양을 떨어줘야 했다.

"그래봐야 기생입니다요. 어서 듣고 싶사옵니다. 요절을 내신다고 하시니 대감의 자리가 대단하시옵니다."

대감이 아닌 신묵에게 대감으로 치켜세운다. 자리한 대감들이 고개를 피하며 일본 청주를 마셔대기만 한다. '저 것이 송병준을 믿고 저 짓이지.' 하기야 너나 나나 그나 다를 게 없다. 눈치 보며 빌붙어먹고 사는 기생충 인생.

그가 신명난 듯 들었다는 정보를 줄줄 펼쳐놓는다. 기생들은 무협소설을 듣고 있는 기분이 들었다.

"진리키샤슈들이다."

이 말을 듣자마자 경운의 가슴이 덜컹 내려앉으며 자리를 비웠던 동오를 떠올렸다. 고자질을 동오가? 그럴 리 없다. 절대 그럴 리 없다. 고개를 젓는 경운을 신묵이 보고,

"내 말이 믿기지 않는 모양이로구나."

경운이 제 마음을 들켰나 싶어 얼굴에 웃음을 띠며 그의 심사를 돌려본다.

"나도 타고 다니는데 진리키샤슈들은 힘은 셀지 모르지만 그런 의기를 부릴만한 것들이 못되옵니다."

신묵이 경운을 밀쳐내며 빤히 쳐다본다.

"지금 의기라고 했느냐? 의기가 무슨 뜻인 줄이나 알고 하느냐?"

경운이 위기를 피해가야 했다.

"제가 의기라는 말을 썼나요? 의기라면 의로운… 뭐 그런 뜻일 텐

●

179

데, 설마 저 같은 낫 놓고 기역자도 모르는 무학 무지렁이가 그런 고상한 말을 이 비천한 계집의 입으로 어디 감히 할 수나 있겠어요. 잘못 들으신 것이옵니다. 의기가 아니라 요기라면 모를까."

경운이 제 볼을 내주며 '요기'하며 신묵을 돌려 앉힌다.

"그래서요?"

정보를 캐내야 한다.

"장충단에 매일 모이는 진리키샤슈 무리라고 했다. 지금은 구경꾼이 모일 만큼 인기가 많은 구경거리로도 한성 시민들을 호도하고 있는가본데, 그 무뢰배라고 했다."

올 것이 왔구나. 누군가 우리 중 한 명이 누설했음이 분명하다. 동오를 다시 생각한다.

"매일 밤 해시 끝 무렵에 그들이 모인다니 조금 후면 우리 일본 군인들이 조선군을 이끌고 들이닥칠 것이다."

어머머, 어머머… 기생들이 입을 막고 신음소리를 낸다. 또 한성 땅에 피비린내가 진동하겠구나. 한 기생이 용기를 낸다.

"저도 그 구경을 두어 번 한 적이 있사옵니다. 그들이 펼치는 모습은 정말 장관이었는데 그들이 설마… 그저 하루하루 즐기며 노는 한심한 껄렁패들인 듯 싶사온데…."

"니가 어느 자리에서 그놈들 편을 드느냐?"

신묵이 대신들을 둘러보며,

"백성 년들 모두의 기생화, 어떻습니까? 조선 오백 년 내내 관청에 기생을 두었습니다. 여기서 한 발 더 나아가 이제 조선이 일본의 땅이 되면 이 나라 년들은 다 기생으로 만들어 일본에 몸을 바치게 해야 합니다. 그렇게라도 돈이라도 벌게 해주는 것이… 백성 놈들은 광산으로 보내 캐낸 철광을 일본에 진상하고… 어떻습니까? 나의 백성 활용의 복안에 대해….”

차마 어떤 대신도 대답할 줄을 모른다. 고개만 돌리고 술잔만 비울 뿐이다. 일본 술이다. 기생들이 보고 속으로 한숨을 짓는데 경운이 나선다.

“저도 봤사옵니다. 옥단이가 편을 들다니요. 저도 같은 생각이 들었습니다. 그저 놀고먹는 덩치 큰 패거리에 불과합니다. 불량스러운 광대들이지요.”

막는다고 될 일이 아니었다. 신묵의 머릿속에는 다른 음모가 있다. 인력거꾼 몇을 처단하는 일에 그치지 않는다. 본보기를 보여줘야 다른 무리들이 또 나서지 않을 것이며 그 핑계로 일본에 소극적인 자세를 취하는 관리들을 잡아 들여 옴짝달싹 못하게 하는 절호의 기회인 것이다. 송병준에게서 배운 도둑질이었다. 송병준은 이토에게 배운 도적질이며 이토는 그의 스승인 요시다에게서 익힌 날강도 짓이었다. 독도와 울릉도를 일본 땅으로 접수하는 게 급선무다, 라고 한 요시다에 충성한 이토는 일본엔 이름도 없는 돌덩어리 섬인 독도를 대나무가 많다고 가정하고는 죽도라는 어림도 없는 이름부터 지었다. 바로 일본의 지도에 등재하고는 자기 땅이라고 주장하며 그 이름과 지도를 근거로 서방 세계에 내세웠다. 죽도만이 아니라 그런 섬들이 한둘이 아니었다. 태평양 먼 바다에게까지 미쳤다.

신묵이 경운의 말을 듣는 척하고 제 옷고름을 가누며,

"광대면 어떻고 놈팡이면 어떻다느냐. 우리 이토 수상님을 노리는 자들이 이 땅에 한둘이겠느냐? 이 기회에 그들을 몽땅…."

대신들을 뚫어지게 쳐다보며 위아래로 천천히 훑는다. 겁을 주기 위함이다. 이자들 중에도… 그는 경운을 더 가까이 다가오게 한다.

"네년부터 오늘 당장 손을 봐줘야겠다. 네년 몸에 성은을 베풀어 주겠다는 말이다. 알아들었느냐? 조선 백성 년들의 모두 기생화… 하하하하."

호탕한 척 목을 눌러 짜내며 웃어대는데… 시간이 없다. 급박하다. 경운이 신묵의 주머니에 들어있을 회중시계를 떠올린다. 마침 신묵이 경운을 잡아끌자 그의 허벅지로 몸을 쓰러트린다.

"요것이 앙탈 짓을 하는 것을 보니 오늘은 그날이 아닌 게로구나."

그날? 경운에겐 다음을 생각할 시간이 없다. 한시가 바쁘다. 촉각에 달렸다.

"어머나, 이것이 무엇이옵니까? 대감님의 물건이 이리 단단하셨답니까?"

껄껄껄 웃으며 제 수염을 늘리며 좋아한다. 그리고 제 수염을 늘인 그 손으로 주머니에서 줄을 끌어 회중시계를 올려 보인다.

"이것이었더냐? 이거야말로 송병준 대감께서 일본을 다녀오며 내게 하사하신 귀한 선물이다. 허허허… 내 것이 일본 것이라도 된 듯이 얘기하는구나. 거 기특하구나. 오늘 밤은 일본 것 같은 내 것의 맛을 보게 될 것이다. 네년이 이젠 가슴을 열었는가 보구나. 거기도?"

장황하게 떠들고 있는 사이에 경운이 일본 거라고요? 하며 회중시계를 슬며시 낚아채 시간을 엿본다. 아홉 시 이십오 분. 한 시간 반이 남았다지만 이미 일본군들이 장충단에 진을 치고 있을 것이다. 어쩌지? 장충거꾼들은 장충단에서만이 아니라 수표교에서 먼저 모여 아홉 대를 일렬로 세워 장충단까지 달렸다. 이 또한 장관이라 울적한 한성 시민들을 유일하게 위로하며 잠시지만 신명나게 해주는 볼거리요 답답한 현실을 잊게 해주는 위안거리였다. 하루 번 돈을 셈하며 공동 자금을 내놓는 곳이 있었다. 국밥집이다. 이 시간쯤이면? 어떻게 전달할 수 있단 말인가. 경운은 꾀가 떠오르지 않는다. 앉아서 엉덩이만 동동 구를 뿐이었다. 고향 영암에서 한성에 올라오자마자 광화문에서 동학농민들의 얼굴들이 죽창에 꽂혀 있던 끔찍한 장면을 본 적이 있다. 다시 그때처럼 소름이 끼쳤다. 우리가 그렇게 되게 놔둘 순 없다. 시간은 없고 방법은 더 없다. 어떻게 해야 하나, 어찌하면 좋으냐? 이때 경운이 주춤하는 것을 보고 나와의 오늘 밤… 망설이고 있구나, 이때다 싶었는지 신묵이 방을 옮기자고 한다. 기생집에는 남녀 둘이 따로 누워있을 만한 방이 안쪽으로 몇이 마련돼 있었다. 떠올랐다. 신묵이란 자로 인해 기회가 생겼다.

"먼저 기다리고 계시옵소서. 제가 곧…."

몸을 닦는 시늉을 보이자 신묵이 끄덕이며 경운을 끌어안는다.

"넌 지금 이대로도 좋다. 개의치 말거라. 니 음문내도 내겐 향기다, 난향이란 말이다."

경운이 싫어도 애교를 떨어야 한다.

"대감님도 참. 조금만 기다려주시옵소서. 새 단장하고….""

경운이 서둘러 피한 뒤 늙은 조방꾸니를 찾았다. 그는 여느 때처럼 대기하고 있는 인력거꾼들과 이야기를 나누고 있었다. 쓸 종이를 대신할 아무 것도 없다. 버선을 한 짝 벗는다. 주방으로 달려가 간장을 집게손가락에 묻혀 버선에 찍는다.

가지 마. 장충단. 피해 당장.-경운

늙은 조방꾸니는 만수를 알고 있다. 기생집으로 갈 때마다 경운이 만수의 인력거를 타고 내리는 것을 종종 봤다. 그때마다 늙은 조방꾸니의 손에 돈을 집어 주었다. 늙은 조방꾸니를 볼 때마다 고향의 아버지가 생각나서다. 피맛골 돼지국밥집은 유명했다.

"그곳에 가서서 이걸 꼭 만수한테 전해주세요. 만수 아시죠? 꼭 만수에게 전하셔야 합니다. 다른 인력거꾼에겐 절대 주시면 안 됩니다. 그리고 남에게 절대 들켜서는 안 되는 일입니다. 백성이 죽고 사는 문제입니다. 아저씨를 믿겠습니다."

경운은 동오를 믿었다. 동오가 그럴 리 없어. 다른 누군가가 밀정이 되어 우리를 배반했을 거야. 한 인력거꾼이 인력거를 태워주려 하자 걸음이 더 빠르다며 조방꾸니가 내달았다. 손엔 버선을 꼭 움켜쥐고. 경운의 흰 버선 한 짝을 가슴에 안고는 이유는 모르지만 가슴이 괜스레 들떠 흥분한다.

'백성이 죽고 사는 문제? 어떤 일이기에 이리도 급한 걸까.'

경운이 한숨을 쉬고 신묵이 들어있을 방으로 다가간다. 싫다. 정말 싫다. 이래야 하는 내가 싫고 이래야 하는 우리가 싫다. 왜, 우리가 무슨 죄를 지었다고, 우리가 다 죄를 뒤집어써야 하는가? 가슴이 무거우니 몸은 더 무겁다. 발이 땅에서 떨어지지 않는다. 문을 열려니 경운의 손이 부들부들 떨린다. 쓰레기 같은 짐승들… 어찌 해 볼 도리 없는 내가 이렇게 한심하다니… 하지만 다행이다 싶다. 내가 그래도 기생 짓이라도 할 수 있는 몸을 갖고 있어서 다행이다. 미리 알아내다니. 천운을 이 하찮은 기생인 내게도 주셨어. 잘 전달이 되어야 하는데… 또 무슨 일이 벌어지는 것은 아닐까. 우리는 잘못도 없이 늘 불안하게 살아야 했다. 죄를 짓지 않고도 불안했고 선한 일마저도 하면서 떨어야했다. 정의란 말은 모른다. 단지 무엇이 잘못된 것인지만 알 뿐이다.

전달이 되어 그들이 무사할 수만 있다면. 동오를 생각한다. 설마… 그만이 그날, 우리 모임의 자리를 아무 말도 없이 피했다. 그래도 아니야, 동오는 절대 아니야. 믿을 만한 사람이 우리 세상에는 아무도 없다. 양반이라고 하는 것들은 일본에 아첨질하며 나라를 팔아먹고 백성은, 힘없는 백성은 이유도 모르고 일본 앞잡이의 손에, 칼에 죽임을 당한다. 우리 세상이 이런 세상이 되고 말았다. 신묵도 송병준과 똑같은 말을 자주 했다. 조선이 일본의 나라가 되면 일본 귀족은 내 것이 된다. 일진회의 송병준이 그랬듯이 입만 열면 '우리 일본'이라고 지껄여댔다. 지금도 떵떵거리고 살건만 남의 나라 귀족 자리가 무엇이라고 제 손으로 제 나라를 팔아넘기고 제 손으로 백성을 죽여야만 하는 것인가. 경운의 머리로는 도저히 이해할 수도, 상상할 수도 없는 일이다. 지금 당장 이 지경의 나를 어떻게 견뎌내야 하나. 저 문을 여는 순간, 나는 내가 지켜온 여자는 물론이고 비록 여자의 몸이지만 내 이름 춘향처럼 견지해온 지조와 절개를 잃고 만다. 나를 죽이는 일이다. 내가 이런저런 핑계로 피해왔던 시간들, 눈 한 번 꾹 감으면 그거 별 거 아니야, 동료 기생들이 그랬다. 눈 한 번 꾹 감고 여자를 버리고 나를 버린 뒤에는? 저 방안의 쓰레기와 내가 무엇이 다르단 말인가. 저들도 그랬겠지. 딱 눈 감고… 나라를 팔아먹었겠지. 그런 양심이라도 있었을까 만은… 눈을 감기라도 했을까 만은… 한 번이 어렵지 그 뒤엔 술술 돈도 벌고… 기생이 기생을 꼬셨다. 눈 한 번 감아봐 봐. 팔자 핀다. 기생들이 춘향을 놀려대고 비웃었다. 송병준을 품에 넣는 순간 니 팔자는 하루아침에 정경부인도 부럽지 않을 텐데 뭔 고민이 많냐? 복에 겨워서 그래요. 너, 빼는 척하면서 그 병준을 다 차지하려는 속셈 우리가 모를 줄 아냐? 동료라는 것들이 더 지저분하고 지분댔다. 도망쳐버릴까? 가리사니가 서질 않는다. 그때 문이 열렸다.

"무얼 그리 굼뜨냐? 내가 괜찮지 않다 하지 않느냐. 어서 들라. 너 진짜 아다라시인 게 분명하겠다. 내가 그 점 헤아려 톡톡히 되갚아줄 테니 어서 들라. 이렇게 내 가슴이 뛰어본 지도 얼마만인지, 어서 들라. 냉큼."

문득 조선 오백 년 내내 관청 안에 기생집이 있었다는 사실을 떠올린다. 관청 안에 기생집이라니? 이 또한 경운의 머리로는 상상할 수가 없다. 여기서 불리는 춘향이도 생각한다. 이 도령이 있었다지만 변사또 같은 수령들이 대부분이었으니 관청 안의 기생집이 오백 년을 이어왔겠지. 그러니 저 앞의 저 놈이 저리도 당당할 수 있는 게 아닌가. 논개도 떠올린다. 일본 놈도 아니고 저런 쓰레기 조선 놈을 껴안고 오늘 밤 죽어야 하나? 죽음이 너무 가볍다. 죽음이 삶만큼이나 처절하고 처참해지려 한다. 또 신묵이 재촉을 떤다. 경운이 힘들게 발을 옮겨 방으로 든다.

"씻고 온다더니 벌써 머리가 마른대로다."

대답조차 싫다. 그저 두 눈 꾹 감고 '가져라.' 몸 따위가 뭐라고. 해버릴까, 경운이 고개를 세차게 젓는다. 하지만 눈을 감는다고 보이지 않는 것도 아니고 오히려 눈을 감으면 더 잘 보일 터, 평생 지워낼 수도 없는 일이다. 이러면 안 되는 것이다. 이렇게 살면 안 되는 것이다. 쓰레기와 같이 뒹굴며 같이 쓰레기가 될 수는 없는 것이다.

"뭘 그리 꾸물대느냐? 넌 씻지 않아도 곱다. 벗은 네 모습만으로도…"

제 옷을 벗는다.

"대감, 송병준 대감께서…."

어떻게 이런 궁리를 해낼 수 있을까. 경운이 스스로 놀란다.

"이년이 지금 어느 상전 앞에서 주둥이를 놀리느냐? 그 주둥아리를 당장 찢어버리고 말 것이다."

"그게 아니오라…."

송병준을 파는 게 가장 좋을 듯 싶단 생각… 그가 가장 겁내는 인간이기 때문이어서다.

"오늘 밤."

여기서 멈춘다.

"오늘 밤이라니?"

이토와 저녁 식사를 하는 것으로 신묵은 알고 있다. 여기 오지 않는다. 온다면 자기에게 미리 얘기해뒀을 것이다. 무엇보다 달거리를 끝내지 못하고 있다고 아뢰었다. 달거리만 끝내면 곧 수청 들게 하리라고 송병준에게 약속했다.

"그년 거기는 시도 때도 없나 봅니다. 제가 날짜를 잘 셈하고 있습니다만 오늘은 정말 그년 말이 맞는 듯 싶사옵니다. 헤아려보고 적절한 시간을 보고 올리겠습니다."

점잖아야 할 사내들이 고작 하는 짓이 아낙의 달거리나 셈하고 있었다. 더구나 나라의 운명을 좌지우지한다는 대신들이… 오늘 오후 늦게까지도 그랬다.

•

"여기로 연락을 했다더냐?"

신묵이 벗은 옷을 챙겨 입는다.

"아니옵니다. 며칠 전 여길 들리셨을 때…."

말하면서 다음을 생각해내야 한다.

"며칠 전? 언제? 내가 모르는 송 대감의 일정이 있었다는 말이냐?"

"이 미천한 기생계집 주제에 대감의 존귀한 시간을 감히 어찌 알 수나 있겠사옵니까. 며칠 뒤면 여자가 달마다 치르는 일은 끝날 것이라고 했사온데, 그래서 며칠인가 봅니다."

가슴은 벌벌 떨리는데 말은 차근차근하고 차분할 수가 있다니… 이런 것을 두고 농락이라 하는 건가? 경운 스스로 또 놀란다. 나에게도 남을 농락할 기운이 있다니… 저자가 인간이 아닌 짐승이니 가능할 것이었다. 틀린 말도 아니었다. 그러나 그 며칠이 오늘은 아니었다.

"잠깐 있거라. 옷은 그대로 입고. 아니다."

주머니에서 회중시계를 꺼내 시간을 확인한다.

"오신다면 지금쯤일 텐데… 아까 있던 그 방에 가 있는 게 낫겠다."

'이 양반이 나도 몰래 혼자?' 중얼거리며 신묵이 뛰쳐나갔고 따라 경운이 방을 나왔다. 당장은 모면했다. 곧 후가 문제다. 더 큰 문제. 그 방으로 들어가니 아직 치우지 않아 상에는 술잔에 술이 아직 차 있고 술병에 든 술도 반 절 이상은 남았다. 다른 기생들도 대감들을 하나씩 꿰차고 그 방을 비웠다. 혼자다. 경운이 술 병 하나를 집어 들고 공중제비로 술을 털어 넣는다.

'눈 꾹 감는 방법이려니.'

하지만 정신은 더 긴장한다. 사람이 아무리 귀천을 따져든다 한들 목숨 앞에선 하나다. 목숨 앞에 사람은 평등하리니 사람으로 태어나서 결코 짐승 짓은 할 것이 못 된다. 아무리 배운 것 없이 빌어먹더라도 그럴 수 없다. 동오를 또 생각한다. 동오가 좋았다, 동오를 사랑하고 있다. 땅바닥에 쓰고 바로 지운 적이 있었다. '형을 안고 싶어.' 언젠가는 부부가 될 것이라고 경운은 믿고 있다. 기생집을 올 때마다 인력거를 태워준다는 동오를 밀어냈다. 대신 만수가 태웠다. 가기 싫었다. 보이기 싫었다, 이런 내 모습. 동오에게 늘 미안했다. 그러면서도 위안할 수 있는 것 하나는 온전히 보존한 여성. 동오에 대한 예의이고 이것은 나를 지키는 일이기도 하다. 이것만은 깨지 않으려 했다. 열려 있는 문으로 신묵이 씩씩거리며 달려든다.

"이년이…."

경운이 신묵의 주먹 한 방에 쓰러진다. 다음은 발길질이다. 문밖에 사람들이 모인다. 가물가물, 눈 꾹 감으면… 했던 언니가 보인다. 그녀는 팔짱을 끼고 있다. 웃는 것도 보인다. '잘 났다 정말.' 어렴풋이 들려온다. 저년도 조선인이요 이놈도 조선인이다. 어쩌다가 이 지경이 되었나. 조선인이란 게 싫다. 신묵의 두 손이 경운의 목을 죄며 몸을 허공으로 치켜세운다. 춘향의 두 발이 바닥 위 허공에서 동동거린다.

"이년이 어디서…."

주먹 하나가 또 경운의 얼굴을 내리친다. 코에서 피가 주룩 흐른다. 문밖에서 어머나 어마나… 건장한 젊은 조방꾸니들도 모여 있다. 그 늙은 조방꾸니가 보이지 않는다. 어찌 되었나. 피를 흘리면서도 기도한다. 꼭 전해졌기를… 또 한 방이 날아든다. 발길질이다.

"네년의 이것이 그렇게 대단해? 어디 보자. 대단한 조선 년의 그 음문을 어디 보자 이년."

경운의 사타구니 안으로 신묵의 발이 불쑥 쳐들어온다. 경운은 두 발을 옴츠린다. 그래, 네 놈에게는 절대 아니다.

"아니. 내 비싼 우리 일본 명주로 짠 옷에 이년의 피가… 이런 쌍"

병을 집어 치켜 올린다. 내리치려는데 누군가 방안으로 뛰어든다. 늙은 조방꾸니다.

'아저씨, 어떻게 됐어요? 잘 전하셨지요?'

마음으로만 묻는다. 굳은 피에 입이 열리지 않는다.

"이놈은 또 뭐야?"

들고 있던 술병이 늙은 조방꾸니의 머리를 내리친다. 병과 머리가 쪼개지는 요란한 소리와 함께 피가 온 방에 튀었다. 아저씨가 쓰러지자 두 발로 짓밟고는 깨진 술병으로 얼굴을 찌른다. 비명도 지르지 못하고 움직임도 없다.

"네년도 곧 이리 될 것이다."

다른 술병을 들려는 그놈의 손을 경운이 있는 힘을 다해 따라가 보려 한다. 과도가 보인다. 불과 두어 시간 전에 수박을 가르던 과도였다. 또 죽을힘을 써 신묵의 몸뚱아리를 밀치고 과도를 잡는다. 밖에선 앗 소리가 나고 동시에 신묵의 비명도 들렸다. 가차 없이 칼을 휘둘러 그를 난자한다. 쓰러진 신묵의 눈은 감겼다. 신묵의 입이 주저리 주저리 더듬는다.

"우리 일본이… 우리 일본이… 곧 내 세상이 되…."

경운이 또 달려들어 그 입 안으로 칼을 쑤셔 넣는다. 순식간에 벌어진 일이었다. 다른 과도가 눈에 띈다. 그것을 든 경운이 제 가슴을 찌른다.

"춘향 아가씨"

죽은 줄 알았던 늙은 조방꾸니가 손을 뻗어 입을 여는데 분명했다.

"춘향 아가씨, 잘 전했…."

무언가를 잡으려 든 공중의 손이 바닥으로 툭 떨어진다. 해내셨구나….

"아저씨, 죄송해요."

하얀 세상이 펼쳐진다. 피로 물들어 마치 중국의 경극가면을 쓴 것 같은 얼굴이 된 경운에게서 웃음이 번진다. '고맙습니다.' 들리지 않는다. 경운이만 들을 수 있는 말이다. 또 한 번 '고맙습니다.' 하는데 하얀 세상에서 동오의 얼굴이 나타난다. 더 잘 보려는 듯 경운의 눈이 깜빡인다. 커진 눈이 그대로 멈춘다. '미안해' 초점을 잃어가는 큰 눈망울에 이슬처럼 맑은 눈물이 붉은 장미 같은 얼굴에서 몽골몽골 피어오른다. 동그란 눈물방울에 떨고 있는 기생들이 아른아른 맺혀 떨듯이 흔들린다.

"경운인 죽은 게 아니다. 우리 앞에 나타나지 않을 뿐… 비루한 삶은 선택할 여지를 주지 않았지만 죽음은 스스로 선택했다. 우리 여덟을 구했으니 경운은 여덟 명으로 다시 태어난 것이다."

만수도 동오도 더 말을 이어가지 못하고 멍하니 하늘만 우러른다. 만수는 생각한다. '그럼, 누구란 말인가. 밀고한 자가 분명 우리 안에 있건만… 동오 외 여섯 명의 얼굴을 하나하나 떠올린다. 다 믿을 수 있던 동료였다. 누구 하나 의심할 수가 없다. 다 믿을 수 있는 그곳에 믿을 수 없는 누군가가 섞였고 숨어있었다. 나라가 이 지경이 되고 말았다.

"우리끼리 더 무엇을 마음 터놓고 얘기하고 도모할 수가 있겠냐. 우리 안의 적은 한 번도 의심해본 적이 없었다. 다들 뿔뿔이 헤어졌다."

우리 일에 미온적인 자가 있었다. 벌벌 떨던 홍수였다.

'죽은 아버지를 보면 꼭 복수는 해야 하는데…' 이러면서 떨었다. 밀고할 용기도 없었을 것이다.

'당장 해치워야 해.' 늘 말로 앞섰고 기회를 보자던 동오에게 가장 불만이 많은 진규가 있다. 그가 그랬을까? 적극적인 성격으로 보아 밀고할 용기도 충분히 가지고 있었을 것이다. 우리 앞에서 솔직했던 친구가 설마? 꼭 제 손으로 해치우고 말겠다고 제 손을 그어 피를 보였던 그였다. 설마? 사람이면서 겉과 속이 다를 순 없는 것 아니냐, 동오와 만수는 동지를 의심하는 일을 접는다.

"경운은 어디로?"

만수가 순임의 자리로 고개를 돌린다. 그 옆에 흙을 뒤집은 지 얼마 되지 않은 듯한, 아직 햇볕을 덜 받아 태워지지 않은 옅고 고운 고동색이 그대로인 순임 만큼의 생토가 드러나 보인다.

"여기라고?"

동오가 달려가 흙이 된 경운의 몸 위로 엎어진다. 탄식을 쏟아낸다. 소리 내어 우는데 땅이 울리고 천지가 요동한다. 울게 놔둔다. 나도 불과 며칠 전에 그랬다. 불과 한 시간 전에도 그랬다. 만수가 가슴을 친다. 이게 나라냐? 나라가 이 모양이어도 백성끼리는 그래서는 안되는 거 아니냐? 나라가 그 꼴이면 백성이라도 하나가 되어야 하는거 아니냐? 나라 잃는 것보다 믿을 사람이 없는 게 더 무섭다. 만수가소리를 지르니 원통해서가 아니다. 우리에게 희망을 빼앗아가는 게무엇인가… 절망하기 때문이다. 이게 나라고 백성이냐고? 그러니 먹히지.

7.

11월 25일 여명의 새벽.

　어느덧 해오름 시간이 되었다. 영환은 밤을 뜬눈으로 또 꼬박 샜다. 지우고 또 지우고, 고종에 올리는 상소문을 밤새 썼는데도 처음과 다르지 않다. 무엇을 써야 할까? 써야 할 것은 많다. 듣는 이의 마음을 바꾸지 못하면 무슨 소용, 무슨 의미, 이런 자조적 체념에 쓴 글을 모두 지운다. 최소한으로 해야 할 일, 또 끄적거리지만 처음과 다를 바가 없다. 함께 상소할 대신을 물색한다. 원임의정대신 조병세가 먼저 떠오른다. 내가 초안을 잡아두고 조 대감과 상의해야겠다, 다시 정신을 가다듬고 붓을 든다.

　"눈치로 일본에 아첨하고 말과 글로 매국한 역적들을 모두 꾸짖어 크게 벌하심이 마땅하온 바, 나라를, 나라의 앞날을 진정한 자세로 이끌어갈 사심 없는 강직하고 충성한 신하를 다시 임용하시어야 합니다. 특히 일제의 앞에서 백성을 선동하는 지금의 외부대신을 처단하고 이 자리에 새 인물을

195

앞혀 17일의 문서는 일본의 압박에 의한 강제된 늑약임을 만방에 밝히고 다시 일본과 나라 대 나라로써 담판하셔야 할 것입니다."

지난 구월 외부대신의 자리를 고사했던 민영환이었다. 이에 고종은 거절한 영환을 시종무관장으로 좌천시켰다. 과거 경력으로야 영환이 더 화려하지만 현직 직위로는 조병세가 높은 자리에 있다. 조병세를 상소의 우두머리로 하여 고종 임금에게 올리는 것이 옳다. 그리고 뜻을 함께 할 관리들을 모아야겠다는 계획도 세운다. 많으면 많을수록 좋다. 하지만 다 써 놓고도 또 영환은 망설인다. 고종을 누구보다도 잘 알고 있어서다. 작년에도 그랬고 그전에도 그랬고 상소를 올리면 거절 같지 않은 거절로 상소를 묵살해 왔다. 그러나 마지막으로 해볼 수 있는 것이라곤 상소 외엔 없다. 마지막, 교동의 어머니를 생각한다. 그리고 전동의 처와 자식들을 떠올린다.

안동 김 씨가 죽고 두 번째 부인으로 맞아들인 밀양 박 씨 사이에서 아들 셋, 딸 둘이 생겼다. 뒤늦게 얻은 자식이라 큰 아들 범식의 나이가 고작 일곱 살이었다. 거듭되는 외국 순방 등으로 아이들을 본 적이 언제였던가? 가물가물하기만 하다. 아버지로도 나는 부적격이다. 열여섯 살이나 어린 아내 밀양 박 씨에겐 또 어떤가? 시집 온 아내를 삼 년간이나 소박했다. 전 부인의 죽음을 이유로 그녀의 곁에 가지 않았다. 그 뒤 내리 다섯 자식을 낳아준 여인에 대해서도 기억나는 일이 거의 없다. 나랏일로 가정을 돌보지 못해서다. 기억을 더듬는다.

•

"고맙소. 서른 후반에서야 비로소 내 자식을 보게 해 줬으니… 내게 자식복은 없을 줄로 알았소."

첫 부인 안동 김 씨가 자식을 낳지 못하자 개성댁을 씨받이로 어머니 서 씨가 들였다. 개성댁과 십 년을 함께 했지만 역시 자식이 없었다. 영환은 자식을 포기해야 했다. 뜻밖에 둘째 부인 밀양 박 씨에게선 줄줄이 연년생으로 자식을 보니 자식 복이 없다던 영환에게 넝쿨째 찾아온 복으로 흐뭇했다. 많진 않았지만 큰아들 범식과 함께 한 잠시의 시간이 아내보다 더 먼저 생각이 든다.

범식이 여섯 살쯤이었다. 범식이 들고 있는 책자를 영환은 바로 알아볼 수 있었다. 찢겨져 흩어진 종이들을 모아 영환이 손수 엮은 얇은 책, 『추강집』이다. 추강은 남효온의 호로, 남효온은 세조의 왕위 찬탈에 반대하고 세상을 떠돌았던 생육신 중 한 사람이다. 세조의 왕위 찬탈에 항거하다 목숨을 잃은 사육신에 대해서 썼다. 사람은 죽임을 당했지만 그 정신은 살아있고 살려내야 한다며 『육신전』을 써서 그 서슬 퍼런 세상에 내놓았다. 그는 당시의 문란하고 피폐한 정치에 대해 상소를 여러 번 올렸다. 당시 양반 사회에서 있을 수 없는 일이었다. 결국 그 일로 사화에 휩쓸려 죽은 뒤에 또 한 번 죽임을 당했던 인물이다. 부관참시를 당했던 것이다. 영환이 따로 모아둔 『추강집』을 다른 어떤 책보다 아꼈다. 하지만 범식이 읽기엔 너무 이르다. 나 자신 추강을 스승으로 삶의 지표로 삼아 시세에 부침하여 흔들리려는 자신을 잡아맬 수 있었다. 휩쓸리기 좋은 세도가의 집안에서 태어났기에 영환은 삶의 중심을 추강의 삶으로 기준 삼아보려 했다. 그러나 아들까지 영환이나 효온의 삶이 되게 할 수는 없었다. 누구나 갖는 아비의 바람일진대, 풍파에 휘둘리지 않고 행복하게 순응하며 살아주길 바랐다. 범식을 불렀다.

"그 책은 어디서 났느냐?"

범식이 너덜너덜한 『추강집』을 몸 뒤로 숨긴다.

"괜찮다. 편하게 말해 보거라."

자식과 함께 한 시간이 적으니 자식들이 아버지에 살가울 리 없다. 아들이 아버지를 겁내다니, 내가 크게 잘못하고 있구나, 영환은 범식의 주춤한 행동에 자신을 나무란다.

"아버님, 제가 죄를 지었습니다. 아버님 서재에 몰래 들어가…."

죄라며 울먹이는 여섯 살 어린 아이가 내 아들이다. 기특하단 생각도 든다.

"서재에는 왜 갔느냐?"

물으면서 범식을 제 무릎 위에 앉혔다. 얼마만인가. 해보긴 했었나? 슬하의 자식이라 했거늘, 이에도 미치지 못한 아버지였다. 아버지 무릎 위에 앉으니 어린애다워진다.

"아버지가 보고 싶었어요."

아, 어린 네가 죄를 짓고 있는 게 아니라 아비인 내가 죄를 범하고 있구나. 그 나랏일이 뭐라고 천륜을 뒤로 한 채 구할 수도 없는 나라를 구해보겠다고… 이제 아들로부터 핀잔을 들어야 하는구나. 가슴이 미어졌다. 가슴이 무너졌다. 아버지, 나를 보고 싶어서? 어린 자식이 아버지에게 한 말이다. 마당에 놀고 있는 용식이나 다른 동생들을 내려다본다. 저 아이들 역시.

"아버지가 그 서재에 있었다더냐?"

범식이 자신 없게 고개를 젓는다. 그리고 아버지 가슴에 얼굴을 묻는다. 아내가 옆에서 듣고 있었다.

"들어가서는 한참 동안 나오지 않고 그 안에 있더라고요. 들여다보니 아버지의 자리에 앉아서는…."

"아버님 죄송합니다."

범식이 또 울먹인다. 아내가, 그 모습을 보니 마음이 찢어졌다며 차라리 평범한 백성으로 태어났다면, 하면서 아들처럼 훌쩍거린다.

"아이 앞에서 그만 하시구려."

범식이 어머니 말을 듣고 아버지 무릎에서 내려와 바닥에 무릎을 꿇고 잘못했다고, 용서해달라고 빈다.

'네가 무슨 죄가 있어 잘못했다고 용서를 비는 게냐?'

범식을 다시 무릎에 앉힌다. 꼭 안는다. 아이가 운다.

"아버님."

얼마 만에 들어보는… 아버지라고 불러보고 싶어도 그 아버지는 바빠서 보이질 않았다. 듣기 좋아야 할 아버님이 왜 이리 쓸쓸하게 들리는지, 영환은 부질없이 바쁘기만 했을 뿐 아비노릇도 성실하지 못했다는 자각에 가슴이 울컥한다.

"듣기 좋구나. 다시 불러 보거라."

마당에 셋 아이들이 달려든다.

"아버님."

"아버님."

"아버님."

아내는 또 아이를 뱃속에 갖고 있었다. 넷을 두 팔로 안으니 이보다 행복한 일이 없었다. 네 아이를 무릎에 다 앉히고 나니 세상을 다차지한 기분이 든다. 다 그만 두고 이 아이들과… 이내 고개를 저어야하는 영환이 자신을 들여다본다. 백성도 못되는 팔자로구나.

"아이들과 저녁을 함께 먹고 싶구려. 큰 상에 함께 차려 주시겠소? 부인도 같이."

잔칫날 같았다. 이만한 잔칫날이 더 있겠는가. 아이들에게는 물론 영환 부부에게도 잔칫날이다. 이런 잔치를 자주 가져야겠다, 했지만 그 잔치도 그날로 처음이자 마지막이 되었다. 저녁을 다 끝내고 과일까지 아이들과 함께 먹는다. 아이들은 참외를 핥으면서도 연신 아버지를 쳐다본다. 딸 용식은 한 번 핥을 때마다 '아버님' '아버님' 옅은 소리로 중얼거린다. 아내가 몸을 돌려 옷소매에 눈물을 찍는다. 내일이면 또 궁에 들어가… 궁이 감옥이 된 지 영환은 오래 됐다. 거기에 갇혀 빠져 나오지 못했다. 자기 의지와는 상관이 없다. 자기 의지가 개입될 여지도 주지 않는다. 열 살 때였다. 왕후 민비가 불러 궁에 들었다.

"영환이 이제 곧 여기가 집이다."

그렇게 되고 말았다. 그런데 그 집이 영환에겐 감옥살이나 다름없었다.

범식에게 물었다.

"그 책을 누가 썼는지는 알 수 없었을 텐데… 생각나는 문구가 있겠느냐?"

범식이 아버지 앞에 달려와 자랑스럽게 고개를 끄덕인다.

"기억하고 있는 문장이 있는가 보구나. 어린 내 아들이 참으로 기특도 하다."

또 끄덕이는 범식이 외운 구절을 읊는다. 목을 바짝 세우는데, 아버지 앞에서 무어로라도 재롱을 떨고 싶은 여느 꼬마였다.

지난해 이 남산에 올라
봄꽃을 동무와 함께 구경했네.
동무는 떠나고 나 홀로 돌아오니
내 이마에 정성스런 마음으로 땀이 돋아나네.

'거년차산두(去年此山頭)'… 국문으로 먼저, 이어 한문으로도 또박또박 읊조린다.

"범식이 올해로 몇 살이더냐?"

사실 큰 아들의 나이도 셈해보지 않으면 바로 알지 못하는 아버지였다. 아무리 나랏일에 정신이 없기로 제 아들의 나이도 모르다니….

"여섯이나 되었습니다, 아버님."

"여섯이나?"

영환이 오랜만에 웃어본다. 웃어본 일도 얼마만인가.

"그래, 꽤 먹었구나. 나이 먹은 만큼 학습에도 열중하고 있으니 아버지의 마음이 흐뭇하다."

다시 오라하여 가슴으로 안는다. 자식을 가슴에 품는다. 아들을 안은 게 아니라 아들의 작은 가슴에 내가 안겨있던 생각을 한다. 위로받고 싶은 마음, 누구 하나 위로하고 격려해주는 이가 없다. 아들의 가슴을 바로 풀지 못하고 그대로 그 작은 새끼가슴에 안겨본다. 그 다음 문장으로 아들에게 화답한다. 하지만 밖으로 내놓을 순 없었다. 속에 삭힌다. 아들의 품에 안겨서 읊는다.

여일사삼간

…

이울어가는 해는 세 횟대를 쏘며

봄날의 붉은 꽃을 더 붉게 비추네.

술단지 열어 한숨에 들이키는데

뻐꾸기가 바위에 앉아 슬피 울고 있다.

뜻을 함께 했던 많은 벗들이 하나하나 사라지고 또 언제 죽임을 당하게 될지 모르는 불안감에 추강이 그 심사를 쓴 시이다. 답답한 현실에 마음을 둘 곳이 없어 방황하던 한 지식인의 고뇌를 어린 아들 범식은 시에서 남산이며 봄꽃 구경하던 친구를 떠올렸을 것이고 헤어져서도 친구와 나눈 정에 땀까지 솟는다고 알고 있을 터였다. 그 다음은? 아들에게 묻지 못하는 아비의 마음이 추강의 쓸쓸함과 다르지 않다. 밀양 박 씨, 아내에게 묻는다.

"국문은 언제 누구에게서 깨치게 했소?"

"제가 조금 거들긴 했지만 범식이 혼자 스스로 깨쳤습니다. 국문은 참으로 쉬워서 한자와 다르니 일반 뭇 백성들이 모두 쓸 수 있으며 한문의 활용 이상으로 그 쓰임의 폭이 넓습니다."

아내가 덧붙여 말하길,

"국문을 백성이 다 깨우칠 수 있다면 그것이 나라의 힘이 될 것이고 그러려면 국문으로 된 책들이 많아야 할 것입니다. 결국 그 힘으로 나라를 지키게 되지 않을까 일개 아낙으로서 조심스럽게 생각해봅니다."

아마도 영환의 국문 실력은 여섯 살 범식보다 못하리라, 영환이 자신을 짐작한다. 국문을 익힘으로써 자신의 신분과 품위를 낮출 수 없었고 다른 양반들이 그렇듯이 국문은 버리고 중국 언어인 한문에만 천착했다. 그것으로 유식을 판가름했으니 나라에 나랏말이 있어도 임금이며 관리들이 이를 무시하고 경시하니 글자로도 중국의 속국이었다. 영환도 같았다. 양반은 한문을 사용하고 백성은 국문으로 소통하

203

는 것으로 계급을 나눴다. 십 년 전 국문을 나랏말로 정했으면서도 중국에 대한 사대를 바꾸지 않았다. 언어는 양반과 백성을 엄격히 분리하고 구별하는 계급차별의 수단이며 조선 오백 년 동안 일관된 정책 아닌 정책으로 조선이란 나라가 백성을 지배해온 근본이념에 뿌리한다. 나라가 나라가 아닐 수밖에 없는 것은 이 언어에 있었다. 세종이 반포하며 밝힌 바대로 언어로서 하나 되는 민족은 일부 극소수 양반과 왕들에 의해 오백 년 동안 무시되고 묵살되었다. 극소수 양반만이 아니다. 관리가 되려면 필히 한문을 모르고서는 절대 불가능했다. 등용의 길은 오로지 외국 문자인 한문에 그리고 그 중국의 경전과 역사에만 의존했으니 지식인입네 하는 자들을 한문을 우러르며 한문으로 지식을 뽐내고 그것을 시험하는 재미를 최고의 멋쯤으로 알고 있었으니 더욱더 버젓한 나라말이 있음에도 그 국문은 천대 받고 멸시되어 왔다. 가진 것은 없어도 유식연은 해야 하는데 그것이 한문이었다.

백성도 한문 쓰는 자를 우러러봤고 그것으로 타고난 계급을 인정하지 않으면 안 되었다. 사대는 언어에서 시작되었다고 해도 과언은 아니다. 사대는 종속, 속국에서 벗어나지 못하게 묶었다. 스스로! 민영환도 이런 문제에 별 관심이 없었다. 한문을 쓰는 것만으로도 기득권이니 기득권을 포기하며 국문을 쓸 필요도 구실도 없었다. 말은 조선말을 하면서도 글은 중국 것을 썼다. 이 얼마나 모순이란 말인가. 글이 없다면 모른다. 엄연히 임금과 학자들이 쓰기 쉽게 익히기 편한 글을 만들어놓은 고유의 나랏글이 있다. 세종의 언어로서의 평등사상은 양반에게, 기득권으로 주구장창 대물림해야하는 자들에겐 어지간히 귀찮은 사상이었다. 감히 너희가 어딜… 그 기준이 기껏 한문이었다. 글이란 어려워야 하고 그렇기에 백성들이 배울 엄두도 내지 못하게 해야 했다. 그리고 이천 년 전의 중국 경전들이었다. 하대가 깔려 있는데 그것의 시발은 바로 한문 사용이요 국문 멸시였다. 백성들도 다르지 않았다. 재력이든 뭐든 힘 좀 쓸 만해지면 말 속에 꼭 한문을 넣어야 했고 그래야 대접을 받는다고 믿고 또 믿어줬다. 그런 사회였다.

영환이 결국 아들 범식에게도 전수한다. 아무 생각도 없고 의도나 뜻도 없다. 그래야 하는 것, 관례이자 의례였다. 오백 년 내내.

"한문 공부에 소홀하지 말아라."

아내의 국문 찬양은 귀에 들어오지도 않았다.

마지막? 오늘 어머님을 뵙고 와야겠다. 돌아오는 길에 아이들도 보고 와야겠다. 영환은 새벽 여명의 빛이 창호 문을 비추자 등을 바닥에 누인다. 조병세 대감도 만나야 한다. 상소문을 올리고… 동오에게 부탁한 작은 칼을 생각한다. 하냥다짐이건만 한양하듯한 기분이 드는 것은 왜일까. 다함의 때가 도래한 것이다. 쓸모의 끝자락에 와 있는 것이다. 내가. 이런 자신에게 놀라는 영환의 얼굴은 여느 때보다도 편해 보인다.

8.

11월 25일 묘시, 아침 6시 15분 전.

"나는 시골로 내려가겠다. 부모님도 안 계신 고향은 마음이 내키질 않는다. 잠깐 몸을 피할 곳을 찾아 머물다가 또 우리가 해야 할 일을 할 것이다. 이번에 못한… 그때 보자. 나라가 당분간 달라질 것 같진 않다. 여기저기서 을사오적을 처단해야 한다는 상소문을 고종 임금에게 올려도 전혀 반응이 없단다. 오히려 상소한 자를 옥에 가둔다니 나라가 못나도 너무 못났다. 하지만 꼭 백성의 나라가 온다. 우리가 포기하지 않는 한 말이다. 그렇지 못하면 우리나라는 영원히 일본의 지배에서 벗어날 수가 없다. 이 나라의 왕이나 대신들은 결코 믿을 수가 없는 자들이다. 백성의 힘을 키워야 한다. 너와 나다. 바로 우리다. 시골에서 기회를 볼 것이다. 백성의 나라가 되는 그날을 위해. 네가 준 그 돈으로 꼭 내 손으로 인력거든 탈 것을 만들어볼 것이다. 민대감을 만나거든 고맙다고 전해줘라."

만수가 수레를 끌고 삼남으로 향한다. 동오는 왕십리까지 동행한다.

•

"몸 보존을 잘 해라. 몸이 성해야 무슨 일을 하든 할 것 아니냐."

"우리라고 못할 게 뭐 있냐? 이번엔 실패했지만 우리에겐 힘이 있다는 것을 알게 됐다. 경운이나 그 늙은 조방꾸나나…."

헤어져야 할 시간이 왔다. 만수는 중랑천 쪽으로, 동오는 청계천 쪽으로 서로의 갈 길을 나눈다. 장정의 두 남자가 포옹한다.

"한 번 사는 거다. 죽음은 누군가에게 꼭 기억된다."

동오가 만수의 가슴을 더 죈다. 부모님이 돌아가셨을 때도 흐르지 않던 눈물이 두 장정의 눈에서 솟구친다.

"나라를 구하는 일은 나의 삶을 구하는 길이기도 하다. 나라를 구해본다며 애쓴 몇 개월이 나에게 잃어버린 나를 찾게 했다. 내가 있게 하는 것, 내 삶을 찾아낼 것이다."

만수는 중랑천 살곶이 다리에서 한참을 머물렀다. 그곳에서 순임의 시신을 보았다. 감정에 젖지 말자, 떨어지지 않는 발을 옮겨 한밭을 지나 온 고을 땅을 밟았다. 그리고 더 달렸다. 남원에 도착했다. 광한루다. 춘향이… 경운이가 그립다. 제 죽음을 앞세우고 우리를 구해줬다.

'그래. 죽음은 누군가의 기억에 남는 거다.'

어떻게 남느냐… 춘향이 탔다는 그네도 없다. 광한루 정자도 무너져 내려 쓰레기더미의 폐허다. 썩은 물이 채워진 연못의 오작교 밑으로 큰 잉어 몇 마리가 물속에서 먹이를 못 찾고 물 밖으로 뻐끔거린다. 힘겹게 물 밖 공기를 들이마신다. 지금 이 나라의 모습을 본다. 끝고 온 수레에 누워 하늘을 올려다본다. 만약 남원 방아치 전투에서 승리했더라면? 동학이 하늘 위 구름처럼 안타까움으로 흐른다. 역사를 만약으로만 읽어서는 안 된다. 역사를 후세에 만약으로 기억하게 해서도 안 된다.

동오는 영환이 부탁한 단도를 구하러 수구문 밖으로 갔다. '못된 바람은 수구문으로 분다.'는 말을 하곤 했다. 동오도 들었다. 수구문으로 도성 안의 시신들이 나갔기에 이런 말이 돌았다. 하지만 이것들은 한량한 양반들의 시각이다. 백성의 입장에선 아주 잘못 됐다며 동오는 그 말을 지운다. 동오도 달라졌다. 동학을 알고 난 뒤부터는 흔히 하는 말들을 곧이곧대로 듣지 않았다. 부정을 하려는 게 아니다. '무조건' 이것에서 탈피하게 해줬다. 생각하게 됐다는 말이다. 그중 하나가 '모난 돌이 정 맞는다.'였다. 이것을 잘 새겨보면, 있는 그대로, 태어난 그대로 살지 감히 태생을 뛰어넘지도 뛰어넘으려 하지도 말라고 양반들이 퍼트린 말일 것이다. 속담으로 둔갑해 지혜의 말인 양 싶지만 양반의 통치방법이었으리라. 누리는 일, 부리는 일은 자기들만 대대손손 하겠다는 것이다. 너희는 감히 언감생신….

동학은 동오에게 생각하게 하는 힘을 줬다. 자기의 머리에서 하는 생각도 하지 못하게 한 세상이 조선이었다. 생각을 하면 보이는데 보이게 해서는 안 되는 것이었다. 생각을 죽여야 한다. 그러자니 보지 말라 해야 하는데 그럴 순 없으니 속담을 만들어 풀었다. 그래야 자기들만이 산다. 왕 씨를 이 씨로 바꾼 역성의 대란은 또 일어날 수 있다.

그러니 막아야 하는데 그 방법이 국민을 생각으로부터 묶는 것이었다. 생각하지 말라, 모난 돌이 정 맞는다.

수구문 밖에는 대장간이 많았다. 인력거의 부품을 손수 만들어보겠다 해서 자주 들린 곳이다.

"오랜만이다, 동오. 어디 갔었어? 한 동안 안 보이던데. 인력거는 어쨌고 혼자. 만수는?"

대장장이는 동오가 늘 인력거를 끌고 왔기에 묻는다. 동오가 대답이 없자,

"들었다, 나도. 인력거꾼들을 다 잡아들인다며, 일본군들이? 무슨 일이냐?"

동오가 또 대답을 않고 놓인 쇠붙이들을 뒤적이고 있으니,

"오늘은 다른 것을 찾는가 보네. 참, 지난 번 내게 부탁한 베아링의 강도를 높일 방법을 찾아냈다."

그제야 동오가 활짝 웃으며 반갑게 대답한다.

"그래요?"

대장장이가 신이 났다.

"담금질을 수백 번 바꿔 보며 해보지 않았겠냐. 똑같은 쇠도 담금질에 따라 그 강도가 달라지는데…."

"보여주세요."

이제 쓸 모 없는 물건이 되었지만 반갑다. 소쿠리에 베아링이 한 가득이다. 좋아해야 할 동오의 얼굴이 굳는다. 저것들을 쓸 사람이 지

금 당장은 없다. 한성의 인력거꾼 중에서도 유일하게 아홉 장충거꾼들만이 수구문 밖 대장간을 찾았더랬다. 근데 장충거꾼들은 다 뿔뿔이 흩어져야 했다. 어쩌지? 대장장이를 쳐다본다.

"표정이 왜 그러냐? 안 기쁜가 보네. 니가 얼마나 나를 윽박지르며 재촉했었냐? 그런데 뭘? 내가 잘못 알고 있는 거냐? 크기라도 다르냐? 왜 그래? 며칠 밤을 새워가며 해냈는데 실망이다, 니 표정을 보니. 맘에 안 들어도 좋다고는 한 번 해다고 참. 사람이 참….."

"아닙니다, 형님. 제가 다 살게요. 정말 고맙습니다."

주머니에는 단도를 사라고 준 영환의 돈이 있다. 적은 돈이 아니다.

"잘 드는 칼 있지요?"

"칼은 왜? 어떤 용도로 쓸 건데. 과일을 자를 건지 나무토막을 밸 건지, 아님 고기를 썰 건지. 같은 것 같아도 다 다르다."

대장장이가 단도를 몇 개 꺼내놓는다. 용도? 나도 모른다. 대감이 왜 이런 게 필요할까. 동오가 묻고 싶다. 이토를 떠올린다.

"가장 예리한 것으로 하나 추천해주시지요."

대장장이가 골라준다. 동오는 왠지 하나 더 구입하고 싶은 생각이 들었다. 고개를 이내 젓는다. 살 돈이 없다. 동오가 영환의 돈을 내민다.

"이거면?"

"필요 없다. 이건. 칼은 여기 쌔고쌨다. 그건 너에게 선물이다. 내 전문 아니냐. 칼은."

끝내 쥐어준다.

"야 이거 꽤나 많은 돈이다. 며칠 안 보이더니 돈 좀 손에 쥔 것 같다. 그냐?"

대장장이가 다 돌려주려고 돈 쥔 손을 내민다.

"저 베아링 값을 다 쳐도 남는다."

동오가 다행이다 싶다.

"베아링은 여기에 놔두시고 그 남은 돈이 있다면 그 돈도 베아링을 만드는 데에 써주세요. 우리가 오면 그때 형님의 베아링을 그 돈만큼만 돌려주시면 됩니다. 셈 끝났지요? 또 다른 인력거꾼들도 사러 오지 않겠어요?"

민영환에게 감사하다. 단도를 받아 뛰었다. 늦지 말자. 회나무골로 쏜살 같이 달렸다. 꽤 먼 거리였다. 동생 순임이 살던 동묘 옆을 지나려니, 발길을 잡는다. 땅이 사람을 잡는다. 대문도 정자도 하나 없이 무너져 내린 큰집일 뿐인 동묘로 들어간다. 덩그러니 돌 비석만 있다. 한문으로 새겨 있어 알 길이 없다. 관우도 농민의 아들이었다는 것만 들어 안다. 비록 죽은 뒤지만 왕이 된 관우를 모신 동묘다. 농민에서 왕이 된 자. 동생을 잃은 슬픔을 접고 다시 동묘를 빠져나와 또 달린다. 육의전에는 아직도 닫힌 상점들이 있다. 백성 스스로 일어난 저항을 본다. 누가 시켜서가 아니다. 스스로!

'이런 백성들이 있는 한 우리나라는 망할 수 없어.'

또 달리는 데 발에 힘이 붙는다.

11월 25일 진시, 오전 9시쯤. 회나무골.

영환이 벌써 궁궐 차림을 하고 마당에 나와 있다.

"늦었구나."

동오가 몸을 바닥에 바짝 엎드리며 죄송하다 하는데 이마에서 김이 모락모락 피어오른다.

"내가 빨랐던 것이다. 네가 십 여일 얼마나 힘들었겠느냐."

동오는 제 귀를 의심한다. 대감의 입에서 나올 말이 아니다. 더 송구하다. 어쩔 줄 몰라 하자 영환이 묻는다.

"인력거는 어디 두고 혼자 몸이냐?"

영환은 소문을 들어 알고 있었다. 인력거꾼 소탕작전, 이토를 암살하려 했다면 바로 너희였을진대, 짐작하고 있었던 터였다.

"다들 무사하더냐?"

동오가 무슨 뜻인지 모르고 어리둥절해 한다.

"청식을 불러오너라. 가마로 가야겠다."

청식을 데려왔다. 그 사이에 마음을 바꿨는지 영환이 청식을 돌려보낸다.

"내 걸어서 가보겠다. 자네는 나와 같이 가도록 하자."

마음 같아서는 혼자 나서고 싶었지만 엄두가 나질 않는다. 한성 거리를 걷는 게 겁이 났다. 혼자, 혼자? 되뇌어본다. 언제나 남을 의식해왔던 자신의 삶이었다. 동오를 동행하게 한다. 마당이나 궁궐 외에

걷는 일은 처음이었다. 걷다가 한성 시민에게 죽는 것이 더 낫다는 생각까지 미친다. 아버지도 성난 군인들에게 그런 죽음을 했다. 양아버지도 처세가 다른 친일 양반의 무리에게 그런 죽임을 당했다. 이제는 내 차례. 민 씨로 태어나 영화를 다 누렸지만 한편 그 영화는 올가미로 치욕이 되었다. 두 아버지는 억울하고도 처참한 죽음을 맞아야 했지만 죽고 나서도 산사람에게 기려지는 죽음도 되지 못했다. 묻혔다. 불명예스런 죽음이었다. 내 차례지만 그렇게 죽을 수는 없다. 죽음으로라도 마지막은 달라야 했다.

회나무골을 나선다. 거리에 사람이 없다. 일본 군인들과 일본 옷을 입은 자들만 보인다. 나라가 벌써 일본 땅이 되었단 말인가. 일본군이 무서워 제 땅에서 제 발로 돌아다닐 수가 없는 한성 시민들이 눈 밖에서 보인다. 어머니 서 씨가 사는 교동까지 무사했다. 나를 지켜주는 것이 일본군? 이런 생각이 들다니… 짧게 인사 아뢰고 나오는데 서 씨가 이른다.

"아버지도 그 나이에 당하셨다. 가마도 타지 않고 어딜 거리로 나서려고 하느냐?"

당했다? 영환은 이 말을 곱씹는다. 당했다? 발길을 서둘러 전동으로 향한다. 큰아들 범식이 뛰어나온다. 뒤따라 "아버님!" "아버님!" 하며 올망졸망한 아이들이 몰려나온다. 아이들의 얼굴이 반갑게 웃지만 겁에 질려 있다. 나라가 없어진다는 사실을 어린 아이들도 알고 있는 듯하다. 무사히 돌아온 아버지가 반갑지만 아이들은 어머니가 노심초

사하는 것을 보았다.

'대감은 괜찮으신 건지. 소식을 전혀 알 수 없으니.'

아이들도 느꼈다. 어머니의 근심어린 표정으로 알아챘다. 나라가 망했다는 것을. 그런 중에 나타난 아버지니 참으로 반가울 일이다, 범식이 입을 여는데 반가움 속에 두려움이 가득하다.

"아버님, 별 일 없으셨지요?"

범식의 손에 책이 들려있지만 자식을 무릎에 앉혀 놓으면 먹은 마음을 흔들리게 할 것이다, 되돌리게 할 것이다. 자신을 이겨도 자식은 이길 수 없다. 아이들 뒤로 따라온 밀양 박 씨의 얼굴이 전보다 많이 수척하다.

"시간이 내겐 없소. 조 대감을 만나러 가는 길에 잠깐 들렸소. 아이들을 잘 돌봐주시오."

아이들을 잘 돌봐달란 말은 그 전에도 여러 번 들었다. 그런데 지금은 다르게 들린다. 아주 멀리 떠나려는 사람의 의지가 느껴진다. 아내가 갓난 아이, 막내를 안고 있다.

"막내라도…."

'저 어린 것들이 아비 없이 어떻게 클 것인가?'

다행히 남겨둔 재산은 많다. 막내의 얼굴을 차마 볼 수가 없다. 보게 되면 또…

"지금 바쁘니 후에 여가를 내서 아이들에게 시간을 내리다."

지키지 못할 약속임을 영환은 안다. 박 씨는 이 말로 마음을 가라

앉힐 수 있었다. '여가 내서' 곧 돌아오리라….

"어머님 말씀에 순종하고 잘 따라야 한다."

아이들에겐 또 보자, 란 말을 차마 입 밖으로 꺼내 놓을 수가 없다. 돌아서는 영환의 가슴이 찢긴다. 돌아 다시 보고 싶기도 하다. 다시는 볼 수 없는 얼굴들… 울기라도 할 수만 있다면 좋으련만, 울 수도 없다. 더욱 결연해야 한다. 매정해 보이더라도. 집안에선 효자였고 나라엔 충신이었다. 그런 내가 왜 이렇게 처절하게 무너져야 하는가. 몸은 살아있을 뿐 죽은 거와 진배없다. 할 수 있는 일이 없는데, 하고자 하는 일이 없거늘 살아있다고 할 수 없다. 백성 하나가 달려드는데도 보지 못했다. 걷지만 보고 걷는 게 아니었다. 가슴이 암울하니 눈도 멀어 있었다.

"민영환이다."

달려드는 오십 대 장년의 남자 앞으로 동오가 가로 막고 선다.

"임금님께 상소문을 올리러 가시는 길입니다."

영환은 비로소 때가 왔다 직감하고 눈을 감고 자신을 다 내려놓는다. 운명에 맡긴다.

"상소문? 그 따위로 모면하려고? 너희들이 즐겨 써먹던 수법이 아니더냐."사람들이 하나둘 모여든다. 일본인도 일본군도 섞여있다. 일본 순사 하나가 생각한다.

'상소문? 상소문이 임금에게 올라가기 전에 자기네들끼리 싸우게 해서 죽이게 하는 게 좋겠다. 너희들끼린 잘도 싸워대는 민족이 아니

냐. 우린 손 하나 안 대고도 코를 푼다. 어리석은 백성 같으니라고. 싸워라 죽여라 너희들끼리 끼리끼리.'

조선의 치안을 맡겠다고 들어온 일본 순사가 웃는다.

'너희들이 서로 잘 났다고 싸우다가 남의 나라에 여러 번 빼앗긴 나라, 조선. 우리는 구경이나 하면서 네 나라를 홀렁 송두리째 집어 먹을 테다. 한심한 것들.'

일본군이나 헌병들은 구경꾼이 되어 이 장면을 즐긴다.

"그래도 민영환이라면…."

군중 속에서 이런 말도 나온다.

"저자도 더러운 민 씨의 피가 흐르는데 무엇을 믿고 기대한다는 거냐. 이 나라가 저자의 손에 더 절단나기 전에 우리가 처단하자."

"옳소. 옳소."

영환이 죽어야 하는 쪽으로 대세는 기운다.

"여러 대신들이 을사오적 놈들을 처단해야 한다고 상소를 올렸다더라. 그런데 처단했다는 말은 들리지 않는다. 임금도 이젠 믿을 수가 없다. 을사오적이나 다름없다. 우리가 우리 손으로 그들을 처단하자. 죽이자! 이자부터다!"

상기된 군중 사이에서 웃음을 띤 얼굴들이 보인다. 동오가 본다. 일본군들이다. 아무리 민 씨가 잘못했고 이 나라 대신들이 잘못했고 임금이 잘못했더라도 저놈들 앞에선, 저 일본 놈 앞에선 이러면 안 된다. 이래선 안 되는 것이다. 우리끼리 생각은 다를 수 있지만 일본이 우리나라를 빼앗아가는 마당에 우리가 나뉘어 둘이 될 순 없다. 우리, 우리끼리 싸워서는 안 된다. 전봉준이 그랬다. 일본을 일단 우리 땅에서 내쫓고 나라를 바로 세워야 한다고 했다. 백성의 고혈을 쥐어짜서 제 뱃속을 채우던 조병갑 같은 부패한 악질 탐관오리들을 척결하자고 일어났지만 그 틈을 타고 일본군이 이 땅을 유린하고 우리의 조정을 농락하고 백성을 칼로 휘둘러 살상하는 것을 용납할 수 없었다. 전봉준과 농민들은 일본을 향해 함성을 질러야 했다.

"물러가라. 네 나라로 가라."

농민은 이렇게 나라 구하는 일을 우선 했다. 우리끼리 싸워서는 안 된다고 했다.

영환이 한 젊은이의 손에 목덜미를 잡혔다. 영환은 두 눈을 감고 있다. 동오가 다시 나섰다. 주머니에서 칼을 꺼냈다. 영환에게 돌려줘야 할 단도다.

"이러면 안 됩니다. 내 말을 잠깐 들어보시겠습니까?"

너는 뭐야, 하고 그자가 영환을 끌고 오며 달려들자, 동오가 단도로 그를 위협했다. 동오가 소리친다.

"저기 저자들이 보입니까?"

일본군들을 동오가 들고 있던 칼이 가리킨다.

"웃는 것이 보입니까?"일본군의 손이 동시에 옆에 차고 있던 긴 칼을 잡는다.

"우리 백성들이 저자들의 비웃음거리가 되어서야 되겠습니까? 조금만 기다립시다. 상소하고 또 상소하실 것입니다. 이분을 믿고 맡겨 보십시다."

백성들의 눈이 동오가 가리키는 일본군들로 향한다. 더 화가 난다. 웃고 있는 그들에게 분노한다. 저놈들부터 죽여야 한다. 하지만 또 동학 때처럼 초죽음, 떼죽음을 당하고 말 것이다. 다행히 동오의 손가락은 영환을 죽이려 들던 군중의 분노를 가라앉혔다. 물러나고 싶어서가 아니라 일본군들은 세 명으로는 역부족임을 잘 알고 있다. 뒷걸음치며 도망가기 시작한다. 뒤따라 일본 옷을 입은 자들이 일본군의 뒤꽁무니를 따라붙는다. 그들 사이에는 분명 조선인의 얼굴을 한 자들도 여럿 있었고 옷만 일본이었다. 동오가 놓치지 않는다. 그중 얼굴을 알고 있는 한 명의 등을 잡아챈다. 그가 입고 있는 일본 옷을 잡아 도망치려는 그를 돌려놓는다. 돌려보니 여자다.

"이자가 일본인인 것 같습니까? 조선인입니다. 옷만 일본인입니다. 송병준 같은 놈입니다. 송병준처럼 일본 놈에게 빌붙어먹으며 제 민족을 욕하고 욕되게 하는 이런 놈들이 일본 놈보다 더 나쁜 놈들입니다. 나라를 팔아먹는 이런 놈들이 있어 나라를 일본에 빼앗기는 겁니다."

등을 잡힌 일본 옷 조선 여자가 제발 살려달라며 두 손을 싹싹 빈다.

"놈이 아니라 년이네."

군중 속에서 튀어나왔다.

"할 말이 있느냐?"

그녀가 살아날 궁리로 입을 여는데 더 가관이다.

"이 나라는 우리 일본 때문에 러시아에 먹히지 않았다. 우리 일본이 조선을 구해준 것이다."

군중이 웅성거린다.

'우리 일본이라니?'

'우리 일본이라니? 저년은 조선인이잖아. 근데?'

'저년부터 족쳐야 한다. 우리 일본이라니? 죽이자, 저년부터!'

이때 또 동오가 나선다. 전봉준이 그랬다.

'어떤 경우에라도 남의 재산을 탐내서도 안 되고 더욱이 남의 목숨을 함부로 앗아서는 안 된다.'

"살려줍시다. 이자를 죽이면 일본 놈이나 이런 일본 앞잡이나 우리도 같은 사람이 됩니다. 가라, 꺼져라. 그렇게는 살지 말거라."

영환이 두 눈을 감고 다 듣는다. 감은 두 눈 안에 선명하게 더 잘 보인다. 부끄럽다. 한없이 자신이 못났다. 저런 백성들을 내가….

11월 26일 미시, 오후 1시 30분.

조병세는 민영환의 상소문을 읽고 이완용 등 을사오적들의 이름을 분명하게 밝혀야 하니 그들을 상소문에 넣자고 했다. 벌써 조병세는 한 차례 상소를 올렸다고도 했다.

"중진 여러 명이 함께 상소문을 올리는 것이 좋겠소. 개별적으로 하는 것보다야 역량이 있지 않겠소?"

병세의 제안에 영환이 끄덕인다.

"그래서 조 대감을 뵈러 왔소이다."

다만 명에 따르는 것이 의리라 여겨 물러난다면 구하고자 하는 자와 함께 나라는 동시에 모두 망하고 말 것입니다. 이 어찌 가슴 아픈 일이 아니라 하겠습니까? 다시 또 폐하께 청하는 바는, 폐하께서 못할 일을 억지로 하자는 것이 아니옵고 우리의 법을 우리의 조정에서 엄격히 시행함으로써 우리 법에 따라 엄정히 하여 국정을 농락한 자들을 마땅히 엄벌에 처해 죽이는 것이요 국정을 올바로 이끌고자 하는 신하를 그 자리에 앉혀 폐하께서 재가하지 않으신 체결은 상호협상의 조약이 아니라 일방적 강요강제에 의한 것이니 늑약으로 더는 그런 늑약을 체결하는 일이 우리 땅에 없어야 할 것입니다. 이것이 조정이 할 일이며 이래야 나라일 수 있고 백성이 조정을 믿고 제 생활에 전념할 수 있을 것입니다.

이제라도 마뜩이 집행해야 함에도 폐하께서 허락하지 않거나 제대로 집행할 자를 제 자리에 앉히지 않으시니 나라가 비록 있으나 이름뿐인 껍데기 나라이고 이는 망한 것과 같습니다. 지금이라도 법의 원칙에 준해 법을 집행할 바른 자를 세우시어 제 직분에 충실하지 않고 사견의 정치적 편향으로 이를 제대로 하지 못한 자 역시 엄벌에 처해 자리에서 물러나게 하고 백성의 이름으로 그들도 처단해야 마땅합니다. 하오니 나라가 더 망하기 전에 우리 법을 하루 빨리 온전하게 시행하여 우선 을사오적 그 다섯 명, 학부대신 이완용, 내부대신 이지용, 외부대신 박제순, 군부대신 이근택, 농상공부대신 권중현을 잡아들이고 이들을 비호하며 이들을 잡아들이지 못하는 법 집행자들 역시 마땅히 엄하게 처단하심이 우리 법을 존중하시는 것이고 그래야 나라가 바로 설 수 있는 것입니다. 이로써 뒷세상에 할 말이라도 들을 수 있게 하는 것이옵니다. 폐하께서 더 미루실 일이 아니옵니다.

하지만 고종은 만나주지도 않고 사람을 시켜 상소문을 올리는 충신들을 물러가게 했다.

"거듭 말을 했건만 자꾸 짜증나게 한 말 또 하는 것이냐. 물러나라는 내 명령을 듣지 않는 것은 절대로 충심하다 할 수 없다."

고종은 상소문을 올리고 그 답을 기다리며 차가운 땅바닥에 무릎을 꿇고 있던 충신들에게 고작 한다는 게 짜증이었다. 왜 귀찮게 구느냐, 였다. 오히려 고종은 일본 공사 하야시의 조정을 받아 이들의 해산을 명한다. 해산만 시킨 것이 아니라 조병세 등을 면직시켰다. 일제의 감시와 위협을 받았다고 하지만 고종은 이미 임금이 아니었다. 일본의 허수아비로 메이지와 다르지 않았다. 조선의 임금은 고작 외교의 말단직원이나 다름없는 일본 공사의 허수아비가 돼 있었다. 이토는 철저히 외교 책임자인 하야시를 앞세웠다.

이에 굴하지 않고 조병세와 민영환 등 대신들과 관리들이 덕수궁 앞 대한문에 또 엎드렸다. 그래도 한 나라의 임금인데, 임금을 믿고 기대했다. 일본은 헌병을 풀어 이들을 강제로 끌어내고 끝내 조병세와 민영환을 평리원에 잡아가둔다.

더구나 이렇게 갇혀 있으니… 더 이상 내가 할 일은 없다. 더 이상 내가 할 수 있는 일은 없다. 나라도 죽었고 임금도 죽었고 신하인 나도 죽었다. 대세에 따를 것인가, 대세를 거스를 것인가, 이제 이 문제도, 질문도 나에게서 떠났다. 영환은 마음을 굳혀간다. 나라를 팔아먹어야 하는 대세 영합의 처세엔 애초부터 영환은 마음에 두지 않았다. 대세라 할지라도 제 몸 하나를 보전하기 위해 그 그릇된 대세에 몸을 굽히게 할 순 없다. 절대 있을 수 없는 일이다. 어찌 나라를 팔아먹을 수 있겠는가. 한 나라의 대신으로서도 그렇지만 한 인간으로도 절대 있을 순 없는 일이다. 그럼, 거슬러서라도 어떻게 대세를 바꿀 수 있을 것인가, 영환으로선 최선을 다했다. 영환은 요즘 들어 부쩍 눈을 많이 감는다. 부끄러워서다. 포기하는 것, 포기하려니 돌아보게 된다. 눈을 감으면 사십오 년의 삶은 후회뿐이다. 나라와 자신의 운명을 함께 해온 삶이었다. 나라가 망했다. 나라를 망하게 했다. 내가 죽었다. 나를 죽게 했다. 감은 두 눈에서 펼쳐지는 순간순간들… 그때 이랬더라면… 지금 이 순간도 훗날 또 후회로 기억될 것인가. 하지만 마지막이 될 순간이라면 이 순간 한 번만은 후회가 되게 해서는 안 된다. 명예를 떠올릴 조짐도 이젠 싫다. 후회하지 않을 수만 있다면… 만약 저승의 세계가 있어 이승에서의 행실을 볼 수 있다면 한 번은 꼭 후회 없는 순간은 있어야 한다.

영환도 여느 누구와 다를 바 없는 인간인지라 죽음이 두렵지 않을 수 없다. 더구나 스스로 그 죽음을 선택해야 한다면? 가족은 어떻게 할 것인가. 자식들은? 큰 애 범식이 이제 일곱 살이다. 그 아래로 줄줄이 넷이나 더 있다. 막내는 갓난아이다. 이 어린 다섯 아이들을 이십 대 후반의 젊은 아내에게 맡기고 떠난다는 것도 결코 내키지 않는 일이다. 대사를 위해 소를 희생하라 했다지만 자식과 가정이 꼭 작은 일일 순 없다. 한 남자로서 자식과 아내에게 최선을 다하며 살지 못함도 죄를 범하는 일이다. 중죄 중에 중죄이다.

평리원에 갇힌 영환과 병세는 서로 아무 말이 없다. 막막해서고 어찌할 도리가 없어서다. 임금이 저러한데… 말은 없지만 생각은 같았으리라. 둘은 따로 무엇을 생각하고 있을까. 둘은 함께 무엇을 생각하고 있을까. 병세가 무겁게 입을 연다.

"알고 계십니까? 민 대감. 조약을 체결했다는 일본 말만 그대로 믿고 당사자인 조선엔 묻지도 않고 일주일도 안 돼 미국이 조선과 국교를 단절하고 한성의 공사관을 바로 철수시켰습니다. 조선과의 약속을 일방적으로 파기해버린 미국을 우리가 뭘 믿고 그들에게 의지하고 힘을 쏟았는지. 우리가 참으로 어리석었소. 조선을 믿을 수 없다고 그들은 말합니다. 그런가요? 누가 누굴 속였는데 적반하장도 유분수지. 이게 지금의 세계요. 제국의 이름으로 세계가 농락되고 있습니다.

일본이나 미국이나 유럽 열강들이 세계를 겁탈하고 있는 것이지요. 겁탈… 중국 땅에서 잦은 침략전쟁이 있었다지만 서양이나 일본처럼은 아니었습니다. 그게 나라랍니까? 당하는 우리 또한 빼앗기기만 하면서도 그들을 믿어온 조선… 역시 이것이 나라요? 우리는 그래도 나라를 지켜보려 했건만 우린 이렇게 갇히고 나라를 팔아먹은 자들은 밖에서 활개를 치고 다니니… 이게 나라요? 이런 나라를 위해 우리가… 임금을 위해 우리가… 미쳐 날뛰는 자의 세상으로 미쳐 돌아가는 이 나라는 이제 어떻게 되겠소? 백성이 그 값을 또 다 치를 터인데… 다 그들의 노예가 되고 말 것입니다. 이 모두가 백성을 제대로 돌보지 못한 우리 탓입니다. 다 우리 조선 조정의 잘못입니다."

대답할 말을 잃은 영환은 병세를 쳐다보다 다시 자식들을 떠올린다. 한참 후에 두 눈을 감은 얼굴이 경직된다. 입을 꾹 다문다.

'자식에게 부끄러울 순 없다.'

부끄러운 신하가 될 수 없듯이 부끄러운 아비 역시 될 순 없다. 이완용을 떠올린다. 중국 한 나라의 위율을 떠올린다. 소무를 생각해냈기 때문이다.

소무와 위율은 한 나라의 관리로, 적의 나라 흉노에 잡힌 몸이 되었다. 같은 처지였다. 하지만 위율은 흉노에 빌붙어 한 나라에 있을 때와 다름없이 호사스럽게 살았고 소무는 그 반대였다. 소무는 흉노의 갖은 회유나 협박·위협에 굴하지 않고 북방의 매서운 추위와 장이 달라붙는 배고픔에 시달려야 했다. 위율이 소무를 찾아왔다. 흉노왕 선우가 시켜서다. '가서 소무의 마음을 어떻게든 돌려보라.'

"보십시오. 적의 나라지만 마음 한 번 바꾸니 고국에서보다 더 화려하게 살고 있는 나를 보십시오."

위율이 입고 있는 흉노의 옷을 펼쳐 보였다.

"부귀영화를 누리고 있는 나를 보십시오. 당신도 나처럼 마음을 바꿔 흉노를 위해 일한다면 아마 흉노의 왕 선우는 당신에게 지방의 왕으로 봉할 것입니다. 어떻소? 하지만 이를 거절한다면 당신은 영원히 허허벌판에 혼자 버려진 채 알아주는 이 없이 참혹한 삶을 살다가 야수들의 밥이 되어 삶을 끝내고 말 것이오. 어느 누가 당신의 지조를 믿어주고 지지해주겠소. 어리석은 일이오. 자, 어떻소?"

역시 어깨를 으스대는데 보란 듯이 흉노의 관복으로 자랑했다. 소무가 이를 보고 위율에게 크게 소리쳤다.

"네 놈은 낯짝도 두껍다. 한 나라의 신하로서 적의 나라에 몸을 팔더니 이젠 나까지 끌어들이려 하는구나. 네놈은 염치도 없고 그 마음엔 금수가 차 있는 게 분명하다. 어찌 인간으로서 그리 할 수가 있단 말이냐. 당장 꺼져라. 너 같은 짐승을 내가 본 적이 없고 말도 섞고 싶지도 않다. 한 나라의 신하로서 적국의 옷을 걸쳐 입고 입으로는 한 나라 말을 하면서도 적에 몸과 마음을 팔아 얻은 것을 부귀영화라 하니 참으로 네놈이 가소롭다. 세상은 바뀐다. 언제고 바뀌게 돼 있다. 세상이 평정되어 바로 세워지는 날, 내가 꼭 너의 그 목을 베어낼 것이다. 이놈, 돼지만도 못한 이놈, 썩 꺼지거라."

그러나 흉노 왕 선우는 이런 소무를 꼭 자기 휘하에 끌어들이고 싶었다.

'위율 같은 놈은 잠시 써 먹다 버릴 쓰레기지만 소무는 아니다. 소무를 얻어야 나는 비로소 천하의 황제가 될 수 있다.'

소무를 거듭 회유했으나,

"수컷 양이 제 새끼를 배고 낳는 일이 있다면 그때 네 신하가 되겠다."라며 소무는 십구 년 동안 조국을 버리지 않았다. 이십 년 후 예순 살의 나이가 되어 그는 조국 한 나라로 돌아왔다. 한나라 왕 선제가 많은 땅과 재물을 내렸지만 이를 모두 어려운 고향 친구들에게 나눠주고 홀로 조용히 살았다. 여든한 살로 세상을 떠나자 사람들은 그의 지조와 절개를 기리며 기념비각을 세우고 그를 두고두고 잊지 않았다. 이천 년이 지난 지금까지도 그의 삶은 모범이 되어 백성의 가슴에 살아 남아있다.

영환이 고개를 흔든다. 매국노 위율은 절대 될 수 없지만 소무 같은 위인에도 자신이 없다. 조병세가 묻는다.

"우리가 이제 어떻게 해야 하겠소?"

영환이 대답을 못하고 병세의 얼굴만 쳐다보는데 소리 없이 얼굴엔 눈물이 흘러내리고 있었다. 병세가 보고 따라 눈물을 흘리는데 그는 큰 소리를 내며 울었다.

"다 우리 탓이오. 다 우리가 나라를 이 지경에 이르게 했소. 이제 어찌 백성들을 볼 수 있겠소. 이런 우리가 지금 할 수 있는 게 고작 눈물만 짜고 있으니….”

울부짖는 병세를 보며 영환은 이완용을 본다. 그들은 웃고 있다. 일본이 내린 훈장을 단 일본관복을 입고 웃고 있다. 영환이 입을 뗀다.

“그렇게는 살지 맙시다. 우리 둘만이라도.”

병세는 이 말을 바로 알아듣는다. 고개를 끄덕인다. 이제 울 일이 아니다. 울고만 있을 일이 아니다.

“삶은 하나요. 목숨도 하나요. 삶을 둘이 되게 할 수 없고 둘이 된 삶으로 살아본들 구차하기만 할 뿐이오. 먹이에나 혈안인 개돼지와 무엇이 다를 것이오. 우리의 갈 길은 이제 또 묵묵히 가는 것이오. 그것만이 우리의 앞길에 놓여 있소. 그 가는 길에 민영환 대감과 함께 하는 것만으로도 큰 위안입니다.”

“나야말로 조병세 대감이 계시니 큰 힘이 됩니다. 이러한데 결코 우리나라는 망하지 않을 것입니다. 둘이라도 합치면 셋이 되고 서른, 삼백 그 이상이 되지요.”

조병세는 민영환을 바라보며 십여 년 전 1893년에 나라를 지키겠다며 스스로 일어난 동학의 농민대표 사십여 명이 광화문 앞에서 상소를 했던 일을 떠올렸다. 그들의 요구는 일본 등 외세를 배척하여 조선의 자주성을 회복해야 한다는 것이었다. 당시 대신들도 같은 생각이었다. 하지만 고종은 전혀 다른 생각을 하고 있었고 그 생각대로 오히려 외세를 끌어들였다.

‘어처구니없구나. 왕이 제 손으로 제 나라를 넘기려들다니….’

조병세는 그 당시를 생생하게 기억했다. 그때는 민영환도 고종과 거의 같은 생각을 하고 있었을 시기였다.

"한양의 군사는 아직 파견하지 마라. 이곳을 지켜야 한다. 단, 나라가 위태로우니 다른 나라의 군사를 빌려 쓰는 게 좋겠다. 다른 나라도 그러한데 어찌 우리는 그러하지 않느냐?"

고종은 대신들을 나무랐다. 이에 심순택이,

"그것은 안 됩니다. 만일 외국 군대를 쓰더라도 군량은 부득이 우리나라에서 준비해야 합니다."

이에 조병세가 합세했다.

"군사를 빌려 쓸 필요는 없습니다."

정범조가 더 강하게 고종에 항의했다.

"외국 군사를 빌려 쓰는 문제가 어떻게 경솔하게 의논할 사안입니까?"

하자 고종은 대신의 말은 전혀 듣지 않고 하교했다.

"청나라도 영국 군사를 빌려 쓴 일이 있다. 청나라 군사의 힘을 우리가 빌려 써도 좋다. 그렇게 하도록 하라."

그러나 대신들은 물러나지 않았다. 다시 정범조다.

"그것이 청나라를 본받을 일이옵니까? 다른 여러 나라와 다르다 하여도 청나라 군사를 빌려 쓰는 것 또한 애초에 빌려 쓰지 않는 것보다 나을 수가 있겠습니까?"

이미 그때부터 조선은 망한 것과 같았다. 조병세는 그때를 생각하고 속으로 삭히며 한숨을 길게 뿜어냈다.

'그때 임금을 막지 못한 죄….'

민영환은 할 말이 없었다. 그는 십 년이 지난 뒤 바뀌었지만 그때는 고종에 무조건 순종하던 왕의 척족에 불과했다.

해가 지고난 뒤에 민영환과 조병세 등이 풀려났다.

11월 29일, 평리원.

11월 29일 유시, 오후 6시 52분.

동오가 달려오는 것을 본다. 여전히 인력거는 없다.

"여태 여기 있었느냐? 걸어갈 것이다. 네 일을 보거라."

뒤따라오는 동오를 돌아보며,

"무슨 일이냐? 이젠 널 부를 일은 없을 것이다."

동오가 종이에 싼 단도를 안주머니에서 조심스럽게 꺼낸다.

"죄송합니다. 대감님의 허락도 없이 먼저 사용하고 말았습니다."

받아 풀어보니 칼이다. 멈칫하며 주위를 살피는 영환의 얼굴이 검게 타는 듯 어둡다. 칼도 잊었을 뿐 아니라 방금 동오가 한 말이 무슨 뜻인지도 몰랐다.

"허락 없이 사용했다니 무슨 말이냐?"

연유를 물으면서 거리에서 일어났던 대낮의 봉변을 떠올린다.

'나를 구해준 그 칼.'

그 칼은 처음엔 위협용이었지만 결국 방어용으로 민영환을 구해 줬다. 공격용이 되기도 했는데 동오의 한 마디가 일본군과 일본 옷 조선인 일본앞잡이들을 물러나게 했다. 하나의 칼로도 그 쓰임은 다양하다. 일본도를 생각한다. 그 쓰임은 단 한 가지일 뿐이다. 위협·살생용. 살생으로 위협하는 무기일 뿐이다. 하지만 이 칼은 일본도와 다르다. 칼은 칼인데도 달랐다. 일본과 조선이 엄연히 달랐다.

"나를 지켜준 칼이로구나."

영환이 동오에게 '감사하다.'는 뜻으로 눈을 감는다. 동오가 성난 민중의 관심을 바꿔 놓은 한 마디도 떠오른다.

"조선인, 이런 놈이 저 일본군보다 더 악질이다."

그가 또 그랬던가. 일본 옷을 입고 있던 자에게,

"일본인으로 보입니까?"

다른 청년이 그자의 옷을 찢었다.

"옷이 인간을 바꿀까요? 인간이 옷으로 바뀔까요? 저자들은 그럴 거라 믿나봅니다. 옷으로 일본인이 될 수 있다고 믿는 가 봅니다. 저자가 '우리 일본'이라고 말할 때 일본 군인들이 듣고 웃는 걸 보셨지요? 좋아서일까요? 비웃음입니다. 비웃음거리가 되면서도 왜 일본 옷에 환장하는 걸까요?"

또 떠오른다.

"살려줍시다. 이자를 죽일 순 있지만 죽이고 나면 우리도 저놈이

나 일본 놈이나 다르지 않습니다. 조선은 일본과 근본으로 다릅니다."

어떻게 저런 말을 할 수 있을까? 영환은 감은 두 눈에서 분명히 동오의 용기, 백성의 의기를 보았다. 이때 동오가 그랬다.

"여러분, 살려주되 용서해서는 안 됩니다. 잊지 말아야 합니다. 잊는 순간, 우리는 저 금수들의 노예로 전락합니다. 우리가 잊지 않는 한 우리는 꼭 이깁니다."

영환은 의관인 이완식의 집이 있는 회나무골로 향했다. 동오가 여전히 뒤따른다. 나를 성난 군중들로부터 지켜주려는가 보다, 하면서 제 몸 하나 지키지 못하는 자신이 초라하다. 비참할 정도다. 대신이란 자가, 정승이란 자가 고작 나 하나도 건사 못하면서 나라를 감히 구하겠다고 나섰다. 그런데 저자의 입에선 구해준다는 말도, 지켜준다는 말도 없었다. 그런데도….

'우리는 꼭 이깁니다.'

'우리가 잊지 않은 한.'

완식의 집 문안으로는 동오가 따라 오지 않는다.

"들어 오거라."

동오를 문 안으로 들게 했다. 군중들 앞에서 그리도 당당하던 그가 허리 굽혀 영환의 앞에 선다. 그를 보며, 하우불이(下愚不移)란 말이 불쑥 머리를 채운다. 어리석고 못난 자들의 기질은 변하지 않는다고 백성을 무시했던 말이다. 내 생각이 좁았다. 상식불일(上識不一) 한자를 조합한다. 높은 직위의 지식인이 각자 제 잘났다고 따로 논다.

하나가 될 수 없다. 이것이 나라를 망하게 한 것이리라. 어리석고 못난 자로만 알고 있던 저런 백성에게서 '이긴다.'란 말을 듣는다.

'잊지 않는 한 우리는 이긴다.'

'잊지 않는다. 잊으면 그들의 노예가 된다.'

그날을 너희, 백성들이 준비하고 있구나, 영환은 동오를 부른다.

"안으로 들어 오거라."

처음이다. 머슴을 제 방으로 들이는 일은 처음이다. 동오가 주춤하며 어쩔 줄은 몰라 한다.

'네가 낫다.'

'네가 나보다 낫다.'

누리기만 한 자신의 삶에 부끄럼이 달라붙는다.

"개의치 말고 들어 오거라."

영환이 앉은뱅이책상 뒤로 앉으며 종이에 싸인 칼을 책상 아래에 내려놓는다. 책상 위에는 책 한 권이 놓여있고 책 위에 미국에서 사온 만년필이 하나 놓였다. 방안으로 들어와서도 서서 어찌할 줄을 몰라하는 동오를 또 본다.

'백성이 나를, 우리를 저리도 어려워했구나.'

"여기 앉아 보거라."

손으로 앉은뱅이책상 건너 쪽을 가리킨다. 동오가 책상을 사이에 두고 대감의 맞은편에 앉는다. 처음이다. 동오에게도 처음이다. 마주하고 앉다니… 영환이 소학이나 추구를 묻던 때를 기억한다. 문답의 주고받는 대화에서 대감과 나는 같은 인간이고 사람으로 대접 받고 있다는 느낌도 기억해낸다. 동학은 동오를 일깨웠다. 태어난 대로 살아왔던 죽은 정신의 삶을 새로 살게 할 정신의 삶으로 깨우쳤다.

'인·의·예·지는 옛 성인의 가르침이고 수심정기는 내가 다시 정한 것이다.'

동오는 생각을 더듬었다. 인·의·예·지는 오래 전 중국으로부터 수정이나 비판 없이 무조건 이어 받아온 가르침으로 이에서 벗어나 우리의 가르침이 있어야 했다. 그것이 수심정기이다. 곧, 마음을 잃지 않고 기운을 올바로 세우는 일은 내가 하는 것이라 했다. 바로 '나', 나라는 존재를 알게 했다. 사람이 곧 하늘이고 하늘이 곧 사람이라 했다. 사람이 다를 수 없다고 했다. 나를 내가 정함은 도(道)로 나를 세우는 것이다. 그러므로 내가 존재한다. 그래야 내가 살아있는 것이다. 인·의·예·지는 중국에의 사대요 조선 안에서는 통치의 수단으로 백성을 옴짝달싹 못하게 묶어왔을 뿐이다.

그동안 몸은 살았어도 죽은 것과 다름없었다. 나를 살려내니 비로소 내가 보였고 내 가족이 보였고 그리고 내 조국이 보였다. 책상 위에 놓인 책은 『수민필지』라 쓰여 있다. 수민? 무슨 뜻일까? 동오도 영환도 동시에 그 책으로 눈이 쏠린다. 영환이 입을 연다.

"사민이 무엇이겠느냐?"

사람대접 받던 그 문답법… 동오가 몸을 반듯하게 세우며 예의를 더 갖춘다. 자기의 생각을 내놓는다.

"저의 소견으로는 백성으로, 사농공상의 모든 백성을 한 마디로 쓴 듯하옵니다."

영환이 끄덕이며,

"평민만을 뜻할 수도 있지 않겠느냐?"

동오의 머릿속이 번뜩인다.

"모든 국민이 다 평민이올 테니 평민 역시 모든 백성으로 사료됩니다. 평민을 특정집단으로 가르는 것은 아마도 정치로 구별하려는 인간의 규정이기에 하늘 아래 모든 것은 같다고 함에는 어긋난 점이 있사올 듯합니다."

동오가 점점 당당해진다. 영환은 잠자코 듣기만 한다.

"하지만 사람이 다 같다 하여 보기로만 다 같다고 할 순 없습니다. 우선 남녀의 차이가 있을 것이고 나이의 차이도 있을 것입니다. 배움이 다르면 그 쓸모는 사뭇 각기 다를 것이기에 사람이 같다 하여 다 똑같다고 할 수는 없을 것입니다. 저는 인력거꾼으로 인력거를 끄는 데에 충성실하면 될 것이고 대감님께서는 배운 것이 많사오니 나라의 중임을 오래 맡아 오신 바, 그 일에 충실하는 것으로 사람의 귀천이 있다면 그 역할로서 구분 지을 줄 알아야 할 것입니다. 농민은 농민대로, 어민은 어민대로, 아낙은 아낙대로, 아이는 아이대로 각기 본분이 있을 터, 그 몫대로 살아감에 있어서 사람은 다 같은 것일 것이옵니다. 이렇듯 차이는 있으되 단 차별은 없어야 하고 차별로 무시되거나 하대되어서는 아니 된다고 생각하옵니다."

동오는 배웠습니다, 란 말 대신에 이제 제 생각, 주장을 늘어놓는다. 영환이 다시 묻는다.

"혁명을 꿈꾸고 있는 것이냐? 너희의 세상, 그것이 새로운 세상일 것으로 여기며 지금 그것을 기대하고 있는 것이냐?"

물으면서 미국이란 나라의 공화정치를 생각한다. 이자는 공화정치라는 것도 알고 있단 말인가? 하지만 동오가 고개를 젓는다.

"아닙니다요. 혁명은 있을 수 없습니다요. 혁명은 뒤집는 일일진대 결코 그것은 아닙니다요. 오히려 제 몫 제 자리에 놓여있게 함에 있습니다. 조병갑이란 자가 군수로서 정당히 백성을 대했더라면 농민들이 일어날 일이 없었습니다. 제 몫을 넘어 갖은 세금으로 백성의 것을 갈취하니 이것에 농민들이 분노하면서도 한 말은 역시 제 자리 제 몫을 주장했을 뿐입니다. 세금을 내지 않겠다고 한 것이 아닙니다. 부당하니 이를 시정해달라고 요구한 것뿐입니다. 그러나 이에 총칼로 죽임을 당하니 저항하고 항거할 수밖에 없었던 것입니다. 농민은 한 번도 군수의 자리를 탐낸 적이 없습니다. 먹고 살게 해달라고 요구한 것뿐입니다. 이러니 혁명이나 역적으로의 지탄은 모함이라 하지 않을 수 없습니다. 조정에선 나라를 구한다고 일본군을 끌어들였지만 농민들은 남의 나라를 짓밟는 일본군을 이 땅에서 몰아내는 것을 우선했습니다. 조정에 힘을 보태려 한 것입니다. 몰아낸다는 말도 어폐가 있을 것입니다. 물아 내고자 한 것이 아니라 돌아가라, 네 나라로 돌아가라, 한 것뿐입니다. 이런 농민이 어떻게 폭도가 되고 역적이 될 수 있겠습니까."

동오는 격앙되고 있었다. 영환의 두 눈을 똑바로 쳐다본다.

"사욕 없는 무욕으로 위태한 나라를 구하기 위해 제 목숨을 바침에 어떤 보상이나 포상을 바라고 한 농민은 하나도 없었습니다. 이것이 우리 백성이옵니다. 누가 명령해서, 누구의 선동으로, 더구나 누구의 꾐에나 빠져 일어난 게 절대 아닙니다. 살게끔만 해 달라, 이것이었습니다. 백성이 일어설 때까지 조선의 조정은 백성의 고혈을 쥐어짜는 데에만 급급했고 농민이 일어나니 제 백성을 죽이겠다고 일본군과 청군을 끌어들였습니다. 나라의 모양새로 본다면 세상을 뒤틀리게 한 것은 농민이 아니라 임금이며 대신들 몇 사람입니다. 역적은…."

차마 더 말을 들을 수가 없다.

'역적은 바로 나와 같은 대신이요 임금이란 말….'

듣고자 했지만 듣고 싶지 않다. 더 듣고 있을 수가 없다. 맞다. 틀린 말은 아니다. 하지만 머릿속이 온통 혼란으로 뒤죽박죽이다. 이제 나를 부정해야 할 시간, 이것이 저 자의 말대로 제 몫 제 자리에 놓아주기로 저울의 추를 옮겨 균형을 이루게 함일 것이다. 추가 쏠려도 지나치게 편중됐다. 추를 쥐고도 그 추를 제 자리에 놓을 줄을 내가 몰랐다,

영환이 고개를 세차게 여러 번 젓는다. 이를 보고 있던 동오가 일사천리한 자기의 목소리가 도를 넘었다는 생각에 물러날 때라 여기고 일어선다.

"물러가겠습니다."

영환이 그 책『소민필지』를 동오에게 건넨다.

"이젠 내게 필요 없는 물건이다. 네가 더 요긴하게 쓸 물건이다. 갖고 있어도 필요를 못 느끼면 무용지물이 되는 것, 이 책이 내겐 그랬지만 자네에겐 그렇지 않을 것 같다. 물건은 제 주인이 있기 마련인데 이제 이 책이 주인을 제대로 찾아가는 것 같다."

제대로… 제 자리… 동오가 여러 번 한 말이다. 영환은 함께 놓여 있던 만년필도 동오에게 선물한다. 잉크병과 함께.

"그 배움을 게을리 하지 마라."

언젠가는 너희, 백성들의 세상으로 이 나라가 온전해 질 수 있을 것이다, 란 말은 가슴에 희망으로 담고 있으면서도 입 밖으로 내놓지는 못한다. 사십오 년 묶어온 영환의 삶을 대변한다. 한계 그리고 그것의 극복은 가진 게 너무 많아 더 힘들다는 것을 영환은 잘 안다. 버려야 얻을 수 있음을 생각으론 가지면서도 실제 행동으로 옮겨 놓질 못한다. 백성의 세상은 영환에게 아직도 생소하고 절대 불가능하다. 기성 그대로의 안주에서 벗어나지 못함이다. 불안하다. 그 수많은 백성들이 뜻을 하나로 합치기란 결코 쉬운 일이 아니다.

'우리 양반 몇도 합일하지 못해 맨 싸움질만 해왔는데 하물며 이천 만, 그 많은 백성이?'

그러나 동오는 그랬다.

무욕으로도 제 목숨을 나라를 위해 내놓는 게 우리 백성이다, 라

했다. 영환은 그 불가능을 믿고 싶었다. 그렇게라도 위안하고 싶었다. 백성 스스로 그럴 수만 있다면… 그날이… 그날이….

동오는 영환의 방을 나오면서 처음으로 불길한 생각을 한다. 저 칼은 무엇에 쓰려는 것이고 이 선물들은 무엇인가. 살면서 처음 받는 일이 많다. 다 영환에게서다. 질문도 사람대접도 그리고 이러한 귀하디귀할 선물도. 핑계를 댈 것을, 살 수 없었다고 한 번만 혼나면 되는 것을… 일본에 나라를 빼앗기니 상점들도 분노함에 문을 다 닫았다고… 핑계를 댈 걸… 핑계를 댈 걸….

'칼을 살 수 없었습니다.' 그러나 칼은 넘겨졌다. 물건은 제 주인이 따로 있고 그 주인에 따라 그 쓰임이 전혀 달라질 수 있다고 방금 전에 만년필과 책을 선물하며 영환이 한 말이다. 그 칼로 대감을 구했었다. 근데 그 칼은 이제… 동오는 어쩌면? 하며 민영환 대감을 더 구해줄 지 모른다며 그 칼에 대한 두려움을 떨쳐낸다. 민영환은 죽음으로도 그 힘을 떨칠 수가 있다. 그러나 나는 죽더라도… 참으로 불평등한 세상이다. 그래도 주인 곁을 떠나지 못하고 방 밖 마당에서 동오가 지킨다.

11월 29일 해시, 밤 11시 27분.

9.

11월 30일 자시, 오전 0시 9분. 회나무골 이완식의 집.

마음을 굳힌다. 결정은 했다. 결정이라지만 달리 별 방법이 없다. 앞으로의 삶은 구차해야 살 수 있다. 일본이란 나라에 구걸하며 손을 내밀면 일본은 나 같은 대신에게 후한 대접을 해주겠다, 고도 약속했다. 앞잡이로 끌어들이는 데에 그들은 돈으로 회유했다. 일본의 귀족 자리로 꼬셔댔다. 몇 푼 줄게 이리로 와라. 개 앞의 돼지 뼈… 그들의 수법이니 그렇게 할 것이다. 그 대접은 모두 조선 백성에게서 빼앗아 낸 것들일 테고 일본의 주머니에서 절대 나올 리 없다. 조선 백성의 고혈이다. 또 백성을 저버릴 순 없다. 나라만 바뀔 뿐 내 삶은 달라지지 않을 수도 있다. 내 삶의 부귀는 누릴 수 있을 것이다. 들렸다. 일본으로부터 누가 얼마를 받고 일본이 하라는 대로 하고 있다. 민 씨 집안에도 여럿이 있다. 백성의 것을 다 빼앗더니 이젠 일본에 아부하며 자신의 치부에만 혈안인 민영준, 이름까지 바꿔 민영휘라 했다. 듣고 욕했다. 매국노, 나라를 팔아 자기의 영화를 도모하려 하다니… 이런

•

239

내가 그들처럼 굴 순 없다. 다시 떠오르는 인물이 있다. 김시습이나 김병연처럼 세상을 등지고 떠돌며 사는 방법도 있다. 내가 가능할까.

임금을 잃은 이 날 또 어버이를 잃었으니
한 번 죽음은 가볍고 만 번 죽어 마땅하다.
춘추필법을 네가 아느냐 모르느냐.
이 일은 우리 역사에 길이길이 전하리니.

하늘이 부끄러워 평생 삿갓으로 제 얼굴을 가리고 살아야 했던 김병연, 삿갓 선생은 전국 방방곡곡을 돌아다니며 시 하나 팔아 한 끼니로 삼았다. 그는 여기저기 문전걸식하며 떠돌다가 어디서 죽은지도 모르게 생을 마감했다. 물어보고 싶다. 그것이 편했습니까? 세상을 풍자하고 때론 농락하며 시를 읊을 자신도 내겐 없다. 글이야 쓴다지만 정신없는 글자로만 시를 지을 수는 없는 일이다. 내 몸을 남의 수하에 의탁하며 하룻밤을 신세지고 살 수는 없다. 더구나 평생을? 그림이나 그리며? 중국 상하이에서 그렇게 살고 있는 민영익을 떠올려보지만 구차하고 궁색하긴 마찬가지다. 기약 없는 삶은 죽음과 다르지 않다. 기약 없는 삶으로의 연명 역시 구걸과 다를 게 없다. 견딜 수 있을까? 내겐 너무나 많은 풍요로움으로 입혀져 있다. 이를 벗어나야 함에도 벗겨낼 의지가 없다. 살아온 삶은 안일이요 안이했다.

『수민필지』를 받아든 동오가 책을 펼쳐보던 진지한 모습을 생각한다.

"지리책으로 보입니다. 이 책을 쓴 분은 한국인이 아닌 듯 싶사옵니다."

고산자 김정호가 있었다. 조선 땅을 곳곳 두루두루 돌며 조선의 지도를 제작했다. 그는 발로 그린 자신의 지도를 목판에 새겨 여러 장을 인쇄했다. 유용하게 쓸 수 있도록 했다. 그 이름도 「대동여지도」라 했다. 대동, '동쪽의 큰 나라' 사대하며 중국의 속국으로 자청한 조선을 '대동'이라고 하며 김정호는 중국의 그늘에서 조선의 국토를 지도만이라도 벗어나보려 했다. 대단한 자주의식이 아닐 수 없다. 하지만 그의 목판들은 불태워졌다. 조선 조정의 명이 떨어졌다.

'외국에 조선의 정보가 유출되니 다 태워 없애라.'

나라의 지도를 한 개인이 혼자 손수 발로 걸어 다니며 만들어낸 나라는 어디에도 없다. 그런 그는 모함을 받았고 그의 보물 목판화는 남의 나라에 정보 유출을 막는다는 그들만의 국익으로 불태워졌다. 도로의 사정이 매우 열악했던 조선, 이 또한 외세, 특히 일본이 침략할 경우 그들에게 길을 터주는 꼴이라 하여 도로를 내지 않았다. 조선에서는 우물 안 개구리로 안주한 조정 무리배에 의한 묵살·박탈·소멸은 너무나 자연스러운 일이었다.

영환이 『수민필지』를 처음 보았을 때 김정호의 「대동여지도」를 떠올렸다. 불과 몇 십 년 전 철종 시대의 조정 대신들과 자신의 생각이 달랐을까. 다르지 않았다. 불태우라 했을 것이다. 조선의 땅을 너무나도 세세하게 표시한 지도가 외국, 특히 일본의 손에 들어가면 이 나라는 위태롭다, 침략의 도구로 삼을 것이다. 이때의 국익은 화근을 불태워 뿌리채 없애야 마땅하다는 거였다. 『ᄉ민필지』는 더구나 미국인이 낸 지리서다. 더욱이 인간의 형상을 한 어느 신 하나가 엿새 만에 후다닥 세상을 만들고 진흙으로 빚어 코에 바람을 쐬니 사람이 되었다는 허무맹랑한 기독교인이 만든 책이었다. 숭례문 근처의 상동교회를 중심으로 개혁당을 주도하고 있는 이준의 소개로 『ᄉ민필지』의 저자인 헐버트를 만났다.

"헐버트 선교사의 조선 사랑은 조선인들보다 더 크고 깊습니다. 한 번 만나보십시오, 대감."

이준이었다. 그때 선물로 받은 책이 『ᄉ민필지』이다.

"조선에 온 지 삼 년 되었습니다. 삼 년 밖에 되지 않았는데 조선 문자를 익혀 우리 문자로 책을 냈습니다. 바로 이 책입니다."

이준은 헐버트에 대해 아는 바를 영환에게 얘기했다. 한글이 얼마나 우수한 문자인지, 세상 어느 나라에도 이런 합리적이고 과학적인 문자는 없다는 것, 헐버트의 말이다.

"더구나 익히기 쉽습니다. 이 한글이 조선 백성들을 일으키게 할 것입니다."

이 말을 듣고 있던 영환은 별 감흥을 받지 않았다. 오히려 그 반대였다.

'글이 쉽다니? 그럴 순 없다. 백성을 글로 깨우치게 되면 그 글로 나라를 뒤엎으려 할 것이다.'

영환의 고개가 좌우로 흔들렸다. 국문에 대해 관심도 없을 뿐 아니라 익혀 쓸만한 글이 못된다고 여겨왔다. 더구나 그는 선교사이다.

"헐버트 박사는 미국의 대학총장 자리도 마다하고 조선에 왔습니다. 선교사지만 기독교보다는 교육으로 조선인들을 문명화화 해보고자 애쓰고 있습니다. 배재학당에 인쇄소를 마련해 백성을 일깨울 책들을 내놓고 있습니다. 중국에서 눈을 돌려 더 넓은 세계로 눈을 돌려야 한다고 해서 이 세계지리책을 처음 낸 것이기도 합니다. 우물 안 개구리의 나라에서 벗어나야 한다는 것이지요. 세계를 알아야 세계열강의 지배로부터 조선을 지킬 수 있을 것이며 자주독립국가가 될 수 있다고 믿는 미국의 교육자입니다."

영환은 이준의 설명에도 귀 기울이지 않았다.

"왜 하필 지리책이더냐?"

이유를 듣고도 또 묻는 영환의 마음엔 고산자의 「대동여지도」를 불태워야 했던 같은 이유가 들어있었다. 영환은 미국의 힘을 빌려 나라를 구해보고자 했지만 헐버트는 선교사였기에 별 힘을 쓸 수 없다고 지레 짐작을 해버렸다. 오로지 정치적인 외교관인 미국 공사 알렌에게만 의지하고 있던 터라 남이 눈에 들 리 없었다. 하지만 이 세계지리책을 두 번의 유럽·미국 순방여행 때 지니고 다녔다. 외국에 대해 아는 바가 거의 없었고 지리에 대해선 더 그랬다. 영국과 러시아, 미국이 지구 어디에, 조선으로부터 얼마나 떨어져 있는지, 가깝다는 일본이나 중국은 어떤가. 『스민필지』는 그 정도만 이용했을 뿐이었다. 민영환은 고집이 센 만큼 받아들이지 못하는 게 많았다. 고집으로 굳어진 지식은 옳고 그름의 시비를 떠나 새로운 어떤 것도 수용할 자세를 허락하지 않았다. 국문으로 쓰여 있기도 했고 기독교에 대한 반감과 거부감도 컸다.

동오에게 넘겨진 『스민필지』로 영환은 다시 또 자신의 삶을 반추한다. 밤은 깊어간다. 늦가을의 풀벌레 소리만이 조요를 깨운다. 소리가 처량하다 하다못해 울적하다. 영환의 심사다. 답답하다. 갑갑하다. 문을 연다. 싸늘한 공기가 방안으로 몰아쳐 든다. 문밖 건너편 담벼락에 기대어 누군가 옹크리고 앉았다. 어두워 형체론 알 순 없지만 동오임이 분명하다. 보이지도 않을 책을 뒤적이고 있다. 찬바람이 또 한 차례 달려든다. 춥지도 않은가. 옷도 변변치가 않다. 여름 때나 겨울 때나 별반 다르지 않은 복장이다. 불러볼까 하다가 마음을 바꾼다. 임금이나 대신들과는 통하지 못하는 뭔가가 동오와는 통한다. 그러나 가슴을 닫고 만다. 문을 닫는다.

앉은뱅이책상 맡에서 두 눈을 또 감는다. 아들 범식이 나타난다. 늦은 서른여덟에 첫 자식을 보았다. 얼마나 기뻤을까. 하지만 그 기쁨이 가슴에 집히지 않는다. 그러지 못한 기억만 더듬는다. 그땐 미국에서 돌아온 직후였다. 처음으로 어명을 어기고 바로 귀국하지 않고

미국에서 머물러 있었다. 영국 등 육 개월의 순방은 외교적으로 하나
도 이뤄낸 것이 없다. 치욕의 육 개월이었다. 영환은 영국·프랑스·독
일·러시아·오스트리아·이탈리아 등 육 개국의 공사를 희망했다. 나
라마다 무시를 당했다. 나라마다 조선을 나라로 상대해주지 않았다.
외교절차 등을 따져 고종의 친서나 신임장조차 받으려 하지 않았다.
받아도 형식에 불과했다. 이들 국가마다 일본이 이미 뒤에서 손을 다
써놨기에 무용한 일인지도 모르고 동분서주했다. 러시아에 의지했지
만 진즉에 러시아는 일본과 '모스크바의정서'를 체결했다. 러시아와
일본은 조선을 배제하고 임의대로 논의했다. 비밀조항까지 넣은 조약
이었다. '러시아와 일본 정부는 조선에 군대를 파견하고…' 한반도를
둘로 나눠 기회가 올 때 각자 나눠 갖기로 했다. 삼팔선이다.

'멀리 왔으니 구경이나 하다가 가라.'

대접이라곤 고작 이것이었다. 대접도 아니었다. 내 돈 내고 하는
여행을 그들은 안내만 했을 뿐이다. 겉핥기, 값비싼 상품화 여행일 뿐
이었다. 영환 일행은 체념하지 않을 수 없었다. 외교 업무는 제쳐두고
구경꾼이 되어 부러운 문명국의 이모저모를 볼 기회가 생겼다. 민영
환은 길게 한숨을 내쉬었다. 독립신문엔 그의 한숨이 땅을 꺼지게 할
만큼 컸다고 쓰고 있을 정도였다.

'독일에서는 베를린 동물원만 관람하더니 이젠 또….'

국정농단과 부정부패한 민 씨 척족세력과 하등 다를 바 없던 민영
환이 유럽의 신문물을 대하면서 달라지기 시작했다. 그는 구 년 전의

회고를 회상한다. 일차 유럽여행을 다녀오고 나서다.

'제일 부러운 것은 외국에서는 놀고먹는 자가 없고 사람마다 제할 일이 있어 남에게 의지하지 않으며 자기 손으로 벌어먹으니 이것이야말로 독립하고 자주하는 일이다. 또 부러운 것은 거짓말을 하는 사람이 없고 백성들은 모두 계산을 할 줄 알아 셈에 있어 틀림이 없고 인민이 일시 합심하여 나라를 생각하는 마음으로 제 나라의 명예를 지키고 있다는 사실이다. 조선도 이처럼 개혁하지 않고서는….'

영환이 회상을 멈춘다. 개혁은 되었는가? 글로만 남긴 개혁이었다. 그 전의 민 판서가 아니라는 말을 영환도 들었다. 우선 서구 근대식 군사 제도로의 개혁을 강력히 주장했다. 실제로 군부대신과 육군부장에 임명돼 무관학교 등에 관여하며 개선해보려 하지 않은 것은 아니다. 그러나 할 만하면 또 자리를 옮겨야 했다. 할 일이 과분하게 많이 주어졌고 영환 역시 욕심이 많았다. 어떻게 하면 지금의 나라를 위기로부터 건져낼 수 있을까. 한 번도 떠나지 않은 영환의 고민이었다. 그러자니 군사만으로는, 군사 제도만으로는 국정을 운영해 나갈 수 없었다.

더 중요한 분야는 재정이다. 조선은행 창립을 주도하여 평의장을 맡고 원수부 회계국 국장도 맡아야 했다. 외부대신으로 외교에도 몸을 담아야 했고 외국에 나가 사는 조선인들을 직접 보고온 뒤에는 이민담당기구인 유민원을 설립해 초대 총재가 되기도 했다. 이것에 머무르지 않고 사비로 목양사를 세워 사장으로 있으면서 서구의 농기구들을 들여오기도 했다. 교육의 필요성을 절감하여 흥화학교도 세워 후학을 양성하는 데에도 힘썼다.

몸은 하나인데 할 일은 그 몸 하나를 지탱하기 힘들었다. 돌아본다. 하나라도 철저히 해냈더라면… 하지만 그를 고종이나 세상이 하나만 전념하게 놔두질 않았다. 그가 능력이 많아서가 아니라 대체해서 해낼 인물이 없었다. 독립협회에 개혁 세력들이 몰려들었다. 대신 등 관료들도 모두 참여했다. 고종의 후원도 있었다. 이완용도 협회장으로 개입할 정도였다. 세상을 바꿔보자는 데에 나라의 힘이 한 데 모아지는 듯했다. 그런데도 관리 중에 쓸 만한 인물은 단 두 명밖에 없었다. 민영환과 한규설이다.

영환의 역부족은 바로 여기에 있었다. 그 많은 일 앞에서 누군들 무엇을 해낼 수 있을까. 더욱이 몇 개월 사이에. 한 사람을 이 자리 저 자리로 돌리고 돌려야만 했던 나라, 쓸 일답게 쓸 만한 인재가 적재적소에 없었던 나라, 한 사람에게 모든 일이 쏟아지니 이를 견딜 수 있는 자가 누가 있을까. 말도 안 되는 조직이었다. 이미 나라가 아니었다.

그렇게 바랐던 주미공사의 자리에 고종은 민영환을 임명하지 않았다. 그 뒤 일 년도 지나지 않아 고종은 주미공사에 민영환을 앉혔다. 영환은 한 마디로 능력이 없다는 이유로 그 자리를 거절했다. 돌아보니 머리가 혼란하다. 내가 이 많은 일들을 어째 해낼 수 있었던가. 영환은 이내 고개를 짓는다. 해낸 것이 하나도 없다. 문득 떠오르는 게 있다. 1902년 이름을 바꾼 대한제국의 애국가를 지었던 일이다.

'상제는 우리 황제를 도우사… 상제는 우리 황제를 도우소서.'

노래의 가사를 짓는 것까지도 영환의 몫이었다. 또 두 눈을 감으니 고개만 연신 저어댄다. 밖에선 늦은 밤에도 여치 한 마리가 울어댄다. 짝을 찾기 위해 우는 여치의 울음이 가련하다. 처절하다. 황제를 도우사… 황제를 도우소서… 나의 한계, 너무나도 풍족했던 일에서 도리어 한계와 마주쳐야 했다. 한계는 역부족과 다름 아니다. 그 한계를 벗겨내지 못했다. 가사에서 그대로 드러난다. 황제? 순전히 내 개인적인 사정의 이야기를 백성들 모두가 부르도록 강요했다. 황제에서 벗어나지 못하고 민 씨라는 집안에서 벗어나지 못하고 세도의 그 권력 맛에서도 벗어나지 못했다. 벗어나지 못함은 구속되는 것일진대 그 구속은 속박으로 그것 외에 다른 것을 볼 생각도, 볼 의지도 없게 만들었다. 오로지… 이것은 다수의 배제이다. 백성이 눈에 들 리 없다. 백성의 소리를 온전하게 받아들일 리 없다. 아우성의 잡음이고 아귀다툼의 아수라장이니 눌러 소리치지 못하게 해야 했다. 또 암놈여치를 찾는 수컷 여치다. 밤은 더 깊어간다.

허깨비였구나, 영환이 평생 좇은 허깨비를 본다. 영광으로 알고 지은 애국가의 가사를 지워버리고 싶다. 지워야 한다. 그렇지 않으면 누군가 자기와 같은 맹목한 자로 인해 또 그것을 그대로 본 따… 황제를 도우와사… ~을 보우와사… 과거의 명예가 현재의 수치가 된다. 이 수치를 미래로까지 이어가게 해서는 안 된다. 하지만 이미 엎질러진

물이다. 돌이킬 수가 없다. 왜 이리 어리석어야 했을까? 자신을 둘러
싼 그 많은 특혜는 그를 한계인으로 옭아맨 코뚜레였다. 끌고 가는대
로 끌려가는 소와 크게 다르지 않다.

　앉은뱅이책상 아래를 더듬는다. 종이가 잡힌다. 칼이 잡힌다. 동오
가 건네면서 한 말이 들린다.

　"매우 예리합니다. 매우 위험합니다."

　하면서 동오가 또 그랬던가.

　"손을 다치실 수도 있사옵니다."

　내가 무엇으로 쓸 줄 알고 하는 말인가. 설마 이것으로… 그들 장
충단의 인력거꾼들이 도모했던 일을 내가? 이토를 처단하고 을사오
적을 단죄하는 일에 내가? 또 눈만 감고 또 고개만 흔들 뿐이다. 너희
만한 용기가 내겐 없다. 왼손 엄지가락에 칼날을 대어본다. 섬뜩하다.
섬찟하다. 가슴에 찔린 듯 찌릿찌릿하다. 이것마저도 나의 한계이다.
너희와 다른… 할 수 없는… 다만 결연해진다. 한편 편해진다. 올 것
이 왔다. 어찌해 볼 도리도 없이 때가 왔다. 여치 아닌 다른 풀벌레들
이 모여 울어댄다. 귀뚜라미 같기도 하고 사마귀 같기도 하다. 알 수
없다. 단지 두려울 뿐이다. 슬플 뿐이다. 담장 아래 그는 아직 있을까.
문을 여니 있던 자리에 그가 없다. 떠났다. 나를 지켜주던 그도 떠났
다. 이제 나 혼자만 남았다. 혼자로서 해야 할 일, 남에게 의지하지 않
을 유일한 행동이 될 것이다. 마음을 굳게 잡고 있으니 기쁜 일들이
떠오른다. 즐거웠던 일도 있었다.

미국에서의 일 년 이 개월여의 시간이었다. 내가 갇힌 나로부터 빗겨간 날들이었다. 힘겨운 날들이긴 했지만 좋은 날들이었다. 희망으로 머물고 희망으로 채워졌던 날들. 절망은 잊고 절망을 떨쳐낼 수 있었던 날들. 이것도 희망이었다. 어명을 어긴 것으로부터 나의 자유는 시작됐다. 선진의 나라를 직접 눈으로 보고 귀로 듣고 만져보고 느껴보고 싶었다. 이 세상엔 없는 천국 같았다. 모두가 충격이었다. 하지만 그 천국은 환영이었고 환상이었고 환청이었다. 우리나라엔 언제? 해볼 수도 없게 일본이 나라를 훔쳐가려 하는 데도, 보고도 속수무책이지 않은가. 그는 「해천추범」이라 이름 짓고 기행의 일기를 쓴 적이 있다. '넓은 세상을 향해 나아간다.' 이것만은 국문으로 쓰고 싶었지만 이 또한 그의 한계였다. 쓰려면 쓸 수 있었다. 그러나 후세에 남기려면 글은 한문이어야 한다는… 자신을 아직도 개혁하지 못함이다. 보아온 선진국처럼 바뀌길 바라면서도 정작 자신을 묶은 굴레에 늘 묶였다. 자유로웠던 미국에서의 일기도 그런 이유로 결국.

10.

1896년 4월 17일, 일본 요코하마 그리고 도쿄.

요코하마에 도착해 보니 일본의 산과 개울이 빼어나고 화사하다. 사람이
지어 놓은 항구의 부두는 견고하고 집들은 높고 크다. 길은 잘 정돈돼 있
고, 전등과 가스등으로 거리가 밝다. 도쿄에선 모든 것이 요코하마보다 더
정밀하고 정교하다. 보는 일이 날로 새롭고 또 새롭다. 매일 눈이 휘둥그레
진다. 일본인은 부지런하여 서양의 방식을 끌어들이면서도 남의 손을 빌
리지 않았다.

「해천추범」

영환은 특히 가옥에 주목했다. 조선엔 누각 외엔 이층집이 없다.
그런데 일본은 백성들이 사는 집도 이층으로 지었다. 일층은 생활공
간이고 이층에선 누에를 쳤다. 집집마다 다 그랬다. 건축기술도 그러
하거니와 가옥의 쓰임새부터가 조선과 달라 매우 생산적이었다. 기와
지붕에서 또 한 번 놀란다. 조선의 지붕은 중국의 그것을 그대로 본떴

다. 지붕에 얹은 치미·치상의 동물들까지도 같다. 단 조선의 왕은 여덟 마리까지만 동물을 얹을 수가 있고 아홉 마리를 얹을 수가 없다. 중국의 황제가 살거나 근무하는 곳에만 가능하다. 그래서였다. 내 땅의 내 집도 중국에서 벗어나 있지 못한 반면 일본의 지붕은 모양새도 달랐지만 얹은 치미·치상도 완전 달랐다. 한 마리의 거북을 얹은 지붕의 규모는 조선 것과 비교할 수 없이 컸고 조선·중국의 그것과 생김새마저도 달랐다. 일본에는 그들만의 것들이 보였다. 캐나다 밴쿠버 항에 도착해 오 층짜리 호텔에 묵었다.

> 같은 땅 위에 탑을 쌓은 듯 한 층 한 층 위로 올려 오 층 집이 되었다. 오르고 내리는 일이 번거로움을 알고 건물의 한쪽에 작은 방을 하나 더 만들었는데 이것이 단추를 누르면 저절로 오르내리기를 반복한다. 사람을 층층마다 실어 날라다 준다. 이 어찌 기막힌 생각을 할 수 있단 말인가.
>
> 「해천추범」

엘리베이터를 처음 타 본 민영환의 소감이다. 위로 올라가는 기괴한 것도 타 보았다, 이번엔 하늘로 올랐다. 통역관으로 수행한 김득련은 이렇게 썼다.

> 가벼운 기구 안에 앉아 하늘로 올라
> 앞으로 나아가더니 바람으로 위로도 올라간다.

전기라는 것으로 마음대로 좌우·상하로 움직이는데
우주를 떠돌면서 구만 리의 땅을 자유롭게 날아다니니
신선 사는 곳에 내가 도착한 것이로다.

열기구를 타고 나서 쓴 감회다. 민영환도 같이 탔다.

둥근 물체가 여러 줄로 묶여 있다. 그곳에 대나무 광주리가 있어 그 안으로
사람 넷이 탈 수가 있다. 함께 탄 사람이 조종을 하니 사람 넷을 태운 이 기
구가 하늘로 오르고 하늘에선 여기저기 떠다니며 배회한다. 줄로 잡아 당
겨 땅으로 내려올 제 내가 날개를 단 신선이 되었다는 게 꿈과 같이 의심
스럽다. 내가 신선으로 놀다 왔단 말인가.

캐나다에서 기차를 처음 타본 영환은 기막히지 않을 수 없었다.

묵중한 쇳덩어리의 집채들을 줄줄이 달고 마차보다 빨리 달리면서도 식
사를 할 수가 있다. 기차는 터널을 지나고 있었다. 산을 뚫어 땅굴을 파고
그 안으로 화물차(기차)가 드나드는데 땅굴로 들어가면 아무 것도 볼 수가
없이 깜깜해진다. 때맞춰 등이 켜지는데 대낮에도 등을 켠다.

창밖에는 물줄기가 하늘로 치솟아 오르는 분수가 보였고 세계가
움직이는지 내가 움직이는 건지 알 수 없는 곳에서 시간은 하나가 아

님도 깨닫는다. 마차로 열흘 걸릴 거리도 기차로는 하루면 닿으니 아홉 날은 어디로 갔단 말인가. 축지법을 기차가 쓴다. 영화도 봤다.

앉은 정면에 평평한 벽이 있었다. 불이 꺼지더니 그 벽으로 그림자가 비춘다. 그것이 움직인다. 방금 전 분명히 보았던 평평한 벽 안에서 사람이 움직인다. 말이 달린다. 그 벽속에서 남녀가 어울려 춤을 추고 술도 마신다. 불이 켜지니 벽 속의 그들은 어디로 사라졌는지 평평한 벽면만 보인다. 어찌 기이하다 아니할 수 있겠는가. 귀신에 홀린 듯하다. 귀신의 세계에 다녀온 듯한 착각이 든다.

사진관에도 갔다. 무대가 설치된 극장에서 연극도 봤다. 발레라는 것도 관람했다. 수행원 통역관 김득련은,

남녀칠세부동석을 몰라서 일까. 남녀가 섞여 자리에 앉아 쇠스랑(포크)과 장도(나이프)를 들고 그것으로 놓여 있는 음식을 찍어 입에 갖다 댄다. 보는 내가 더 고역이다. 벌거벗은 것이나 다름없는 처녀가 까치발을 하고 제 몸을 서너 바퀴 빙빙 돌다 순간 멈추는데 넘어지지도 않는다. 짐승이 아니고서야. 서양인들은 참으로 짐승이로구나.

러시아에서였다.
감옥을 보았는데 그곳에 갇힌 죄수는 깨끗한 잠자리에 하루 밥을

세 번씩 제 시간에 맞춰 꼬박꼬박 챙겨 먹게 한다. 죄수들은 조선처럼 칼을 쓰고 있거나 차꼬를 채워 가만히 앉아만 있는 게 아니다. 무엇인가를 만들고 있었다. 만든 것을 팔아 번 돈의 일부를 감옥에서 나올 때 돌려받는다. 도대체가 죄수에게 할 짓이 아닌 것을 하고 있는 게 러시아였다. 특히 눈에 띈 건 학교였다. 책으로 공·맹자만 가르치는 게 아니다. 나무를 깎고 쇠를 자르고 돌을 다듬는 것을 가르치고 배운다. 나무를 키우는 일도 가르치며 기계를 다루는 학교도 보인다. 이들이 세상에 나와 배운 것으로 벌어먹고 산다. 놀라지 않을 수 없다. 기계 앞에서 온종일 일하는 직공들이 눈에 선하다. 매일 종일 같은 일만 되풀이 한다. 기계와 인간이 하는 일이 같다. 그에 비하면 조선인들은 농사 외엔 다른 할 일이 없었다. 여러 가지가 다 비교되었다.

유럽의 번영한 겉모습에 심취해 있던 영환은 유럽보다 자유로워 보이는 미국에 더 머물러 있고 싶었다. 외교성과는 거의 거두지 못했다.

'내가 보는 것이 곧 조선을 발전시키는 일이다.'

어명을 어기면서도 일 년 이 개월을 미국에 체류할 수 있게 했던 민영환의 신념이자 한편 핑계였다. 조선을 바꿔야 하는데 도저히 엄두가 나질 않는다. 이러지도 저러지도 못하는 두 마음의 공존이 미국 체류 내내 영환을 괴롭혔다. 이토 히로부미 역시 밀항해 처음 영국에 도착했을 때, 번영한 영국을 보자마자 제 머리를 바닥에 찧어댔다.

'일본은 영국을 따라잡으려면 백년도 더 걸릴 것이다.'

이토도 영화처럼 암울하고 암담하기는 마찬가지였다. 하지만 이토는 그 백년 예상을 이십 년으로 앞당겼다. 의지는 같았으나 실천에서 조선이 일본을 따라잡질 못했다. 조선 오백 년 내내 내려온 분당·파당, 서로 싸움만 하고 있을 때 일본은 일사천리로 산업화에 매진했다. 이 산업화는 서양제국을 그대로 흉내 냈고 끝내 남의 나라를 빼앗는 짓까지도 따라 했다. 요시다 쇼인은 외국으로 밀항하고자 도쿄 항에 머물다가 도쿄 앞바다에 떠있던 미국의 흑선들을 보고 마음을 바꿨다.

'서양에서 배워와 그들과 똑같이 동양에서 벌충한다.'

이를 이토 등 그의 제자들이 이뤄냈다.

1898년 5월, 미국 뉴욕.

개혁을 모색해보자 함에 있어서 미국에서의 일 년여의 기간은 지난날의 반추이며 후회와 회한으로 한계와의 대면시간이었다. 평생 중국의 그늘에서 떨어져 나오지 못했다. 중국의 처지가 조선과 별반 다르지 않자 일본에 기대어 보았다. 그러나 일본은 믿을 수가 없었다. 러시아로 달려가 직접 구원을 요청해 보았다. 러시아도 일본과 다르지 않았다. 러시아는 조선을 속이고 일본과 손을 잡았다. 이제 미국에 기대어 본다. 1882년 조미수호통상조약의 한 문구에 다시 천착한다. 체결 과정에서 당사자인 조선을 배제하고 조선은 청의 속국이라고 주장하는 청의 리홍장의 중개로 미국에 최혜국 대우를 조선이 보장한다는 조항을 넣는다. 분명 불평등조약, 조규임에도 불구하고 조선과 미국은 필수 상조, 즉 필히 서로 돕는다는 우의를 명시했다. 만약 타국의 불순한 일이 발생하면 언제라도 이를 알려 마땅히 조처함으로써 조선과 미국은 화평우호를 돈독히 한다는 조항을 제 일 조로 넣었으니 민영환은 미국을 더욱 믿고 싶었던 것이다. 그러나 어느 나라에게도 달리 방법이 없었다. 여러 나라로부터 속아만 왔던지라 더 주의 깊게, 더 가까이에서 미국을 들여다봐야 했다. 미국의 정식 체류를 위해 주미공사로 임명해줄 것을 고종에게 상소했지만 격노한 고종은 일체의 직에서 그를 면직했다. 국가로부터 어떤 임무나 책임을 부여 받지 않은 자유인이 된 민영환은 소기의 목적인 미국 익히기에 몰두하긴 했다.

'자유로울 때 더 잘 보인다.'

하지만 그의 자유는 거추장스런 옷에 불과했다. 몸에 깊숙이 밴 규범의식, 규정에는 충실할지 모르나 없던 것을 새롭게 한다는 것은 그에겐 오히려 부자유스런 일이다. 규범으로 충성하고 규범에 성실하니 이 또한 자신을 규범이 묶는 꼴이 되고 만다. 그의 외교방식이 이 점에서 늘 난관에 부딪혀야 했다. 그의 우위 의식은 평생을 따라 다녔다. 외국에 나가서도 다르지 않아 당당한 면이 있었지만 한편으로는 실속을 챙기지 못하는 허세이기가 쉬웠다. 특히 서양인에게선. 민영환과 청의 리홍장이 러시아 모스크바의 크렘린 궁에서 만났다.

리홍장이 물었다.

"누가 당신의 나라 왕후를 시해했소?"

민영환이 받았다.

"공식적인 보고가 들어오면 각하께서도 누가 그런 짓을 저질렀는지 아시게 될 것입니다."

이번엔 리홍장이 김홍집에 대해 묻는다. 리홍장이 김홍집을 내세워 미국과 조선이 수교하게 했던 일을 생각해서다.

"왜 김홍집이 살해되었소? 그는 능력이 있는 사람이오."

민영환은 을미사변, 민비 살해를 떠올렸다.

"그는 왕후 시해와 관련이 있었습니다."

왕후 민비가 일본 자객에 의해 살해된 뒤 고종은 러시아 공사관으로 급히 피신한 아관파천 이후, 김홍집 등을 을미사적으로 몰아 역적으로 선포하고 그들을 처형하라고 명했다. 영환도 고종과 생각이 같았다. 하지만 김홍집은 일본으로 도망쳐 연명한 유길준 등 을미삼적과는 다르게 행동했다. 고종을 직접 만나 진실을 전하고 죽음을 담보하더라도 마지막까지 나라와 운명을 함께 하기로 했다.

"우리는 지금까지 우리나라의 보전과 개혁을 위해 모든 치욕과 굴욕을 참아 왔습니다. 하지만 왕후를 시해한 일본은 절대 용서할 수 없습니다. 일국의 중신된 자가 국모의 참변을 보고 어찌 살아서 폐하와 만백성을 대할 수 있겠사옵니까. 저, 홍집은 어떤 난국이라도 극복해서 이 나라를 위기에서 건져야 할 사명이 있습니다. 폐하께서 아시고 계신 것과는 다르옵니다. 제 목숨 하나 구하고자 구걸하는 게 아닙니다. 저 하나야 목숨 하나로 죽으면 그만일 테지만 거짓된 이야기들로 세상이 흉해지고 그 거짓된 이야기로 누군가 억울한 희생을 당한다면 이것은 나라의 수치요 나라를 망하게 하는 지름길입니다. 거짓 소문을 만들어 퍼트리고 그 거짓 소문으로 믿게 하는 자들의 날조된 이야기에서 폐하께서는 굽어 살피시어 온전하게 나라를 이끄셔야 할 것입니다."

김홍집은 고종 임금을 만나러 거리로 혼자 나섰다. 가족 등 주변에서 모두 만류했지만 그는,

"백성에게 죽는다면 그것은 천명일 것이오. 일국의 총리로서 알량한 비호나 받으며 살고 싶진 않소."

그는 거짓된 날조 소문만을 듣고 흥분한 군중들에 의해 광화문에서 집단 구타를 당하고 거리에서 최후를 맞았다. 날조된 소문을 퍼트리거나 그것만 믿은 군중들에 끌려 광화문·종로로 그의 시신은 처절하게 유린당해야 했다. 김홍집의 부인은 아들을 죽이고 스스로 목숨을 끊었다. 이토가 뒤에서 조종한 왕후 시해를 덮기 위해 일본이 퍼트린 날조된 소문을 임금 고종이 믿고 백성도 믿었다. 미쳐 날 뛴 세상이 아닐 수 없다. 민영환의 사고는 좁았다. 좁을 수밖에 없었다. 고종과 민비, 이 두 가문에서 벗어날 수가 없었다. 그의 한계는 무능력이 되었다. 부자유는 그의 옷이다. 그의 입신양명은 순전히 척족 세력의 권세 덕분이었고 그것은 그를 결코 자유인이 될 수 있게 놔두질 않았다.

리홍장이 또 물었다.

"민영환 당신은 일본 당에 속하오?"

"저는 어떤 정파에도 속해 있지 않습니다."

리홍장이 반박했다.

"나는 그렇게 믿고 싶지 않소. 조선 사람들은 일본을 좋아한다고 들었는데, 맞지 않소?"

"몇몇은 그렇지만 다른 많은 사람들은 그렇지가 않습니다. 중국인 들도 그렇지 않습니까?"

민영환의 또 다른 면모다. 고집으로 보일 수 있지만 비굴한 처세 는 그에게 죽음보다 싫었다.

영국 등 유럽의 여러 나라, 그리고 러시아에서 많을 것을 이미 보 았다. 영환은 보통 백성들의 삶을 미국에선 보고 싶었다.

거리에 가로세로 한자짜리 길이의 나무판에 무언가를 올려놓고 지나가는 사람들을 불러 모으는 장사꾼이 있었다. 길이는 중지 두 배 쯤 되고 손가락 굵기 쯤 되는 언뜻 보기에 나무토막 같은 것이었다. 그것을 들어 보이며 한쪽으로 힘을 쓰니 두 동강이가 났다. 하나는 뚜 껑이고 하나는 끝이 뽀족하다. 그것을 종이 위에 미끄러지듯 끄적거 리니 글자가 새겨진다. 뽀족한 끝의 움직임에 따라 글씨가 쓰이니 붓 같은 필기도구다. 붓만 써온 영환에겐 참으로 신통해 보이지 않을 수 없었다. 글씨가 꽤나 가늘지만 선명하기도 했다. 그리고 한참을 쓰는 데도 붓을 쓸 때처럼 먹을 찍고 또 찍을 필요가 없다. 글씨는 한없이 줄줄 써진다. 종이 한 장을 빽빽이 다 채우고도 더 쓸 수가 있다. 하나를 구입했다. 영어로는 파운틴펜, 샘처럼 솟는 붓이라 했다. 후에 일본이 만년필로 불렀다. 만년을 쓸 수 있다니, 과장이 심하지만 한정 없이 써지는 이것이야말로 만년까지 쓸 만하다 하겠다. 먹과 같은 잉크라는 것을 주입하여 이것을 만년필에 담아둔다. 담긴 잉크가 다 쓸 때까지 필기할 수가 있다. 간편하며 오래 쓴다. 대단한 발명이 아닌가. 공부함에 있어 시간도 절약될 것이요 소지하기 수월하니 장소에도 구애 받지 않는다.

'참으로 신기한 것을 만들어 쓰고 있구나.'

기차나 자동차 같은 큰 기계만이 아니라 이런 작은 소품에까지 마음씀씀이가 닿아있다.

또 유럽에서는 성당마다 큰 시계를 벽에 달고 때가 되면 시간을 알리는 종소리가 들려왔다. 그 종소리에 맞춰 사람들이 움직이니 정확하다. 정확하니 낭비할 시간이 준다. 시간을 모든 사람들이 공유하니 그에 맞춰 약속을 하고 계획도 세운다.

지구라는 이 세계를 서양인들은 둥글다고 했다. 생각해보지 않은 일이다. 어째 둥글 수가 있는가. 울퉁불퉁하되 이리 평평하건만. 세계 일주를 하다 보니 알 수 있었다. 같은 시간인데도 지역마다 시간이 달랐다. 한성이 정오일 때 영국 런던은 새벽 네 시다. 한성이 여덟 시간 빠른 것은 해가 그만큼 먼저 뜨기 때문이다. 지구가 돌고 둥근 지구 위를 해가 매일 동에서 떠서 서로 진다. 봄·여름·가을·겨울이 있는 것은 지구가 일 년 동안 한 번 태양을 한 바퀴 도는데 지구가 약간 기울어 있어서다. 뜨거운 태양이 지구가 기울어진 차이로 가장 뜨거울 때가 있고 덜 뜨거워 추워질 때가 있다는 것이다. 서양인들은 이것을 연구하고 밝혀냈다. 조선은 이천 년도 더 된 중국의 학문만을 외웠다. 그것으로 지식을 가늠하고 그 시험으로 관리를 썼다. 이것이 배움의 전부다.

이런 점에서 서구의 나라와 조선이 뒤떨어질 수밖에 없다. 인쇄술은 고려 때 이미 중국을 앞섰다. 하지만 이 좋은 인쇄술을 널리 쓰질 못했다. 일부 권력자들만의 소유물로 인쇄를 많이 할 필요가 없다. 많이 하게 되면 남들도 다 글을 깨우친다. 막아야 한다. 그러니 인쇄를 가능한 줄여야 했다.

막대한 자본이 필요한 산업화 없이도 생각으로 세상을 바꿀 수가 있다. 만년필이 가르쳐준다. 머리를 쓰게 하는 것, 생각을 하게 하는 것, 바로 교육일 것이다. 지금까지의 교육으론 안 된다. 과거 이천 년 전의 답습이고 고답이다. 생각을 그런 교육이 죽였다. 생각하게 하는 교육, 바로 서둘러야 한다.

만년필로 매일 일기의 미국여행기를 써 나갔다. 마냥 부러워만 하고 있을 순 없다. 마냥 보고만 있을 순 없다. 가자. 이제라도 하자. 나만이라도 해보자. 귀국하면 바로 학교부터 세우자. 내 사재를 털어서라도 세워야 한다. 귀국길에 올랐다. 어명을 어겼기에 그 죄로 귀양을 가게 될지도 모른다.

'그게 낫지.'

다산이 불쑥 왜 나타나는 것일까. 그가 쓴 오백여 권의 책들은 거의 귀양 십팔 년 동안에 썼다. 유배에서 풀려난 다산은 그 후 글로나 행적으로나 특별히 한 게 없었다.

하지만 여태 그래왔듯이 영환에게는 또 어떤 자리에든 대신의 막중한 일이 주어질 것이 뻔하다. 무슨 이유로 거절할 것인가. 거절해도 늘 다시 그 자리에 있었다. 거절의 의향이 박약해서다. 거절의 의지가 절박하지 않았다.

'자발적 귀양.'

자신이 없다. 자발적 유배? 스스로 해낼 수 있는 게 내겐 하나라도 있었나? 돌아가면 이념이 다른 파들이나 편향된 정치적 부류들의 모함에도 휩쓸릴 것이다. 이들로 인해 나라를 제대로 바꿀 수가 없다. 개혁을 할 수가 없다. 조선의 오백 년 역사가 가르친다. 모함에 정면 대응하지 않고 굴복하면 결국 내가 죽게 된다. 결국 남이 보면 싸움질일 수밖에 없다. 모함하는 자는 싸움질이 목적이다. 싸움질로 흙탕물을 만들어놔야 같이 죽든 함께 산다는 망측한 논리로, 주관도 신념도 없다. 그러니 분탕질이 여전했고 분탕질로 역사를 써왔다. 함정임을 알면서도 모함의 함정에서 빠져나올 수가 없다.

조선의 땅이 보인다. 잔잔한 제물포 앞 바다 위에서 영환의 가슴이 덜컹한다. 또 가야 하는 곳, 또 가지 않으면 안 되는 길이 보인다. 그 사이 조선은 나라 이름을 바꿨다. 조선에서 대한제국으로 바꿔 놨다. 영환이 혀를 찬다. 제국이라니? 제국들에 의해 찢겨지고 있는 나라가 제국의 옷으로 바꿔 입는다? 누구의 생각일까? 조선 스스로 했을 리가 없다. 했더라도 뒤에 조종자가 있을 게 분명하다. 일본일 테지. 일본의 앞잡이일 테지. 이제 돌아가면 나는 조선의 대신이 아니라 제국의 신하가 되어야 한다. 온순한 성품의 영환의 입에서 욕이 튀어나온다. 거의 일 년 반 전에 떠났던 제물포 항이 떠날 때 그대로다. 달라졌다면 일본 국기를 단 배들이 늘었다. 제국의 깃발을 보며 또 혀를 찬다. 제국의 신하라니… 이젠 어줍지도 않은 제국의 이름을 달고 폭력의 이름, 제국을 위해 내 몸을 또 바쳐야 한다. 화가 치밀고 분노가 인다. 다시 미국으로 도망칠 수만 있다면… 배는 조선의 땅으로, 조국의 품으로 파고들었다. 불안하고 절망적이긴 했지만 자유로웠던 미국에서의 일 년여, 그 자유를 만년필로 옮겨놨던 두툼한 일기장을 서해 바다에 던져버린다.

'내게 언제 자유가 있었던가?'

자유의 행적이 파도에 출렁이며 바다 위에서 몇 번을 뒤집고 흔들리더니 바다 속 깊숙이 빨려 들어간다. 나의 자유가 사라져간다. 돌아오니 기대했던 유배의 형벌은 없고 염려했던 군부대신의 자리가 기다리고 있었다. 자유롭고 싶어도 자유로울 수 없는 태생의 굴레, 여주의 민종식이 한 말이 생각난다.

"어릴 적으로 돌아가고 싶다는 말은 회피요 도피라고. 지금 이 시간에도 어릴 적이 있을 수 있어. 자기 것에만 집착하지 않으면 가능하지. 나이가 들면 들수록 한정지으면서 좁아지고 자신을 그 안에 가두게 되는데 그 담만 더 높게 쌓으려고 하지. 서로를 가로막는 담 없이 서로 몸을 내주고 어울렸던 시절, 어릴 적으로 돌아가는 일은 자신이 쌓은 높은 담을 스스로 무너뜨리는 거야. 왜? 안 돼? 가진 게 너무 많아서야. 놓을 수 없고 놓칠 수 없는 거지. 이것이 자신을 또 가두는 거지, 평생."

11.

1905년 11월 30일, 인시 새벽 4시 15분.

때가 왔다.

결단을 해야 할 때가 왔다.

이때 주저한다면 이 또한 죄가 된다. 주저는 저울질이다. 양심을 양분하며 하나여야 할 양심을 둘로 쪼개는 비양심이다. 비양심은 언제나 편한 쪽으로 흐르게 돼 있다. 안일하고 안이하라고 부추기는 악의 손길이 가깝다. 때를 늦추면 늦출수록 악의 손길은 더 가깝다. 적당히 타협하라 한다.

때가 됐다. 죽음으로 백성에 사죄해야만 죽음 뒤를 기약할 수 있다. 나의 명예가 아니다. 절절한 나의 반성이다. 절박한 나의 통한이다. 백성의 자존심에 희망을 건다. 미래다 그것이.

다시 문을 연다. 동오는 여전히 보이지 않는다. 그를 일깨운 백성이 보이질 않는다. 그에게 나란 누구인가를 묻게 하고 알게 한 백성이 떠나고 없다. 혼자 가라 한다. 스스로 해내라고 한다. 철저히 혼자가 되라 한다. 죽음 앞에서 솔직해지자, 영환은 칼을 든다.

　이 칼로 제 가슴에 새기고 싶다. 가슴을 뒤지니 명함이 집힌다. 유럽과 미국을 돌면서 수없이 뿌렸던 명함이다.

　'조선을 구해 달라.'

　구걸했고

　'조선은 일본이 악의를 품고 뿌려댄, 조선은 믿을 수 없는 나라'라는 것은 생 거짓이다.'

　거짓 소문들을 밝혀야 했고

　'지금의 모습이 아니라 조선의 잠재력을 봐 달라.'

　자존심을 내세워야 했고

　'단지 늦었을 뿐이다. 조선은 인민의 힘으로 당신들의 나라와 대등한 나라가 꼭 될 것이다.'

　자신감을 쏟아내야 했다.

　'오천 년 전 나라를 열면서 사람끼리 서로 이롭게 펼쳐 나아가라 하여 하늘이 내려 이 땅에 세운 나라가 바로 조선이다.'

　나라의 건실한 바탕으로 당당했고

　'고로 조선은 평화의 나라다.'

　자긍심을 펼쳐야 했고

　'조선의 오천 년 역사에 침략은 없었다. 앞으로도 같다.'

　주지시키며 미래를 암시해야 했다.

그래서 굳이 한문을 버리고 한글로 새긴 명함이다. 내 손을 떠난 명함들은 이내 무시되고 찢겨졌으리라. 그들은 웃어대며, 멀리 왔는데 구경이나 하고 가라던 그들의 반응… 누굴 탓하겠는가. 힘을 키우지 못했다. 스스로 해낼 수 있는 역량을 세우지도 못했다. 우리 안의 적들이 많았고 그들부터 척결하지 못했다. 내 자신도 그중 하나였다. 개혁을 도모하고자 함은 많았다. 그러나 번번이 개혁이 두려운 자들의 거짓 주장과 소문으로 개혁은 언제나 좌절되고 말았다. 그들은 물불을 가리지 않고 거짓 소문을 퍼트려야 했다. 그러자니 일본을 끌어들이고 일본은 일본의 앞잡이들에게 막대한 공작금을 대주기까지 하며 거짓 소문을 널리 그리고 깊숙이 퍼트리게 했다. 조선을 헐뜯는 거짓을 조선인의 입으로 퍼트리게 했다. 백성들을 거짓 소문으로 세뇌시켜 믿게 했다. 개혁은 우리 안의 적으로 인해 애초 좌절을 예정하고 시작했다.

민영환이 죽음으로 애국하려니 마지막까지도 외국의 힘을 빌릴 수밖에 없다. 조선은 갓난아기나 다름없었다. 누군가에 의지하지 않으면 안 되는… 천정이 무너져 내릴 것 같은 압박감에 또 길게 한숨을 내뿜는다. 또 내가 마지막까지 할 수 있는 것이라곤 기껏 또 남에게 기대는 것이라니….

이, 영환의 나라사랑이 부족하여 나라의 형세는 땅으로 떨어지고 민중의 생계는 버일을 기약할 수 없게 되었으니 고작 죽음으로써 우리 이천만 동포에게 사과하려 합니다.

죽고자 하는 지금 죽음이 두렵진 않으나 우리 이천만 동포가 앞으로 어찌 살아버려야 할지 생존의 경쟁에서 진멸하고 말 것이 지금 가장 두려운 바, 천하의 공의를 소중히 여기시는 여러 공사께서는 귀국 정부와 국민에게 알리어 조선 인민의 자유독립에 힘써 주신다면 죽고 난 후에도 이, 영환은 마땅히 저 세상 땅 속에서 기뻐 웃으며 진심으로 감사하겠습니다. 각하께서는 우리 대한을 경시하지 마옵시고, 우리 국민의 뜨거운 혈심을 믿어주시길 간절히 바랍니다. 우리 국민은 자고로 감사할 줄 아는 민족입니다.

명함 위에 단숨에 써 내려간 명함 유언이다. 하지만 백성에게 쓰려니 손이 벌벌 떨려온다. 후회한다. 백성에게 보내는 글인데도, 그러기에 국문으로 쓰려 해도 내 나랏글이 서툴다. 사죄한다. 내가 몰라도 너무 몰랐다. 내가 우리를, 조국 조선을 무시했다. 나부터 조선 백성의 잠재력을 믿어주지 않았다. 백성이 보고 싶다. 문을 여니 백성이 와 있다. 여명의 빛이 오르려는지 흥인문 동쪽하늘이 밝아온다. 동오의 그림자가 벽에서 파르르 떤다. 동오를 부른다.

"대야에 깨끗한 물을 받아줄 수 있겠느냐?"

의향을 묻는다. 전 같으면 물을 가져와라, 대령하라 했을 영환이었다. 동오가 더 송구하다. 대야를 방 안으로 들이려하자 영환이 막는다.

"마루에 놓아 두거라. 내가 하겠다."

"아니옵니다. 제가….."

"됐다. 나도 하겠다."

그리고 하는 말,

"미안하다."

황당하게 들린 '미안하다' 무엇이 미안할까? 자신의 귀를 의심한다. 문득 동오에게 스치는 것이 있다. 광화문 거리에서 영환이 시민들에게 봉변을 당하고 있을 때 가로막고 있는 동오에게 영환이 한 말,

"네 놈이 나설 자리가 아니다."

그때 민영환에게 김홍집이 나타났다.

'일국의 총리대신으로서 백성들에게 맞아죽는다면 이것은 천명이다. 내가 나라를 지키지 못함이니 백성을 탓할 수는 없는 일이다.'

하지만 동오의 손이 성난 군중을 향해 일본 옷을 입은 조선인의 등을 낚아챘다. 그의 손으로 거리의 죽음으로부터 모면할 수 있었다. 미안하다면 이것일까. 그러나 아닌 것 같고 알 수가 없다. 그런 말을 민영환 대감이 내게 한다. '미안하다.'

영환은 차마 가슴 속에서 목젖까지 올라온 '고맙다.'라는 말은 끝내 내놓질 못한다. 대야를 들어 방으로 들이고 문을 닫으며 동오를 돌아본다. 웃는 듯하다. 동오가 안심한다. 빈 명함을 꺼낸다.

나라의 치욕과 백성의 욕됨이 지금에 이르렀으니 나라를 믿고 살아온 우리 인민은 장차 그 생계를 더욱 보장할 수 없고 일본의 부림에 생존의 위협까지 받을 것이다. 남자들은 일본이 저지를 전장에 끌려갈 것이고 그동

안 일본이 우리에게 한 짓으로 우리의 아낙들은 그 전장의 또 다른 노예로도 강제 동원될 것이 충분히 예견되는 바, 이를 막지 못함에 백성에 큰 죄를 짓고 단지 이 목숨 하나의 죽음으로 그 죄를 씻고자 한다. 하지만, 먼저 가는 이, 영환이 바라건대 살기를 바라는 사람은 반드시 죽고 죽기를 기약하는 사람은 도리어 삶을 얻을지니, 많은 대신들은 어찌 이 당연한 이치를 모르고 당장의 안일에 빠져있는가. 단지 이, 영환은 한 번 죽음으로 과분하게 받아온 영화에 보답하고 우리 이천만 동포에게 사죄하여 내 죄를 씻으려하니 이 진심을 동포여, 믿어주시라.

이, 영환은 살아서 못한 일을 죽어도 죽지 않고 저승에서 기어이 우리 동포를 도우리니 우리 동포형제들은 지금에 낙심하지 말고 천만 배 더 분발하여 뜻을 크게 품고 학문에 힘쓰며 나라와 동포가 한 마음 한 뜻의 일치한 행동으로 힘을 다하여 우리의 자주독립에 매진한다면 꿈꾸는바 이루지 못할 우리 동포가 아니다. 이리하여 우리 이천만 동포의 힘으로 자주독립을 회복하는 날, 죽어서라도 마땅히 저 세상에서 기뻐 동포들과 함께 크게 웃으리라. 다시 말하건대 지금에 낙심할 일이 아니며 조금도 실망해서는 안 된다. 이천만 동포에게 이, 영환은 몸으로는 이별을 고하지만 꼭 그날, 우리 이천만 동포가 해내고 말 그날이 올 때까지 동포의 가슴에 함께 살아 있으리라.

어떻게 더 솔직할 수 있을까. 울컥 북받쳐오는 울음을 참지 못하고 신음한다. 쓰다 말고 깨끗한 물로 두 손을 씻고 얼굴을 닦아낸다.

살을 에는 차가운 물에 씻긴 얼굴에서 땀이 옹송옹송 솟는다. 살면서 가슴이 이렇듯 절절할 때가 있었던가. 찢어질 듯 아리지만 이지러진 가슴에선 전율이 일렁인다. 글이 막힐 때마다 방 밖의 인력거꾼을 생각한다. 그에게 해주고 싶은 말을 쓴다. '동포와 함께 웃으리라.' 쓰는 순간 동오가 인력거를 고친 뒤 함박 웃던 모습을 떠올렸다. '동포의 가슴에 살아 있으리라.' 역시 동오에게 선물한 『스민필지』와 만년필을 생각한다. 그 뜻이었다. 함께 살아 있다는 것은 기억으로도 가능하다. 그가 그랬던가. '잊지 않는 한 우리는 이긴다고.'

이제 고종 임금에게 쓸 차례. 고종, 한 마디로 일국의 임금답지 못했다. 하필 이런 시기에… 그런 임금을 보필함에 한 점 소홀함이 없었으니 충성된 관리였고 신하였다. 이틀 사이 상소를 두 번 올렸으나 임금의 대답은,

"왜 번거롭게 이러느냐. 이미 거듭 말했는데도 오히려 지루하게 하는 것은 절대로 성실한 뜻이 아니다. 물러가거라."

민영환을 비롯해 상소를 올리고 임금의 답을 기다리고 있던 관리들을 평리원에 가뒀다.

충이란 무엇일까. 나의 충을 올바르다 할 수 있을까. 맹(盲)이란 단어가 눈앞으로 튀어나온다. 청맹과니였다. 맹충이었다. 한 번도 충성에 있어 부끄럽지 않았던 영환이었다. 불충한 적이 없었다. 그러나 그 충성한 마음이 맹목이며 맹신이었다면? 겉은 멀쩡하나 앞을 보지 못하는 것과 다름없지 않은가. 정의롭지 못하면 그 충은 맹충일 수밖

에 없다. 맹충이었구나.

"과분한 황은을 입어 관복은 물론이거니와 부귀와 영화를 다 누릴 수 있었습니다. 이만한 행운은 모두 다 폐하의 은혜인데 은혜를 받고도 갚지 못하면 어찌 사람이랄 수 있겠습니까. 사람이고자 이제 마지막 결정을 하니 죽음으로서 폐하의 은혜를 갚고자 합니다. 이런 상황에서 다른 마음을 어떻게 품을 수 있겠습니까. 오로지 신, 민영환이 목숨을 버놓고 아뢰는 바, 폐하께서는 폐하의 뜻을 거스르며 일본에 조약을 체결한 대신들을 조선의 법규에 의거하여 처단하는 결단력을 보여주실 것을 간곡히 제 목숨을 버리고 상소합니다. 이는 못난 제 한 명의 소견이 아니옵고 이천만 동포의 소신이옵니다. 백성의 요구나 기대에 귀를 기울이시어 앞으로는 나라다운 나라, 조선이 될 수 있길 역시 간절히 상소합니다.

비록 몸은 없어도 저 세상 어딘가를 떠돌다가 폐하의 분별과 결단력으로 용단을 버리셨다는 소식을 듣게 된다면 그 날, 이 한 목숨의 희생에 또 황은을 입혀주심이니 참으로 기뻐 덩실덩실 춤을 출 것입니다. 그 기쁨이 우리 땅에도 미칠 만큼 큰 소리로 환성하고 환호할 것입니다. 나라를 잃은 우리 이천만 동포의 구차할 삶을 헤아리면 그 죄, 민영환이 죽어서도 갚지 못해 눈을 감지 못하고 귀신으로 하늘로도 올라가지 못하며 떠돌 것입니다. 가장 후회되는 일은 백성을 헤아림에 소홀했다는 것이옵니다. 우리 백성은 본디 착하고 성실하오며 능력 또한 어느 나라의 인민보다 우월합니다. 그러나 이런 우리 백성을 무시하고 경시한 것은 다름 아니오라 우리 조정이었습니다. 능력은 있으되 그 능력을 발휘해볼 기회를 완전 막았고 나라에 충성하고자 해도 충성의 길이나 방법조차 봉쇄했습니다. 이제라도 폐하께서 우리 이천만 동포에게 보여야 하실 것은 그동안 못하신 결단력…"

폭풍과 같은 센 바람이 창호 문을 두드린다. 빗줄기가 굵어지며 대지에 내리꽂히는데 그 소리가 영환의 가슴을 후벼 파는 듯하다. 심장을 도려내는 듯하다. 쓸데없는 짓이려니… 얼마나 상소하고 돌려보려 했던가. 고종에게 쓴 유언의 명함을 손에 꽉 쥐어 구긴다. 죽음? 더 번거롭게 하고 더 지루하게 고종을 괴롭힐 뿐이리라. 고종을 잊고 자식들을 생각한다. 죽고자 하는데 자식에게 남길 무슨 말이 있을까. 이제 이십대 후반의 어린 아내는 혼자서 자식 다섯을 키워내야 한다. 무슨 할 말이 있겠는가. 미안하다, 부탁한다… 다 부질없을뿐더러 속이는 마음일 수밖에 없다. 평생 책임감에 사로잡혀 살아온 민영환이지만 무책임한 남편이요 아버지가 되고 만다. 조국이 그에겐 너무나 큰 존재였다. 가족보다도 더 큰 위엄이었다. 견딜 수 없다. 이러지도 저러지도. 칼을 들어 한 번에 끝내야 한다. 입에 수건을 문다. 살려달라고 할지도 모른다. 모를 일이다. 그렇게 해서 부지한 목숨은 더 얼마나 너저분해질까. 처음 가는 길이며 마지막 가는 길, 아무 것도 알 수 없는 길이다. 칼을 든 손을 높이 들어 목을 향해….

1905년 11월 30일 묘시, 새벽 6시. 회나무골.

12.

1905년 11월 30일 술시, 저녁 7시 35분.

민영환의 빈소를 종일 지키고 있는 사람이 둘 있다. 한 사람은 빈소 안쪽에서, 또 한 사람은 빈소 밖 마당의 끝자락 담 아래에서 영환을 보내고 있었다. 이준은, 전도서 삼 장 말씀을 영환의 생전을 생각하며 속으로 읊고 또 읊었다.

'하느님께서는 인간의 마음에 영원이라는 개념을 불어넣어주셨다.'

영원, 자기의 생을 스스로 끝내야 했던 영환의 앞에서 영원·영원·영원할 것이라고 기도한다. 상동교회에서 민영환이 이준에게 물은 적이 있다.

"예수가 부활을 했다는데 그것은 불교의 윤회와 같은 것이오?"

자신이 영환에게 한 대답을 떠올린다.

"같지만 다릅니다. 부활은 현상적인 것이 아닙니다. 우리가 살면서 생각하며 살듯이 우리가 죽은 뒤에도 그 생각으로 살 수 있음을 나는 예수의 부활을 이렇게 이해하고 있습니다. 죽음 뒤의 생각이란 기억이고 추억일 텐데 그것은 정신일 것이옵니다. 정신으로 다시 살아나는 것, 이것이 부활입니다. 윤회와는 다를 수밖에요."

영환이 끄덕였던 기억을 되살린다.

"환생의 뜻에서는 예수의 부활이나 부처의 윤회가 크게 다르지 않다고 볼 수 있겠구려."

"예. 그렇습니다. 부활이나 윤회나 다 이승에서의 삶으로 가능할진대, 이승의 삶에 따라 부활이나 윤회가 달라질 것이기 때문이옵니다. 하면 부활이나 윤회의 가르침은 이승에서의 삶이 얼마나 귀중하고 소중한가를 일깨웁니다. 이승에서 어떻게 살았느냐, 바로 이것으로 부활이니 윤회가 결정되니까요."

이준이 일어나며 시편 한 구절을 영환에게 바친다.

'의로운 자들이 결국 땅을 차지하고 거기서 그들이 함께 영원히 살 것이다.'

막지 못했다는 후회로 동오의 가슴이 미어진다. 막고자 해도 막을 수 있는 처지도 못 되는 줄 알면서도 지난 광화문에서 한 일은 동오의 가슴에 영환이 대단하게 각인돼 있었다. 나도 해낼 수 있다. 생각만 한 게 아니라 해냈잖아. 이 자신감이 더 힘들게 만든다. 더 막아낼 수 있었을 텐데. 지켜드릴 수 있었을 텐데. 느낌이 이상했다. 무슨 일이 저 방 안에서 벌어질 것만 같았다. 하지만 문 밖에서 서성거리기만 한 처지에 불과했다. 그것이 최선이다. 끔찍한 상상은 차마 할 수가 없었다. 그는 내게 웃음을 보이지 않았던가. 그가 왜 죽어? 그처럼 화려한 삶에 죽을 이유는 없었다. 그 칼이 결국… 대감마님, 부르고 싶었다. 그럴 수 있는 처지라면 그랬겠지. 대감마님께 감사하다고, 그 많은 돈에 감사하다고, 그 돈으로 베아링을 많이 만들 수 있어 감사하다고, 그 베아링은 다른 인력거꾼들도 사용하게 되어 감사하다고… 그리고 무엇보다도….

"대감마님,

대장장이가 그랬습니다. 제게 약조를 했답니다. 지금은 베아링이지만 다음엔 인력거도 만들고 또 더 큰 어느 것도 만들어낼 자신이 생겼다고요. 모두가 다 대감께서 저희들에게 마음을 내주시었기에 가능한 일이옵니다. 보잘 것 없는 우리를 믿고 후원해주신 대감님 덕분입니다. 하오니 꼭 그날이 오면 대감님을 초대할 것입니다. 저희가 저희 손으로 손수 만든 인력거를 타보고 싶다고 하셨잖습니까. 그날은 옵니다. 꼭 오고 맙니다. 우리가 우리 가슴에 이렇게 기억하고 있으니까요. 우리가 기어코 만들어낸 그 첫 인력거로 대감님을 첫 손님으로 꼭 모시고 한성 시내, 아니 전국 방방곡곡을 달릴 것이옵니다. 그날은 바로 우리가 이긴 날입니다. 우리가 이뤄낸 자주의 날입니다. 우리가 해내고만 독립의 날입니다. 같이 하셔야 합니다. 함께 하셔야 합니다. 대감님과 우리가 함께 하는 날입니다. 대감님과 우리가 하나가 되는 날입니다."

만년필에 잉크를 넣어 써보는 글이다. 이 만년필로 처음 쓴 글자는 여동생 순임이다.

순임.
순임아.
순임아 보고 싶다.

만년이 되도록 오래오래 쓸 수 있다고 했다. 만년이 되도록 잊지도 않을 것이다. 잊지 못할 이름을 쓰고 또 쓴다. 이름으로만 적어보지만, 그래서 가슴은 더 저리고 미어져 터질 것 같지만 이럴 수라도 있음에 감사하다. 비록 돌에 새겨지는 이름은 아니어도, 비석으로 남겨질 이름은 아니어도 만년으로 이어진다 하지 않는가. 순임이 가슴에 새겨지고 또 이렇게 가슴에 묻는다.

곧 내 동생, 순임 곁으로 간다. 네 곁에서 지켜주지 못했지만 저승에선 절대 내 동생, 순임일 떠나보내는 일은 없을 거야.

또 잊지 못할… 연서라도 써볼 걸, 못했다. 받아볼 수 없이 멀리 떠난 님에게 부칠 편지를 쓴다. 한 번 다정하게 불러보지도 못한 이름을 만년필이 부른다.

경운,

더 이어 쓰질 못하고 눈물을 쏟는다. 잉크보다 눈물이 먼저 종이를 찍는다. 나를 배신자로 알고 떠났을 경운에게 무엇으로 변명할 수가 있단 말인가. 불쑥 떠오르며 생각으로 집히는 게 있다. 나 때문이었다. 경운이가 나 때문에 죽었다. 믿음, 그것 때문에 죽어야 했다. 믿음을 지켜내야 했다. 경운이는 나를 끝까지 믿었다. 나를 대신하여 일곱 인력거꾼들을 살려내야 했다. 믿음으로 다시 살아난 것이다. 믿음이 다시 사는 것이다. 경운은 죽음으로 나를 변명해주려 했다. 나를 보호해주려 했다. 나를 끝내 믿어준 경운에게 더 쓸 글이 없다. 미안해, 고마워….

이 불평등한 세상이 아닌 너와 나 같은 평등한 세상에서 경운이를 다시 꼭 만나고 싶다. 이 세상에서 우리 함께 하지 못한 것, 당신, 경운을 꼭 안을 겁니다. 절대 놓치지 않고, 그땐.

민영환의 빈소 밖에서 온종일 통곡하던 동오가 저녁 즈음 일어선다. 걷는다. 경운이와는 걸어봤던가? 없다. 서로 인력거를 끌면서 마주친 적은 여러 번이다. 그때마다 스치고 지나야 했다. 반갑다는 인사도 못 건넸다. 이것이 우리가 사는 방식이었다. 제 감정을 드러내지도 못하고 사는 우리네의 삶이었다. 둘이 따로 시간을 낸 때를 생각한다. 경운은 동오를 꼭 형이라고 불렀다. 다른 거꾼들에겐 이름을 불렀다.

"형, 무엇이든 다 할 수 있는 일이 우리에게 하나만 주어진다면 형은 지금 당장 무얼 할 거야?"

"그런 것조차 생각해본 일이 없다. 만약? 우리에겐 그런 것 없지 않냐? 지금을 더 힘겹게 할 뿐이다."

"삭막하긴. 재미없다 형. 상상에 귀천은 없어. 내 머리로 내가 맘껏 생각하고 상상하는데 누가 잡아넣겠어? 우리가 우리의 상상까지 빼앗긴 것처럼 살 수는 없잖아. 상상으로라도 형, 우리 즐겨보자."

"그럼, 경운이는 무엇을 가장 하고 싶은데. 그 딱 하나."

"내가 먼저 물었는데…."

이러면서 동시에 땅바닥에 그것을, 그 딱 한 가지를 써 보자고 경운이 제안했다. 주변을 뒤져 작대기를 두 개 골랐다.

"무슨 소용이냐, 그만하자."

"정말 재미없구나. 피…이. 이것도 못하냐? 내게 이것도 못 들어주냐? 형이 안 하면 나 혼자라도 해볼 거야. 한껏 상상! 맘껏 상상!"

경운이 돌아서자 동오도 작대기를 집어 든다. 곁눈으로 경운이가 본다. 웃는다.

할 거면서.

할 줄 알았어.

해줄 줄 알았어.

"이제 준비됐지? 써볼까? 아직도 망설이고 있다면 형은 꿈도 없는 거야."

꿈? 왜 없겠니. 밖으로 내놓을 수 없을 뿐이지. 힘들수록 꿈을 키웠다. 포기하고 싶을 때일수록 꿈은 더 부풀려졌다.

거리의 바닥에 쓰려는데 바닥의 흙빛 고운 땅이 동오의 가슴 같다. 가슴에다 쓴다.

"다 썼어? 난 다 썼는데."

동오도 썼다.

"좋아. 이제 보여주기로 하자."

이래놓고는 경운이 자기가 쓴 글을 두 손으로 문질러 지운다. 동오의 가슴에다 쓴 글을, 동오의 가슴에 새긴 마음을 지운다. 경운의 얼굴이 막 피어오른 진달래꽃처럼 연붉게 물들었다.

"왜?"

동오가 묻는다.

"몰라 몰라. 그래 이런 게 무슨 소용이라도 있다고."

그리고 경운은 도망쳤다. 인력거를 끌고 내달렸다. 동오도 겸연쩍어 하며 하고 싶은 자기의 딱 그 한 가지를 지운다. 짧다. 아주 짧다.

'널 안고 싶어.'

경운이 쓴 곳을 내려 보니 싹도 잘 지웠다. 알 수가 없다. 그 꿈이 짧은 것만 알 수 있다. 인력거를 끌면서 이 길을 지나면 지운 글을 꼭 더듬어 찾았다. 보고 또 보면서 자기의 그 딱 한 가지를 경운에게 들킨 듯 얼굴이 붉어진다.

비가 곧이라도 내릴 듯 흐린 어느 날, 그 글자가 어렴풋하게 드러났다.

'형을… 어!'

그 위에 동오가 이번엔 제 오른손 집게손가락으로 지워진 글을 채운다.

'형을 안고 싶어.'

남이 볼까 주변을 둘러보곤 옆의 흙을 두 손에 모아 덮는다. 지우지 않았다. 하고 싶은 꼭 그 한 가지. 흙 안에 담는다.

그곳을 지난다. 애써 눈을 돌린다. 눈이 퉁퉁 부은 얼굴을 한 동오의 손에 새끼줄이 끌려간다. 광화문 거리에는 빨간 태양의 큰 한 점이라는 일장기가 걸려 있다. 일진회에서 내건 일본 국기다. 일본과의 합병, 식민지 국가 조선을 환영한다는 현수막도 그 일장기 옆에 걸렸다. 일장기를 거리에 내달고 그 기를 기쓰고 흔들어댄 자들이 일본인이 아닌 조선인들이다.

'우리 일본을 열렬히 환영합니다.'

북촌을 지나 창덕궁 옆 경우궁을 빗겨 낮은 언덕으로 향한다. 자리 잡고 앉으니 좌로는 창덕궁이, 우로는 경복궁이 발 아래로 굽어보인다. 굴종으로 연명해온 오백 년이 내려보인다. 더부살이로 연연해온 오백 년이 내려보인다. 만수는 지금쯤 어디에 있을까. 고향으론 가지 않겠다고 했다. 부모님이 살해된 기억을 되살리고 싶지 않았다. 일본군들로, 일본 앞잡이로 고향을 등져야 했다.

'만수야, 내가 해냈다. 오늘 끝내 내가 해냈다고.'

민영환이 죽었다고 흐느끼며 친구 만수에게 전한다.

'웃어야 할 때 넌 왜 우는데?'

만수가 묻는다.

'만수야. 해냈다니깐, 배신자인 내가 해냈다니깐.'

또 다시 친구도 잃은 동오가 엉엉 소리 내어 운다.

'민영환 대감도 돌아가셨고 우리나라도 죽었다.'

둘러보니 잘난 소나무 한 그루가 눈에 띈다. 새끼줄을 건다. 부모님의 얼굴과 순임, 그리고 경운이 나타난다. 우러른 하늘엔 새가 한 마리 지나간다. 아는지 모르는지 자유롭게 날아야 할 새도 어색한 날개 짓으로 주춤거린다. 만수가 부른다.

'너 지금 뭘 하려고?'

'보고 싶은 사람은 모두다….'

하늘이 부른다.

'설마 너까지? 잊지 않는 한 이긴다고 니가 그랬다. 아냐? 그런데 넌 지금?'

'잊지 못하니 견딜 수가 없다. 잊을 수 있다면 좋겠다. 안 된다. 잊을 수가 없다. 이젠 좋은 세상에서 살아볼 거다. 내가 만든 세상, 우리가 만들어낼 세상. 지금 비록 상상이라 해도. 부끄럼 없이 산 것만으로도 내 삶은 여기까지인 것 같다. 하지만, 누군가 이어갈 누군가가 나타나지 않겠니? 백 년 후가 되든, 천 년 후가 되든. 잊을 수 없어서, 잃을 순 없어서 가슴에 품고 난 간다. 보고 싶다, 나의 그 내님들. 무엇

보다도 나라다운 나라를 보고 싶다. 나라다운 나라에서 살아보고 싶다. 백 년 후에라도 꼭.'

종언

역사는 기록되는 한 진보한다.

잊지 않은 대로 행동하는 한 대한민국은 불멸할 것이다.

그후

일본군에 의해 가평에 갇혀 있던 조병세 대감은 민영환이 자결한 이튿날 영환의 뒤를 따랐다.

이준은 이 년 후 유럽 네덜란드 헤이그에서 열린 만국평화회의에 을사늑약이 잘못되었음을 천하에 알리고자 했으나 영국 등 서방국가들을 매수한 일본의 방해로 회의에 참석조차 하지 못하고 끝내 목숨을 스스로 끊으며 의분을 토해냈다.

민종식은 을사오적을 처단해야한다는 상소문을 따로 올리고 다시 충청도 홍성으로 내려가 뜻을 함께 하는 백성들과 의병을 일으켜 일본에 저항했다.

만수는 전라북도 순창에서 최익현과 임병찬이 이끈 의병에 합세해 동오와 함께 바라던 '자주독립의 그날'을 위해 조국에 몸을 바쳤다. 남원에는 그의 수레가 백 년 후, 지금도 남원 백성들에 의해 쓰이고 있다. 사람이 사람을 끄는 말이나 소 같은 수레가 아니다. 짐을 싣는 실용 수레이다.

불멸의 제국

백성, 나라를 꿈꾸다

2020년 12월 10일 초판 1쇄 인쇄
2020년 12월 17일 초판 1쇄 발행

지은이 오동명
펴낸곳 도서출판 말글빛냄
펴낸이 한정희
주소 경기도 파주시 회동길 445-1 경인빌딩 B동 4층
전화 02-325-5051 팩스 02-325-5771
등록 2004년 3월 12일 제313-2004-000062호
ISBN 979-11-86614-25-9 03810
가격 13,800원